Mord unter Kopfweiden

LEPORELLO
KRIMI

Richard-Wagner-Straße 15, D-47799 Krefeld
leporellobuch@aol.com
www.leporellobuch.de

Gestaltung: WerbeAtelier Coelen
Titel-Illustration: Angela Schäfer
Druck und Bindearbeiten: GGP Media GmbH, Pößneck
ISBN 3-936783-09-8

Ina Coelen · Ingrid Schmitz (Hg.)

Mord unter Kopfweiden

Neue und historische
Kriminalgeschichten vom
Tatort Niederrhein

Kurz-Krimis von
Oliver Buslau, Peter Gerdes,
Reinhard Junge, H. P. Karr,
Ralf Kramp, Tatjana Kruse,
Niklaus Schmid u. a.

Leporello Verlag · Krefeld

Inhalt

Am Niederrhein
ist gut morden.

Vorwort

Seit wir Ende des letzten Jahrhunderts - um genau zu sein, im Jahr 1999 - für unser erstes gemeinsames Buch am Niederrhein recherchierten, lässt uns diese Region nicht mehr los.

Wir sind fasziniert von der Vielseitigkeit und den Möglichkeiten dieses Landstrichs. Das flache Land, finstere Wälder, Burgen, Schlösser, Ruinen und beschaulich-verschlafene Ortschaften, einige mit verwegenen Namen wie Dümpt, Schenkenschanz und Düffelward fordern geradezu dazu auf, ihnen kriminelle Geschichten anzudichten.

Es macht uns einfach mordsmäßig Spaß, immer wieder reale, manchmal gruselige Schauplätze für unsere fiktiven Kriminalfälle zu entdecken.

Mit unserer Begeisterung konnten wir befreundete krimischreibende Kolleginnen und Kollegen infizieren. Einige leben ebenfalls am Niederrhein, andere sind von dieser Region genauso fasziniert wie wir und reisen immer wieder gerne an (manchmal unter dem Vorwand, zu Recherchezwecken oder zu Lesungen zu kommen).

Für dieses Buch haben wir uns auch mit der bewegten Vergangenheit unserer Heimatregion auseinandergesetzt und historischen Figuren kriminelle Energien eingeflößt oder in kriminell-dunkle Machenschaften verwickelt.

Wir wünschen Ihnen mordsmäßig spannende Unterhaltung.

Ina Coelen und Ingrid Schmitz

Übrigens, Sie wissen ja:
Alle Schauplätze unserer Kriminalgeschichten
können Sie am Niederrhein wiederfinden, hingegen sind
die Figuren/Protagonisten in unseren Geschichten
das Produkt der Fantasie ihrer AutorInnen.
Jede Ähnlichkeit mit lebenden oder verstorbenen Personen
wäre rein zufällig und ist nicht beabsichtigt.

Der Schlitzer

Als Henning Jansen aus dem Stall trat, zogen Nebelstreifen über das flache Weideland, fahles Mondlicht lag auf Hecken und Pappelreihen. Das Haus des nächsten Nachbarn war nur als dunkler Fleck zu erkennen. Zu weit entfernt - Jansen war ganz auf sich allein gestellt.

Entschlossen legte er die Jagdflinte auf den Rücksitz seines Geländewagens, blickte sich noch einmal nach der halb offenen Stalltür um, durch die das aufgeregte Schnauben der Pferde drang, dann startete er den Motor.

Obwohl es draußen kalt war, ließ er die Seitenscheibe herunter. Der Luftstrom war so eisig, dass er Jansens Gesichtshaut benommen machte. Doch hinter seiner Stirn kreisten die Gedanken: Wer tut so was? Und warum?

Dasselbe hatte er Kriminalhauptkommissar Kolbe schon vor zwei Wochen gefragt. Der Beamte von der Polizeiinspektion West in Viersen hatte mit den Achseln gezuckt, und dann waren sie zusammen hinaus auf die Pferdekoppel gegangen, wo Jansen die tote Stute gefunden hatte, das zweite Opfer innerhalb von vierzehn Tagen.

»Stiche in Hals und Flanke, wie bei den anderen«, hatte der Leiter der Sonderkommission gesagt, die sich mit den Pferdemorden beschäftigte. »Allem Anschein nach dieselbe Tatwaffe, ein spitzer messerartiger Gegenstand. Ein Dolch, ein Küchenmesser, irgendwas in der Richtung.«

Ungläubig hatte Jansen den Kopf geschüttelt. »Ich züchte keine Pferde für Kutschfahrten. Meine Trakehner würden einen Fremden nie so nahe an sich heranlassen, dass er mit einem Messer zustechen könnte.«

»Vielleicht hat der Täter die Klinge ja an einem Stab

befestigt«, hatte der Kommissar geantwortet und auf die Reifenspuren am Zaun gewiesen: »Wie es aussieht, ist er bis hierher mit einem Motorrad gefahren und dann am Zaun entlang weitergeschlichen. Pferde sind nicht nur scheu, sie sind auch neugierig. Wenn sich ein Fremder nähert, laufen sie zunächst weg, doch oft kommen sie anschließend langsam wieder zurück. Der Täter macht sich dieses Verhalten zunutze. Die Lanze hinter dem Rücken versteckt, so stelle ich mir das vor, lockt er mit Zuckerstückchen in der ausgestreckten Hand die Tiere an, bis sie nahe genug heran sind, um ihnen dann die tödlichen Stiche ins Herz zu versetzen.«

Bei dem Wort »Stiche« war Jansen zusammengezuckt, als wäre er selbst getroffen. Das erste Opfer fiel ihm ein, die Stute Anuschka, die seine Frau Elke mit der Flasche aufgezogen hatte, weil Anuschkas Mutter gleich nach der Geburt gestorben war. Anuschka, Anuschka!, immer wieder hatten er und seine Frau in jener Nacht den Namen gerufen, bis sie die Stute im Schein der Taschenlampe fanden. Das Licht fiel auf Stichwunden in Brust und Bauch und auf Schnittverletzungen an den Geschlechtsteilen. Die Stute, hoch trächtig, versuchte, als sie ihren Namen hörte, den Kopf zu heben, dann zuckten ihre Beine, der Blick ging ins Leere, dann lag sie still, für immer. Nie würde Jansen dieses Bild vergessen, nie. »Finden Sie den Pferdekiller! Dieses perverse Schwein!«, hatte er damals mit versteinertem Gesicht den Kommissar angeschrieen. »Tun Sie endlich was!«

»Wir tun, was wir können. Mehr als ein Dutzend Pferde sind in letzter Zeit im Gebiet zwischen Nettetal und Brüggen auf grausamste Art und Weise getötet worden. Fast immer Stuten, oft auch Fohlen. Unsere Soko umfasst zwei Dutzend Leute. Aber auf jeder Koppel einen Wachdienst einzurichten, das geht nun wirklich nicht. Am besten nehmen Sie die Tiere von der Weide.«

»Meine Trakehner, von Natur aus temperamentvoll und

gelegentlich sogar recht eigenwillig, sind keine Stalltiere«, hatte Jansen erwidert.

Doch nach dem zweiten Pferdemord war der Züchter dem Rat des Polizisten gefolgt. In den Nächten darauf hatte er dennoch sehr unruhig geschlafen. Schon das leiseste Schnauben aus dem Stall hinter dem Wohnhaus hatte ihn alarmiert, bei fernen Motorradgeräuschen war er hochgeschreckt. Erst als er erfuhr, dass der Pferdeschlitzer nun in anderen Teilen des Landes - bei Goch und Emmerich - sein Unwesen trieb, war er ein wenig zur Ruhe gekommen.

Und dann der Schock in dieser Nacht.

Seine Frau hatte ihn geweckt und auf das erregte Trappeln aufmerksam gemacht. Bei dem merkwürdig gellenden Wiehern, das dann folgte, waren sie beide aufgestanden, blitzschnell - und doch kamen sie zu spät. Im Stall fanden sie die zu Tode verletzte Stute, daneben das Fohlen, das aus mehreren Stichwunden blutete. Der dritte Anschlag!

Kurz darauf hatte Jansen das Geräusch eines startenden Motorrads gehört. »Den Tierarzt! Die Polizei! Nachbarn alarmieren!«, hatte er seiner Frau zugerufen, war zu dem Schrank mit den Jagdwaffen gerannt und dann losgefahren ...

Jetzt folgte er dem roten Schlusslicht, das hin und wieder von den Nebelbänken verschluckt wurde und danach wieder vor ihm aufglühte. Eigentlich hatte er mit seinem Wagen keine Chance gegen ein Motorrad, das ja viel beweglicher ist. Doch dafür kannte Jansen in dieser Gegend nahe dem Naturpark Schwalm-Nette alle Wege und wusste auch, wohin sie führten.

Der Verfolgte fuhr in Richtung holländische Grenze, ein Gebiet mit stark versumpften Flussauen, Erlenbruchwäldern und ehemaligen Torfgruben. Der Boden wurde glitschig, die Räder drehten durch. Jansen legte die Differentialsperre ein. Als er eine Bodensenke durchfuhr und dabei fast stecken blieb, heulte der Motor auf. Vögel schreckten hoch, im Abblendlicht erschien ein Graureiher, dann ein Augenpaar, wahrscheinlich ein Fuchs. Seit einiger Zeit gab es hier sogar wieder Kreuzottern und Moorfrösche, die unter Wasser wie versunkene Flaschen blubberten. Ein grünes Paradies. Doch heute fehlte Jansen, der wie viele seiner Züchterkollegen auch Weidmann war, der Sinn für die Natur. Jagdfieber hatte ihn gepackt. Der Abstand zu dem Verfolgten verringerte sich zusehends. Wenn das Bremslicht am Motorrad aufleuchtete, konnte Jansen schon den Rücken des Fahrers ausmachen.

Doch dann verschwand der rote Punkt.

»Hast gemerkt, dass du verfolgt wirst, und das Licht ausgeschaltet«, sprach Jansen zu seinem Gegner in der Dunkelheit. Er hielt seinen Kopf zum Seitenfenster hinaus und folgte dem gedämpften Knattern, das nach einer Weile aus einer anderen Richtung kam.

»Bist abgebogen«, murmelte Jansen, während er seinen Wagen wendete. Ein grimmiges Lächeln lag auf seinem Gesicht, als er in den alten Pfad einschwenkte, der früher nur von Torfbauern benutzt wurde, jetzt aber in einem Gebiet lag, das vor einigen Jahren denaturiert worden war. Tief sanken die Räder in den Untergrund, hart peitschten Gräser und Büsche gegen die Stoßstange. Die Natur hatte sich den Landstrich zurückerobert.

Ohne das höher gelegte Chassis wäre er hier nicht vorangekommen. Nachdem der Wagen dennoch einige Male mit der Bodenplatte aufgesetzt hatte, hielt Jansen an. Er stieg aus und lauschte. Windgeräusche, doch dazwischen vernahm er einen Motor, der mehrere Male schrill aufheulte – und urplötzlich erstarb. Danach waren Anlassergeräusche zu hören. Doch die Maschine wollte nicht anspringen.

Dem Klang der vergeblichen Startversuche folgend, machte sich der Pferdezüchter zu Fuß auf die Suche.

»Jetzt sitzt du in der Patsche«, murmelte Jansen, als er im Schein seiner Taschenlampe das Motorrad entdeckte, die Räder tief eingewühlt im Morast. Vorsichtig, mit dem Gewehr in der Armbeuge, ging Jansen weiter. Er wusste, dass der Verfolgte ganz in der Nähe sein musste.

Und dann sah er die Gestalt. Bis zu den Knien stand der Mann im Moor. Das Gespräch mit Kommissar Kolbe kam Jansen wieder in den Sinn. »Wenn wir den Täter schnappen«, hatte der Beamte gesagt, »bekommt er die ganze Härte des Gesetzes zu spüren. Paragraph 17 des Tierschutzgesetzes: Wer ein Wirbeltier ohne vernünftigen Grund tötet oder ihm erhebliche Schmerzen oder Leiden zufügt, wird mit Freiheitsstrafe bis zu drei Jahren bestraft.«

»Nur maximal drei Jahre Haft für ein Dutzend gemordeter Pferde?«

»Ja, das heißt, falls der Täter bei klarem Verstand ist.«

»Und wenn er's nicht ist?«

Darauf hatte der Kommissar mit einem Achselzucken geantwortet. »Wir müssen ihn ja erst einmal überführen, was schwer genug sein dürfte, wenn wir ihn nicht auf frischer Tat ertappen oder zumindest die Tatwaffe bei ihm finden.«

Jetzt hatte Jansen den mutmaßlichen Täter gestellt, der abwehrend eine Hand vor die Augen hielt, bis der Pferdezüchter den Lichtstrahl der Taschenlampe erst kurz auf sich selbst und danach sehr demonstrativ auf sein Gewehr richtete. Er hatte genug gesehen: Da waren Blutspritzer im Gesicht des Pferdemörders, Blut auch an seiner Kleidung.

»Was starren Sie mich so an«, rief der Mann, der eine Wollmütze, Handschuhe und einen schwarzen Anorak trug. »Helfen Sie mir!«, forderte er Jansen auf.

»Wie denn?«

»Indem Sie näher kommen und mir Ihr Gewehr reichen!«

»Keine Angst, dass es losgeht?«

»Warum sollten Sie auf mich schießen? Hab doch nur eine Spazierfahrt gemacht.«

»Um diese Zeit? Und dann im Naturschutzgebiet?«

»Fühlte mich verfolgt, verfolgt von Ihnen.« Der Mann versuchte ein Bein aus dem Sumpf zu heben, sank dafür aber mit dem anderen nur um so tiefer ein. »Nun machen Sie schon! Schließlich bin ich ja durch Ihre Schuld hier reingeraten!«

Ach, so sah es aus! Klar, der Kerl würde alles abstreiten, er würde die Blutspritzer von seinem Gesicht abwaschen und die Tatwaffe verschwinden lassen - falls er das nicht schon längst getan hatte. Ein Beweis musste her!

Langsam setzte sich Jansen in Bewegung. Bis auf drei Meter tastete er sich auf dem unsicheren Untergrund an den Mann heran. Wasser schwappte in seine Gummistiefel.

»Mit dem Gewehr klappt es nicht«, sagte er. »Wir brauchen ein Seil, eine Stange oder zumindest einen langen Ast. Doch hier ist ja nicht einmal ein Baum in der Nähe.«

Weil Birken dem Boden das Wasser entziehen und so die Bildung von Moor verhindern, waren die Bäume vor Jahren in einer Aktion gefällt und entfernt worden. Eine gute Maßnahme, urteilte Jansen in diesem Moment, denn sie gab seinem Handeln eine glaubhafte Erklärung.

»Ich gehe jetzt zu meinem Wagen, fahre los und besorge etwas, um Sie herauszuziehen. Ohne einen langen Gegenstand ist ja nichts zu machen.«

»Nein!« Es klang wie ein Schrei. »Bleiben Sie! Ich hab hier etwas, womit Sie mir helfen können.«

Nachdem der Mann den Reißverschluss seines Anoraks geöffnet hatte, holte er aus einer Innentasche ein Bündel Metallstäbe hervor, die an den Enden mit Gewinde versehen waren. Mit geübten Griffen schraubte er die Einzelteile zu einem gut zwei Meter langen Stück zusammen; ein Ende hatte einen Holzgriff, das anderen mündete in einer dreieckigen Pfeilspitze.

»Nehmen Sie den Griff, ziehen Sie mich hier raus!«, wimmerte der Mann.

Vor Jansens geistigem Auge erschien das Bild ermordeter Pferde und das des Fohlens, wie es mit letzter Kraft versucht, zu seiner toten Mutter zu kriechen. Einen Augenblick war er geneigt, den Griff zu packen und dem Mann die Spitze in den Leib zu rammen. Dann überwand er diesen Impuls. Schritt für Schritt ging er zurück.

»Warten Sie!«, rief der Mann ihm nach. »Sie können mich doch hier nicht so einfach . . . das wäre Mord!«

»Allenfalls unterlassene Hilfeleistung«, erwiderte Henning Jansen kalt. »Aber ich gehe ja Hilfe holen.«

Bevor ihn die Dunkelheit verschluckte, dreht er sich noch einmal um. »Beten Sie, dass es nicht zu lange dauert, bis ich wiederkomme - und beten Sie, dass meine Nachbarn, die alle Pferdenarren sind, Sie nicht schon vorher finden.«

Vollblüter und falsche Blüten

»Hallo, Sie da, junger Mann - Sie haben Ihre Tasche vergessen!«

Ernst Lewejong fährt zusammen. ‚Nicht schon wieder', denkt er, bleibt zögernd stehen und lehnt sein Fahrrad umständlich gegen einen Baum. Ganz langsam dreht er sich um. Er spürt, wie sich auf dem Hemd unter seinen Armen Schwitzflecken ausbreiten, die Sonnenstrahlen stechen zwischen den Bäumen auf ihn herab.

»Das ist doch Ihre Tasche?« Ein junges Mädchen mit rotem Pferdeschwanz, kurzem Jeansrock und pinkfarbenem T-Shirt hält eine abgeschabte schwarze Fahrradtasche in die Luft. Das knappe Shirt ist hoch gerutscht und gibt den Blick auf ein Bauchpearcing frei.

‚Junger Mann!' Ernst muss grinsen. Er könnte mit seinen zweiundfünfzig Jahren ihr Großvater sein. Na ja, fast. Gemächlich geht er auf das Mädchen zu, greift nach seiner Tasche und murmelt: »Ja, das ist meine Tasche. Danke.« Er zwingt sich, nicht auf ihren nackten Bauch zu starren und nicht auf ihren üppigen Busen.

‚Sicher ein Pushup', denkt Ernst. So etwas trägt seine Tochter Annette auch. In die Augen kann er dem Mädchen nicht gucken, er hat ein schlechtes Gewissen und sie ist so ehrlich.

»Danke, dann ... «, sagt Ernst und klemmt die Fahrradtasche wieder auf dem Gepäckträger fest.

»Sie sollten die Tasche besser seitlich befestigen. Dafür sind doch extra die Haken da«, schlägt das Mädchen vor. »So wie Sie die Tasche hinten drauf haben, rutscht sie Ihnen bestimmt gleich runter.«

‚Kind, geh deiner Wege', denkt Ernst und seufzt. ‚Seit zwei Stunden versuche ich diese vermaledeite Tasche los zu werden, aber die Krefelder sind einfach zu ehrlich. Du bist jetzt die dritte, die mir die Tasche hinterher trägt.'

»Danke, das klappt schon«, sagt er laut und will auf sein Fahrrad steigen.

»Ich finde das nicht gut, dass Sie hier im Stadtwald mit dem Rad fahren«, sagt das Mädchen streng. »Hier laufen so viele kleine Kinder rum und Hunde. Das ist doch gefährlich.«

Ernst schluckt: »Aber das ist erlaubt.« Er wischt sich den Schweiß von der Stirn und sucht mit den Augen die Umgebung nach dem blau-weißen Gebotsschild ab, auf dem Fußgänger und ein Fahrrad abgebildet sind. Das Mädchen geht in Richtung Stadtwaldhaus davon. Trotzig besteigt Ernst sein Fahrrad, da hört er plötzlich eine verzerrte Stimme. Sie dringt aus den Lautsprechern der Pferderennbahn zu ihm herüber.

‚Richtig, heute ist Renntag', denkt Ernst erfreut, und ein befreites Lächeln legt sich auf sein Gesicht.

»Pferderennen! Das könnte die Lösung für mein Problem sein.« Vorsichtig tastet er mit der rechten Hand hinter sich und fühlt, ob die Tasche noch sicher an ihrem Platz ist. Zielstrebig tritt er in die Pedale, er will keine Zeit verlieren, jetzt, wo er endlich weiß, wie er den Inhalt seiner Satteltasche unauffällig los werden kann.

Da rast plötzlich ein schwarzer Schäferhund aus dem Gebüsch und zwingt Ernst zu einer Vollbremsung. Kieselsteine spritzen hoch, als der Vorderreifen blockiert. Eine Staubwolke hüllt ihn ein. Das Hinterrad bricht aus und Ernst kann sich gerade noch mit dem linken Arm auf dem Waldweg abstützen, um nicht hinzufallen. Der Schäferhund springt bellend vor ihm auf und nieder.

»Mensch!«, entfährt es Ernst in Panik. Er fürchtet, der Hund könne nach ihm schnappen und fühlt, wie Schweisstropfen seinen Nacken hinunter laufen.

»Lass meinen Hund in Ruhe, du Blödmann!«, brüllt ein weißhaariger Mann, der eine Hundeleine wie ein Lasso über seinem Kopf kreisen lässt. Ernst erwartet, dass sie wie eine Peitsche auf ihn niedersausen wird.

»Pardon«, nuschelt Ernst und bringt sein Rad in die Senkrechte. Mit einem ängstlichen Blick auf den Hund will er sich davonmachen.

»He, Blödmann«, schreit der alte Mann hinter ihm her, »du hast deine Tasche verloren!«

»Einmal? Das macht fünf Euro«, sagt der Herr im Kassenhäuschen. »Nur Frauen und Kinder haben freien Eintritt«, erklärt er freundlich, während Ernst nervös seine Jackentaschen nach dem Portemonnaie absucht.

»Ich muss meine Geldbörse vergessen haben«, stellt er kopfschüttelnd fest. Ein leiser Ton der Verzweiflung klingt in seiner Stimme mit. Ernst klemmt die Satteltasche unter den Arm und will sich schon abwenden, als sich sein Gesicht erhellt.

»Ach, warten Sie, ich hab doch . . .« Ungeschickt öffnet er eine der beiden Schnallen seiner Fahrradtasche und fischt einen Hundert-Euro-Schein heraus.

»Tut mir Leid, ich hab's nicht kleiner.« Er zieht die Achseln hoch, doch der Mann im Kassenhäuschen händigt ihm problemlos das Wechselgeld und die Eintrittskarte aus. Ernst starrt wie gebannt auf die fünfundneunzig Euro in seiner rechten Hand.

»Stimmt etwas nicht?«, fragt der Kassierer.

»Doch, nein, alles bestens«, freut sich Ernst und lässt das Geld bedächtig in seiner Hosentasche verschwinden.

»Ja, so geht es auch«, murmelt er und schlurft zum Eingang, wo ein Uniformierter der Securityfirma seine Eintrittskarte freundlich lächelnd entwertet.

Als erstes ersteht Ernst für vier Euro ein Programmheft, das er mit dem Geld aus seiner Hosentasche bezahlt. Er war seit Jahren nicht mehr auf der Rennbahn und will sich erst einmal mit den Regeln des Pferdewettens vertraut machen. Die Fahrradtasche fest unter dem linken Arm blättert er aufgeregt das Heft durch, während er mit dem Menschenstrom zum nächstgelegenen Bierstand geschwemmt wird.

‚Mindesteinsatz für Sieg- und Platzwetten zwei Euro', liest er. ‚Für Zweier-, Dreier- und Platz-Zwillings-Wetten ein Euro fünfzig. Lächerlicher Betrag. Was ist denn überhaupt eine Platz-Zwillingswette? Ach, hier steht es: Sie setzen auf zwei Pferde, die, egal in welcher Reihenfolge, unter den ersten drei sein müssen. Die Nummern der Pferde müssen in den Spalten eins und zwei der Kombi-Zeile eingetragen werden. Kombi-Zeile? Hm. Warum steht hier nichts vom Höchsteinsatz? Ob ich mich verdächtig mache, wenn ich hundert Euro auf Sieg setze?'

Jetzt steht Ernst in einer Schlange am Bierwagen, aber er hat keine Zeit etwas zu trinken. Er wirft einen unsicheren Blick auf die Anzeigetafel. Gleich wird das fünfte Rennen starten, drei werden noch folgen.

‚Ich muss mir erst einmal die Pferde ansehen', denkt Ernst. ‚Vielleicht kann ich da etwas aufschnappen, etwa, wer der Favorit ist.' Eilig drängt sich Ernst mit der Menschenmasse zum Führring. Dreizehn Pferde werden hier durch den Ring geführt. Manche tragen Kapuzen mit Augenlöchern, auf einigen sitzen schon die Jockeys, ein Fuchs hat Scheuklappen.

‚Das ist mein Favorit', seufzt Ernst, ‚diese trippelnden Schrittchen und wie der nervös mit dem Kopf wackelt, der kommt doch garantiert nicht als Erster ins Ziel. Komm Junge, zeig dich mal von der Seite, welche Nummer hast du denn?'

Ernst sucht in seinem Programmheft das fünfte Rennen, den Onken-Fruchtquark-Preis. Um mehr Bewegungsfreiheit zu haben, stellt er die Fahrradtasche auf den Boden zwischen seine Beine.

‚Hm, der Schwarze, das muss ein Rappe sein', erinnert

sich Ernst, ‚der sieht richtig kaltblütig aus, der hängt die anderen doch alle ab. Auf den kann ich nicht wetten'.

»Der da, gelb-grün, mal sehen, Stall Bismarck«, murmelt er vor sich hin. ‚Frau Gernereich, netter Name. Aber die Namen der Pferde, die kann man ja zum Teil kaum aussprechen. Boccaccio, Totwoyou, Kowloon, Molinari, ist das nicht ein Schnaps? Also wirklich, früher hießen die Pferde noch Sternenprinzess, Zigeunerwind und Windvogel – oder hab ich das falsch in Erinnerung? Egal, ich muss mir nur die Nummern merken.'

Es wird Zeit, dass er sich Richtung Wettschalter begibt, schließlich muss er noch eine Menge Wettscheine ausfüllen. Ernst schnappt sich seine Tasche. 'Wenn ich auf jedes Pferd der drei folgenden Rennen hundert Euro auf Sieg setze, werde ich gerade mal ein knappes Drittel von dem Geld aus der Tasche los', überschlägt Ernst unterwegs. ‚Ich muss über dreissig Wettscheine ausfüllen und an verschiedenen Schaltern abgeben, wenn ich nicht auffallen will, und das will ich bestimmt nicht.'

Eine schwere Pranke legt sich unvermittelt auf seine Schulter. Ernst erstarrt.

»Lewejong? Ernst Lewejong? Nä, dat is doch nich möchlich – alter Knabe!« brüllt eine rauhe Stimme an seinem Ohr. »Kennst do mich noch? Ich bin dä Pitter, Pitter Lönnendönker, wir waren zusammen auf Fichte. He Ernst, dat hasse doch nich vergessen, dat Fichtejymnasium? Ich bin nach der Zehn abjejangen und hab beim Vatter im Betrieb anjefangen. On do? Wat is aus dir jeworden? Wie jeht et deinem Vatter? Lebt dä noch?«

»Peter, ach ja – ich erinnere mich.« Nervös zwinkert Ernst mit den Augen, wie wird er diesen Typen möglichst schnell wieder los? »Ich – äh – bin Lehrer, aber nicht hier in Krefeld – äh – in Moers. Gesamtschule. Mein Vater ist im Krankenhaus, aber er lebt noch.«

Kaum hat er diesen Satz ausgesprochen, ist ihm klar, dass er einen Fehler gemacht hat. »Nein, nein«, korrigiert er sich schnell, »er ist nicht mehr im Krankenhaus. Mein Vater ist zu Hause, ihm geht es gut, aber das ist eine längere Geschichte.« Ernst spürt, wie ihm die Hitze in den Kopf fährt, jetzt hat er gelogen. Seinem Vater geht es nicht gut, sein Vater liegt im Krankenhaus und er weiß nicht einmal, wie es um ihn steht. Wie ernst es wirklich ist. Als er heute vormittag mit seiner Tochter zum Haus seines Vaters auf dem Dahlerdyk gefahren war, hatte niemand geöffnet. Einer Eingebung folgend hatte er den Schlüsselbund mitgenommen, der für Notfälle zu Hause deponiert war. Kaum hatten sie die Wohnung betreten, war Annette ins Wohnzimmer gestürzt und hatte ihren bewusstlosen Opa gefunden. Er lag auf dem Teppichboden neben einer Leiter, von der er gefallen sein musste.

»Wir sind doch nur eine Woche auf Ibiza gewesen, Thea und ich«, schluchzte Ernst entschuldigend. »Kann man dich denn nicht mal sieben Tage alleine lassen, ohne dass du Dummheiten machst, Vater?«

»Papa, jetzt dreh mal nicht durch, der Opa lebt noch«, sagte Annette. »Ich ruf gleich den Notarzt, aber vorher solltest du schnell all das Zeug wegräumen.« Dabei zeigte sie auf die Geldscheine, die mit Büroklammern an Schnüren hingen, die kreuz und quer durch das Zimmer gespannt waren.

»Hat der Opa die alle gedruckt?« Annette kicherte und schnitt die Leinen ab, während Ernst hastig die Scheine aufeinander legte.

»Mensch Annette, damals, das war doch ein Versehen gewesen. Ein Kunde hatte Opa den Auftrag gegeben, die Geldscheine zu drucken. Sie waren nur auf einer Seite bedruckt und nur zu Werbezwecken gedacht, hatte es geheißen. Opa konnte nicht wissen, dass der Typ die Scheine aufeinander kleben würde. Logisch, dass der Typ aufgeflogen ist und Opa hing mit drin.«

»Ja, ich weiß«, sagte Annette, »und Opa ist ja auch mit einer Geldstrafe davon gekommen. Das finde ich aber echt cool, dass er jetzt mit über achtzig noch mal - äh - zugeschlagen hat. Guck mal, das sind richtige Kunstwerke, die sehen wirklich echt aus, die . . . Blüten. Und so was kann man auf der alten Maschine in der Garage drucken?«, sie hielt ehrfürchtig einen Schein gegen das Licht.

»Bloss kein Wort zu Mama davon«, beschwor Ernst seine Tochter. »Ich hätte nicht geglaubt, dass er das noch mal macht. Die sperren ihn ein, wenn die ihn erwischen.«

Nachdem der Notarztwagen mit seinem Vater und Annette zum Krankenhaus gefahren war, hatte Ernst in der Küche die Hundert-Euro-Scheine ordentlich zu je hundert mit einem Papierstreifen versehen. Es waren zehn Stapel mit je hundert Scheinen, ungefähr acht mal fünfzehn Zentimeter groß, und dort, wo die Banderole saß, etwa zwölf Millimeter dick. Das ergab genau hunderttausend Euro, die Ernst in einer Plastiktüte verstaute. Sie nahmen viel weniger Platz ein, als er gedacht hatte. Zu Hause überlegte er, das Geld im Garten zu vergraben, aber das Risiko, dass Thea irgendwann bei der Gartenarbeit auf die Blüten stieß, wollte er nicht eingehen. Als seine Frau vom Einkaufen zurück kam, berichtete er ihr, dass sein Vater im Krankenhaus sei. »Vater muss wohl bei der Hausarbeit von der Leiter gestürzt sein. Annette ist mit ihm zum Krankenhaus gefahren.«

»Hab ich nicht gesagt, wir können den Vater nicht mehr alleine lassen«, trumpfte Thea auf. »Wer weiß, wie lange der da bewusstlos gelegen hat. Es ist einfach Zeit, dass er in ein Altenheim kommt. Der kann doch nicht ewig so alleine vor sich hinbusseln.«

»Nun reg' dich bloß nicht auf, Thea. Annette hat jeden Tag mit ihm telefoniert und er ist bestens zurecht gekommen.«

»Trotzdem«, beharrte Thea, »sobald er aus dem Krankenhaus raus ist, sprichst du mit ihm.«

Bevor sich Thea weiter ereifern konnte, rief Annette aus dem Krankenhaus an. Ihr Großvater habe das Bewusstsein wiedererlangt, es ginge ihm soweit ganz gut und gerade würde untersucht, ob er sich etwas gebrochen hätte. Sie wolle im Krankenhaus bleiben, bis die Untersuchungen abgeschlossen wären.

»Auf das Mädchen ist Verlass«, hatte Ernst stolz festgestellt. Dann verabschiedete er sich unter einem Vorwand und Thea schien froh zu sein, dass er ihr unter den Füßen weg war.

Ernst hatte den Plastikbeutel mit den Blüten in seiner Fahrradtasche verstaut und sich auf den Weg gemacht, um das Falschgeld verschwinden zu lassen.

»Erzähl mal«, fordert Peter Lönnendönker interessiert, »ich jeb einen aus. Auf unser Wiedersehen. Komm, wir trinken einen zusammen bei Rudolph's auffe Rennbahn - janz jediegen - un do vertells mich alles in Ruhe.«

»Nein - nein, Peter, tut mir Leid, aber ich habe keine Zeit.« Ernst schnappt nach Luft. Verdammt, was soll er nur sagen? Wenn er nicht sofort die Wettscheine ausfüllt, machen die Schalter zu und er steht da mit all dem Falschgeld in seiner Tasche und weiß nicht, wie er es los werden soll. »Lass mich einfach in Frieden. Ich hab dich all die Jahre nicht gesehen und ich hab dich all die Jahre nicht vermisst. Es ist mir scheißegal, was du jetzt machst, hast du verstanden?"

Pitter Lönnendönker bleibt der Mund offen stehen, »Ähja - is ja jut.« Damit dreht er sich um und geht.

»Tut mir ehrlich Leid«, sagt Ernst leise, als sein ehemaliger Klassenkamerad außer Hörweite ist. Gerade nimmt er einen Wettschein aus dem Ständer, als er hört, wie das nächste Rennen angesagt wird. Die Wettkasse nimmt für das fünfte Rennen keine Wetten mehr an. Trotzdem gibt es einen neuen Hoffnungsschimmer, Ernst hat auf dem Wettschein entdeckt, dass er bis zu fünfhundert Euro wetten kann. Er stiert auf die vielen Zahlen und Kästchen auf dem Wettschein. Er könnte schon für das nächste Rennen die Wettscheine ausfüllen. Ob er sich die Pferde vorher angesehen hat oder nicht, ist egal. Er wird einfach wahllos Zahlen ankreuzen und jedes Mal die fünfhundert in der Zeile für den Wetteinsatz. Ernst nimmt einen Kugelschreiber zur Hand. Doch gerade als er den ersten Schein ausfüllen will, bemerkt er, dass seine Tasche nicht mehr auf dem Boden zwischen seinen Füßen steht.

‚Meine Tasche ist weg', Ernst grinst. ‚Also doch nicht alle ehrlich, die Krefelder, ha!' Oder könnten das die Kölner Klaukids gewesen sein. Das hat er gerade letzte Woche in der Zeitung gelesen - strafunmündige Kinder reisen aus Köln an und stehlen in der Krefelder Innenstadt Omas und Hausfrauen Handtaschen und Portemonnaie.

‚Na wunderbar', denkt Ernst, ‚nehmt mein Falschgeld nur mit nach Köln, das ist ganz hervorragend.' Er fühlt sich befreit, richtig erleichtert. Er will die Arme hoch reißen, um zu jubeln - da fühlt er, dass seine Tasche unter dem linken Arm eingeklemmt ist. Es ist fast, als sei sie schon mit ihm verwachsen. Große Enttäuschung, beinahe ein Gefühl der Wut ergreift von ihm Besitz. Trotzig gräbt er mit dem Kugelschreiber Furchen auf den Wettschein. Schon durchfährt ihn ein neuer Gedanke. Was ist, wenn er gewinnt? Dann würde er sauberes Geld mit nach Hause nehmen. Das würde bedeuten, dass er Falschgeld gewaschen hat. Geldwäsche ist strafbar. Ihm bricht der Schweiß aus.

»Vater was hast du mir angetan?« Ernst wirft den Kopf in den Nacken und richtet den Blick auf das Kunststoffdach am Wettschalter. Die gleißende Sonne blendet ihn.

‚Die sauberste Lösung wäre, ich würde das Geld verbrennen', grübelt Ernst. Noch vor ein paar Jahren wäre das kein Problem gewesen, er hätte die Blüten einfach mit den Gartenabfällen verbrannt. Aber das ist seit kurzem nicht mehr erlaubt. Die Stadt braucht Geld, koste es was es wolle. So will man auch mit der Entsorgung der Gartenabfälle Moos machen. Außerdem kann man denen, die beim illegalen Verbrennen erwischt werden, ein Bußgeld aufbrummen. Kurz zieht Ernst in Erwägung, der Stadt das Falschgeld als anonyme Spende zukommen zu lassen, verwirft den Gedanken aber schnell wieder.

Wie wäre es, wenn er dem langen Dürren, der auf der Hochstraße die Passanten mit dem Spruch ‚hasse mal'n Euro' nervt, einfach seinen Geldkoffer schenken würde. Aber er will den armen Kerl ja nicht in Schwierigkeiten bringen - nicht dass der wegen ihm noch in den Knast käme.

‚Wenn ich Thea mit dem Zaster in die City schicken würde, wäre er im Nu weg', sinniert Ernst, ‚aber wie soll ich ihr erklären, wo das Geld her ist?' Ruhelos beobachtet er die Menschen um sich herum. Sie alle jagen dem Geld hinterher und er hat es hier in seiner Tasche und weiß nicht wohin damit. Sein Blick fällt auf die Seite einer Zeitung, die jemand achtlos auf die Erde geworfen hat.

‚Krefeld vor 25 Jahren' ist eine Rubrik überschrieben. Und dann glaubt er seinen Augen nicht zu trauen: ‚Falschgeld auf der Rennbahn'. Hatte da etwa auch sein Vater die Finger im Spiel? Als hätte man ihn ertappt, hält Ernst seine Fahrradtasche vor den Bauch gepresst. Ängstlich um sich blickend verlässt er auf dem schnellsten Weg das Gelände der Krefelder Pferderennbahn.

Mit zittrigen Fingern versucht er, sein Fahrradschloss aufzuschließen. Bloß weg hier. Sein Schlüssel rutscht ihm aus der Hand und fällt zu Boden. Ernst kämmt mit den Fingerspitzen durch die Grasbüschel, doch er findet seinen Schlüssel nicht wieder.

»Kann ich helfen?«

Ernst fährt zusammen. Neben ihm steht ein junger Mann mit kurz geschorenen Haaren. Durch seine Augenbraue ist eine Sicherheitsnadel gestochen. Er trägt einen dunklen Ledermantel und Stiefel und in der Hand ein Taschenmesser. Ernst schluckt. Dann hält er dem Mann seine Fahrradtasche hin. »Da, nehmen Sie«, sagt er mit dünner Stimme. ‚Der ist ein Geschenk des Himmels', freut sich Ernst und vergisst seine Angst. ‚Jetzt wird alles gut. Komm Junge, nimm mein Geld und lass' mich gehen.'

Aber der Kahlrasierte lacht nur und tritt einen Schritt auf Ernst zu. »Ne, halt dein Köfferchen mal selber und ich mach das Schloss auf. Schlösser sind meine Spezialität.« Er zwinkert Ernst zu, schiebt ihn zur Seite und mit ein paar geübten Bewegungen hat er mit Hilfe des Taschenmessers das Fahrradschloss geknackt.

»Gelernt ist gelernt«, grinst der Typ und streckt Ernst die Faust mit nach oben gestrecktem Daumen entgegen, »Gute Fahrt auch.«

Ernst nickt nur sprachlos. Er hat das Gefühl, dass heute alles etwas zu viel für ihn war und beschließt, einfach nach Hause zu fahren.

‚Ich muss nur aufpassen, dass Thea nichts merkt', sagt er sich. Vielleicht ist Annette inzwischen zurück. Gut möglich, dass sie eine Idee hat, wie man die Blüten loswerden könnte. Auf seine Tochter kann Ernst sich verlassen, da ist er ganz sicher.

Er biegt in die Hohenzollernstraße ein. Plötzlich verschwindet die Sonne hinter einer Wolke und es kommt ein frischer Wind auf. ‚Ich sollte mich beeilen und mir eine glaubwürdige Geschichte für Thea ausdenken, wo ich so lange gewesen bin', überlegt Ernst. Am Bismarckplatz darf man nicht links abbiegen, deshalb überquert er die Fussgängerampel, um auf die Viktoriastraße zu gelangen. Er schiebt sein Rad an den randvollen Glascontainern vorbei und als er sich auf gleicher Höhe mit dem Papiercontainer befindet, bleibt er wie hypnotisiert stehen.

»Das ist es!« Vorsichtig sieht er sich um, doch es sind kaum Leute unterwegs. Niemand beachtet ihn, als er den Plastikbeutel aus der Tasche holt und ein Geldbündel nach dem anderen in den Schlitz versenkt. Dann faltet er die Tüte fast pedantisch zusammen, legt sie in seine Tasche, befestigt die Tasche auf dem Gepäckträger und fährt geradewegs nach Hause.

Thea hat eben den Tisch gedeckt und schaut streng auf die Uhr. »Na, da hast du ja Glück gehabt, dass du pünktlich bist. Wir wollten gerade mit dem Essen beginnen.«

Auf dem Tisch stehen drei Teller Strammer Max, hinter Thea steht Annette und macht ihrem Vater wilde Zeichen. Sie reibt Daumen und Zeigefinger aufeinander und reckt den Daumen der linken Hand in die Höhe. Ernst versteht nicht, was sie von ihm will und fragt: »Wie geht es Opa?«

»Mach dir um Opa keine Sorgen«, sagt Annette und feixt, »Unkraut vergeht nicht, soll ich dir sagen. Er hat nichts gebrochen und auch sonst konnte nichts festgestellt werden – außer ein paar blauen Flecken. Er muss nur zur Beobachtung im Krankenhaus bleiben, sie wollen sicher gehen, dass er keine Gehirnerschütterung hat.« Annette rollt mit den Augen, ohne dass ihre Mutter das sehen kann und deutet mit dem Kopf in Richtung Badezimmer.

»Ach, ich muss mir vor dem Essen noch die Hände waschen«, sagt Ernst und verlässt den Raum.

»Bin gleich zurück, Mama«, flötet Annette und folgt ihrem Vater. Hastig schließt sie die Badezimmertür hinter sich zu.

»Papa, du ahnst es nicht, Opa ist reich!«, jubelt sie. »Das ist kein Falschgeld, alles echte Scheine! Er hatte sie im Wohnzimmer aufgehängt, um uns zu überraschen. Als er unser Auto heute morgen kommen hörte, hat er eine Sprosse auf der Leiter übersehen und ist gestürzt. Er hat beim Pferderennen hunderttausend Euro gewonnen – ‚Außenwette' sag ich nur!«

Unten sündig, oben gesund

Der amerikanische Millionär Augustus van Dorn nahm ein Lehmbad. Als Exzentriker ersten Ranges nahm er es mit dem Kopf voran. Das war nicht nur wunderlich, sondern im Hinblick auf eine ungehinderte Sauerstoffzufuhr auch eine Dummheit sondersgleichen. Folglich fand ihn sein Sekretär Angus McLeod an jenem dreißigsten März gegen sieben Uhr in der Frühe tot auf. Dass an eben diesem Tage auch Karl May verstorben war, erfuhr man erst Tage später aus den Gazetten.

Als das Mündel des Millionärs, die junge Millicent Kelsoe, vom Tod ihres Oheims erfuhr, nahm sie gerade eine Scheibe Graham-Butterbrot, allerlei Nussobst und ein Glas ungekochte Milch zu sich. In der Kurtaxe von vierzig Reichsmark (inklusive Verpflegung und Bäder, jedoch ohne Unterbringung) sah der Wochenmenüzettel nach Pastor Felke diese Speisefolge für den Sonntagmorgen vor.

Millicent blickte – für eine junge Dame aus feinem Haus – ein klein wenig zu weltschmerzlich aus ihren blaugrünen Augen. Als ihr Onkel vor einem halben Jahr vorgeschlagen hatte, den Sommer in Europa zu verbringen, da schwebten ihr Paris und Florenz vor, allenfalls noch Baden-Baden. Aber nein, ihr Onkel bestand auf diesem ominösen, bäuerlichen Ort am Niederrhein, den jenseits des Atlantiks kein Mensch kannte. Millicent war nicht verwöhnt, sie brauchte keine mondäne Atmosphäre. Doch dieser ‚*Weltkurort am Moersbach*', wie Repelen sich nannte, war ihr dann doch ein wenig zu fern von allem.

Den Duft der großen weiten Welt verströmten allenfalls

die beiden chinesischen Herren, die von Einheimischen und Gästen gleichermaßen bestaunt wurden. Die Chinesen sprachen Deutsch, jedoch mit fremdartigem Singsang, und taten sich besonders bei den Lichtluftbädern hervor, bei denen man - gemäß Pastor Felke - nackt im Freien umherlaufen und dabei von Zeit zu Zeit energische Bewegungen mit den Gliedmaßen ausführen musste. Natürlich hatte Millicent die beiden chinesischen Herren nie bei einem derartigen Lichtluftbad gesehen, das schickte sich nicht. Aber Gerüchte eilten schnell durch diesen winzigen Ort. Wobei Millicent bei einem solchen Anblick sicher nicht nach dem Riechfläschchen verlangt hätte. Man schrieb schließlich schon das Jahr 1912 - und Millicent war eine moderne, aufgeklärte Frau.

»Miss Millicent.« Angus McLeod deutete eine übertrieben servile Verbeugung an und setzte sich dann unaufgefordert an ihren Tisch. Millicent hob eine Augenbraue.

»Miss Millicent«, flüsterte der Sekretär heiser und mit hochrotem Gesicht. »Sie müssen jetzt sehr tapfer sein. Ich habe eine schlimme Nachricht für Sie.«

Millicent schürzte die Lippen. »Besteht mein Oheim jetzt etwa doch darauf, dass ich die poröse Jungborn-Unterkleidung trage, die Pastor Felke ihm so innig ans Herz gelegt hat? Sagen Sie ihm, dass es mir egal ist, ob der Lehmpastor dieser Leibwäsche die Palme reicht oder nicht. Ich trage meine französische Spitze und damit basta!«

Wäre es anatomisch möglich gewesen, der Sekretär wäre noch roter angelaufen. Nein wirklich, Leibwäsche als Tischgespräch. Diese jungen Dinger von heute. »Ach, Miss Millicent. Es hat sich ein schreckliches Unglück ereignet. Sie müssen jetzt gefasst sein!«

Millicent legte den Streuer mit der vegetarischen Rosan-Nährsalzwürze zur Seite. Angus McLeod presste ihr die schmierige Rechte auf den Unterarm. Eine Impertinenz sondersgleichen, aber Millicent schwieg.

»Miss Millicent, Ihr Oheim ist soeben von uns gegangen.«

Herr Hermes, der Jungborninspektor, schüttelte den Kopf. Das lag nicht an der mit Zweigen nur notdürftig verhüllten Leiche im Lehmbad, deren blankes Hinterteil obszön aus der silberhell verzinkten Kurwanne aus Eisenblech ragte, sondern an der Anwesenheit der resoluten jungen Dame, für die das doch hier weiß Gott nicht der richtige Aufenthaltsort war. Damen war nämlich der Zutritt zum Männerpark strikt untersagt. Aufgrund des frisch gestärkten, modisch hohen Kragens fiel ihm das Kopfschütteln allerdings reichlich schwer. Er sah aus wie ein Marabu, den eine Zecke in den Nacken zwickt.

»Hochverehrtes Fräulein, Sie sollten sich vielleicht zurückziehen. Ihre Nerven . . .«

»Meinen Nerven geht es gut, vielen Dank.« Millicent beugte sich über ihren Onkel. Dass Angus McLeod seinen Dienstherrn nicht in eine manierlichere Position gehievt hatte, musste man ihm nachsehen, war er doch ein schmächtiges Bürschchen und ihr Onkel – nun, nicht zu Unrecht hatte ihn der Pastor auf strengste Entgiftungsdiät gesetzt.

»Mein Oheim ist mitnichten einem Unfall erlegen«, verkündete Millicent und richtete sich wieder auf. Höchste Zeit, drohte doch das Korsett ihr die Luftzufuhr abzuschnüren. »Er wurde ermordet.«

»Ermordet?« Jungborninspektor Hermes und Angus McLeod schrien zeitgleich auf.

Millicent nickte. »Aber sicher doch. Sehen Sie die blauen Flecke auf seinen Schultern? Da hat ihn der Mörder gepackt und mit dem Gesicht in den Lehmbrei gedrückt.«

In diesem Moment fiel Sekretär Angus McLeod in Ohnmacht.

»Aber wertes Fräulein – wer sollte einen Grund haben, Ihren Onkel zu meucheln? Noch dazu hier, in unserem idyllischen Kurort?«

Moers-Repelen hatte seine ehemalige Ruhe und ländliche Beschaulichkeit im Jahre 1898 verloren, als der neue Pfarrer an der evangelischen Dorfkirche, Emanuel Felke, seinen Jungbornpark gründete. Pfarrer Felke, ein freundlich lächelnder älterer Herr mit Bart und Brille, der gern barfuß in Sandalen herumzulaufen pflegte, hatte seinerzeit im Bergischen Land bei einer Diphterie-Epidemie unter den Kranken wahre Wunder gewirkt und schwor auf homöopathische Mittel. In seiner neuen Pfarre ging er daran, durch gezielte Badeanwendungen, turnerische Bewegungsabfolgen und entgiftende Ernährungspläne, namentlich Früchte als Rohkost, den Menschen in Repelen einen Jungbrunnen zu liefern. Den enormen Erfolg, weit über die Grenzen des bukolischen Idylls hinaus, hatte er wohl selbst nicht vorausgesehen.

Die Bauern des Ortes richteten bald schon Fremdenzimmer ein und ihre Kinder verdingten sich in der Hauptkurzeit von Mai bis Oktober als Zimmermädchen, Droschkenkutscher und Bademeister.

Jungborninspektor Hermes oblag eigentlich die Aufgabe, Informationen hinsichtlich der Felke-Methode, die der Pastor in seiner frommen Bescheidenheit die *‚Repelener Methode‘* nannte, an Interessenten in alle Welt umsonst und portofrei zu versenden. Es war mitnichten seine Aufgabe, auf dem Weg zum sonntäglichen Gottesdienst auf Mordopfer zu stoßen. Noch dazu in der Vorsaison. Dennoch war er Manns genug, ob dieser ungewöhnlichen Situation Haltung zu wahren und nicht wie dieser junge amerikanische Schnösel, der des Deutschen nur bruchstückhaft mächtig war, geradezu kleinmädchenhaft besinnungslos zu werden. Das tapfere gnädige Fräulein sprach schon viel fließender deutsch. Sicherlich das Werk einer braven Gouvernante aus deutschen Landen. Nur ihre Wortwahl ließ zu wünschen übrig.

»Verdammter Mist«, fluchte Millicent gerade. »Kümmern Sie sich doch bitte um Angus.«

Jungborninspektor Hermes kniete nieder und flößte

dem Amerikaner ein paar Tropfen von Pastor Felkes Komplexmittel ein. Er trug immer eine kleine Flasche dieses homöopathischen Tonikums bei sich. Als Allheilmittel gewissermaßen. Angus McLeod kam hustend und spuckend wieder zu sich.

Millicent klopfte sich Blätter und Grashalme vom Rock, die Lehmspritzer bekam sie jedoch nicht so einfach von dem feinen Tuch. Na, wenn sie erst getrocknet waren, würden sie schon abgehen. Die junge Frau sah sich um. »Keine Fußabdrücke, nur die von Angus. Hm.« Sie musterte den Sekretär streng. Er und ihr Onkel hatten kein besonders gutes Verhältnis gehabt. Aber warum sollte McLeod seinen Arbeitgeber ermorden? Mit dessen Tod endete abrupt die Lohnzahlung.

»Wo sind Sie denn auf einmal hergekommen?«, wandte sich Millicent streng an den Jungborninspekor. »Haben Sie etwa in den Büschen des Parks gelauert?«

»Ich muss doch sehr bitten, mein Fräulein«, ereiferte sich Herr Hermes und erhob sich wieder. »Wollen Sie mir etwa Mitwisserschaft unterstellen? Oder gar die schnöde Tat selbst? Ich verlange, dass dieser ruchlose Mord unverzüglich zur Anzeige gebracht wird. Ich werde den Dorfpolizisten höchstselbst verständigen.«

»Nicht so schnell, mein Herr.« Millicent packte den Inspektor am Ärmel. »Erst will ich eine Antwort auf meine Frage.«

»Ich befand mich auf dem Weg in die Kirche. Wo alle gottesfürchtigen Bürger in diesem Moment sein sollten.« Es klang vorwurfsvoll. Millicent war auf diesem Ohr taub. Sie war ja keine Bürgerin des Ortes. Innerlich schüttelte sie den Kopf. Was hatte dieser Inspektor mit ihrem Onkel zu schaffen? Gar nichts. Folglich hatte er auch kein Motiv für diese Bluttat. Es blieb ein Rätsel.

»Ich schlage jetzt Alarm.« Hermes riss sich los.

»Das würde ich mir an Ihrer Stelle aber nochmal überlegen.«

Millicent, Jungborninspektor Hermes und Sekretär McLeod schraken auf. Die markige Stimme gehörte einem jungen Mann mit Monokel und jägergrünem Gehrock. Er zupfte sich das eidottergelbe Halstuch über dem Vatermörder zurecht und schob seinen Strohhut in kessem Winkel in den Nacken. »Sie haben doch eine Verpflichtung dem Kurort gegenüber. Und denken Sie an Pastor Felke. Was soll aus seinem Lebenswerk werden, wenn bekannt wird, dass hier eine solch schändliche Tat geschah? Die Kurgäste werden fortbleiben und Repelen verschwindet schnurstracks in der Versenkung.«

Dieser schreckliche Gedanke fiel bei Herrn Hermes auf fruchtbaren Boden. Dem Ruf des Ortes durfte kein Makel anhaften, niemand begriff das besser als ein Jungborninspektor. Ängstlich sah er sich um. Weit und breit war keine Menschenseele zu sehen. Die Liegehalle war noch verschlossen, die Lufthütten verwaist. Millicents Wangen färbten sich in verschämtes Rosenrot. An die Möglichkeit, dass der plötzlich aus der Versenkung aufgetauchte Fremde der Mörder ihres Onkels sein könnte, kam sie angesichts seiner überaus schmucken Erscheinung nicht.

Kein Laut war zu hören, nur in der Ferne das Plätschern des Moersbaches und das Zwitschern einer Amsel. Und das Röcheln von Angus McLeod.

»Teurer Angus, wenn Sie sich übergeben müssen, dann laufen Sie doch bitte rasch zum Abort, aber tun Sie es bloß nicht hier«, mahnte Millicent.

»Teurer Angus«, fiel der Fremde ein. »Bevor Sie zum Abort enteilen, helfen Sie uns lieber, den verstorbenen Gentleman in eine der Lichthütten zu tragen. Es scheint mir doch recht respektlos, ihn hier so liegen zu lassen.«

Es ging auf neun Uhr zu, als die drei Herren den Lehm aus den roten Haaren und dem Gesicht des Toten gewischt und ihn auch wieder bekleidet hatten. Millicent hielt vor der Lichthütte Wache.

»Wir können das nicht ewig geheimhalten«, mahnte Jungborninspektor Hermes.

McLeod, der bleich gegen eine der Wände lehnte, näselte: »Ich will nicht in etwas Ungesetzliches hineingezogen werden.«

»Sie haben ihn doch nicht ermordet«, beschwichtigte Millicent.

»Seinen Tod geheimzuhalten ist in diesem Kaiserreich zweifelsohne eine zu ahnende Straftat.« Angus wischte sich mit einem Taschentuch die schweißnasse Stirn ab.

Millicent zog die Nase kraus. »Wenn Sie meinen Oheim nicht umgebracht haben und Herr Hermes auch nicht, wer war es dann?«

Die Herren Hermes und McLeod blickten bedeutungsschwanger in Richtung des Fremden.

»Oh, gestatten Sie, dass ich mich vorstelle? Emmerich Wachtendonk.« Er verneigte sich in Richtung der Dame. »Ich spaziere fröhlich auf meiner morgendlichen Runde durch den Park, da sehe ich plötzlich diese bizarre Szene vor mir: eine entzückende Maid in Not, umgeben von zwei hilflosen Lakaien und einer Leiche. Ich konnte der Versuchung nicht widerstehen, näherzutreten und mitzuspielen.«

Millicent strahlte ihn an. Was für ein verwegener Mann, ganz nach ihrem Herzen!

Hermes und McLeod tauschten einen Blick. Was für ein schwafelnder Angeber!

Herr Hermes räusperte sich. »Wer erbt denn die Millionen von Mister van Dorn?«

Millicent funkelte ihn wütend an. »Tun Sie bloß nicht so scheinheilig. Ich bin seine Alleinerbin, aber ich habe ihn nicht ermordet. Eine Frau hätte wohl ohnehin Gift genommen. Rohe, körperliche Gewalt spricht eher für einen Mann.«

»Die alte Rechnung«, krächzte McLeod plötzlich.

»Aber ja«, rief Millicent, in plötzlichem Wiedererinnern.

»Als ich meinen Onkel fragte, warum es ausgerechnet Moers-Repelen sein müsse, da sagte er etwas von einer alten Rechnung, die noch offen sei. Und er ist vor vierzig Jahren aus Deutschland nach Amerika ausgewandert. Vielleicht stammte er ja aus der Gegend?« Sie legte ihre Stirn in Falten. »Herr Hermes, wer ist der älteste Mensch im Ort?«

Der alte Friesen war der älteste Bürger des Dorfes. Millicent und Wachtendonk ließen Hermes und McLeod mit dem Auftrag zurück, den toten Onkel in der Lichthütte zu bewachen und auf sie zu warten.

Opa Friesen saß vor seiner Kate auf der anderen Seite des Moersbaches und schmauchte ein Pfeifchen. Er sei zu alt, um in die Kirche zu gehen, die Beine wollten nicht mehr. Und außerdem würde der Herrgott ihn ohnehin bald zu sich rufen, dann bekäme er seine sonntägliche Predigt direkt vor Ort auf einer Wolke anstatt auf der klammen Kirchenbank. Millicent lächelte. Ihr gefiel der alte Mann. Allerdings war er recht schwerhörig.

»Augustus van Dorn!«, brüllte ihm Wachtendonk ins Ohr.

»Van Dorn?«, wiederholte Opa Friesen. »Ich kenn keinen, der van Dorn heißt.« Er paffte dicke Rauchwolken an Millicents Ohr vorbei. »Ich kannte aber mal einen August. Kecker Bursche.«

Millicent nickte ihm aufmunternd zu. »Hat er Streit im Dorf gehabt?«, fragte sie.

»Wie bitte?«, rief Opa Friesen.

»Hat er Streit gehabt?«, schrie Millicent. »Hat er noch bei jemand eine Rechnung offen?«

»Ja, Rechnung offen. Ich hab ihm seinerzeit fünf Reichsmark geliehen, damit er nach dem Tod seiner Eltern in die Fremde ziehen konnte. Hat er nie zurückbezahlt. Ist wohl umgekommen. Hatte ja auch rote Haare, der August. Die Rothaarigen trifft die Kugel immer zuerst, wie es so schön heißt. Ich finde: warum weggehen, wo's hier doch so schön ist. Nicht?« Opa Friesen paffte und nickte.

Millicent und Wachtendonk lächelten. Und nickten auch.

»Ihr scheint mir nicht allzu bekümmert, Miss Millicent.« Aus Emmerich Wachtendonks Munde klang das keineswegs wie ein Vorwurf.

Galant hatte er ihr seinen Arm angeboten. Sie schritten gemächlich durch das Dorf. Es war nicht der kürzeste Weg zur Lichthütte mit dem toten Onkel und seinen beiden unwilligen Wächtern, aber an einem derart herrlichen Frühlingstag verlangten die Hormone dieser beiden jungen Menschen nach ihrem Recht. Liebe lag in der Luft.

»Mein Oheim Augustus van Dorn stand mir nicht sehr nahe. Ich will gern zugeben, dass er finanziell immer vorbildlich für mich sorgte, aber meine Erziehung überließ er einer Kinderfrau. Wir wohnten auf dem Lande, er in seiner Stadtwohnung. In all den Jahren, die ich nun schon sein Mündel bin, habe ich ihn erst drei Mal gesehen. Diese Reise nach Europa sollte uns einander eigentlich näher bringen.« Ihre Stimme verlor sich.

»Und? Sind Sie einander näher gekommen?« Emmerich betrachte aufmerksam die blaugrünen Augen, den rosigen Teint, die Aura süßer Fraulichkeit.

Millicent schüttelte den Kopf. »Er schien mir in den letzten Tagen noch fremder als sonst. Gedanklich abwesend. Schroff im Verhalten. Ich schob es natürlich auf die physischen Strapazen der Kur. Mein Oheim war kein junger Mann mehr.«

Sie spazierten durch das Dorf, nickten den braven Kirchgängern zu, die jetzt nach Hause oder in das Wirtshaus strömten.

»Womit hat Ihr Onkel sein Vermögen verdient?«, erkundigte sich Wachtendonk beiläufig.

»Bibeln. Seine Spezialität waren Familienbibeln mit Goldrand.«

Kleine Schäfchenwolken zogen über den Himmel. Vögel zwitscherten.

»Wollen Sie mir nicht ein wenig über sich erzählen? Was machen Sie hier?« Millicent sah zu dem braunen Monokelauge auf.

»Ich mache eigentlich gar nichts. Man könnte wohl sagen, ich bin ein Lebemann. Aber ein Lebemann mit einem Ziel.« Er entdeckte eine Bank und sie setzten sich.

Wachtendonk wickelte eine dicke Stulle aus einem Butterbrotpapier. »Eine Jungbornschnitte?«, fragte er. »Unter dem gesunden Quark verbirgt sich eine Schicht Honig. Unten sündig, oben gesund«, wiederholte er die Worte von Pastor Felkes Haushälterin. Millicent schüttelte den Kopf. Für diese deutschen Sandwiches konnte sie sich nicht begeistern.

Wachtendonk kaute eine Weile unbekümmert vor sich hin. Millicent beobachtete ihn verzückt beim Essen. Mit vollem Munde erzählte er schließlich weiter. »Ich habe – dank eines großzügigen Mentors – das Studium der Medizin absolvieren können. Doch mich drängt nichts, als Arzt zu praktizieren. Beim Anblick von eitrigen Furunkeln packt mich die Übelkeit und Hypochondern gegenüber lasse ich es an der nötigen Diplomatie vermissen. Da lernte ich letztes Jahr beim Deutsch-Britischen Rennen einen Engländer kennen. Der Name sagt Ihnen vielleicht etwas: Sir Arthur Conan Doyle? Geistiger Vater von Sherlock Holmes?«

Millicent schüttelte den Kopf. Als frommer Mann hatte ihr Oheim nur christliche Erbauungslektüre geduldet.

Wachtendonk fuhr fort. »Dieser Doyle fuhr einen spritzigen Dietrich-Lorraine. Zwanzig Pferdestärken!« Langsam kam etwas Elan in die ansonsten eher künstlich blasiert klingende Stimme des jungen Mannes. »Das Rennen habe ich nicht gewonnen, aber mir kam bei der Lektüre von Doyles Werken der Gedanke, mich ebenfalls als Ermittler zu betätigen. Das scheint mir eine angemessene Beschäftigung für einen Gentleman.«

»Was ist ein Ermittler?«, fragte Millicent schüchtern.

Bislang war ihr Schüchternheit stets fremd gewesen. Im Gegenteil, mutig war sie sogar an der Seite der Suffragette Emmeline Pankhurst marschiert, um für das Frauenwahlrecht zu demonstrieren. Frechen Verehrern hatte sie auch schon hin und wieder eine Kopfnuss verpasst, aber in Gegenwart dieses jungen Mannes mutierte sie holterdiepolter zur naiven Unschuld vom Lande.

Emmerich Wachtendonk legte die Jungbornschnitte kurz aus der Hand und hakte die Daumen in das Revers seines Gehrocks. »Ein Ermittler löst Kriminalfälle.«

»Oh«, hauchte Millicent. »Dann führt Sie also ein spektakulärer Kriminalfall nach Repelen?«

»Äh . . . nein«, räumte Wachtendonk etwas kleinlaut ein. »Ich bin zur körperlichen Ertüchtigung nach Repelen gekommen, weil mich die Methoden dieses Pastor Felke interessieren. Aber Gottseidank bin ich zur Stelle, denn nun kann ich die feige Tat an Ihrem Oheim aufklären!«

In diesem Augenblick kam ein Einheimischer des Weges. Er trug die Jacke eines Droschkenkutschers aus grobem Stoff. Als er das junge Fräulein erblickte, erbleichte er, sah sich panisch um und ergriff die Flucht.

»Was sollte das denn?«, fragte Millicent, aber Emmerich war schon auf den Beinen und verfolgte den Kutscher. In Höhe der Hännerburg, einem malerischen Holzhaus am Jungbornpark, in dem Pastor Felke wohnte, holte Wachtendonk den Flüchtigen ein.

»Nicht so schnell, mein Freund«, keuchte er.

»Ich war's nicht! Ich war's nicht!«, schrie der Droschenkutscher, ein bulliger Kerl, der Wachtendonk zweifelsohne mit einem einzigen Schlag seiner wuchtigen Fäuste zu Boden hätte strecken können, wäre er nicht ein durch und durch friedfertiger Repelener gewesen. »Er war schon tot, ich schwör's.« Der Kutscher zog eine Geldbörse aus seiner Hosentasche. »Ich habe acht Kinder. Meine Frau hat das Fieber bekommen und ich muss heute den Arzt bezahlen. Und in der Vorsaison verdiene ich doch so gut wie nichts.

Ich habe das Geld aber noch nicht angerührt. Hier, nehmen Sie!« Er drückte Wachtendonk die Börse in die Hand.

In diesem Augenblick kam Pastor Felke des Weges. Er trug wie immer gedeckte Farben, einen braunen Gehrock und eine schwarze Mütze, nur die Uhrenkette an seinem Wams funkelte hell in der Märzsonne auf. »Was ist denn hier los?«, erkundigte er sich.

Wachtendonk sah auf den Kutscher, der in Tränen ausbrach. »Lassen Sie Gnade walten, gnädiger Herr. Ich werde auch alles verraten, was ich weiß!«

Millicent Kelsoe hatte kurz mit dem Gedanken gespielt, den Kutscher ebenfalls zu verfolgen. Aber dann fiel ihr dieses dämliche Korsett ein. Sobald sie wieder in Amerika wäre, würde sie den Kampf für das Frauenwahlrecht unterbrechen, um für eine korsettfreie Reformkleidung einzutreten, so wie es Emilie Flöge tat, die Freundin des Skandalmalers Gustav Klimt, dem Millicent in Wien kurz Model gesessen hatte, was ihr Oheim nie erfahren durfte.

Die Zeit wurde Millicent lang, sehr lang. Außerdem brannte die Frühlingssonne heiß auf sie herab. Sie wollte gerade einen vorbeikommenden Buben losschicken, um ihr aus dem Hotel *»Zum Kriegerdenkmal«* eine erfrischende Limonade zu holen, als Emmerich Wachtendonk zurückkehrte.

»Und?«, fragte Millicent erregt. »Haben Sie den Täter dingfest gemacht?«

Wachtendonk zog ein Taschentuch aus der Hosentasche und wischte sich den Schweiß von der Stirn. Dann reichte er Millicent die Geldbörse. »Zählen Sie nach. Aber der Dieb hat uns glaubhaft versichert, kein Geld entnommen zu haben.«

»Dieb?« Millicent warf die Geldbörse achtlos auf die Bank. »Hier geht es doch nicht um Geld! Mein Oheim wurde ermordet!«

»Nicht von diesem Droschkenkutscher.«

»Wer sagt das?«

»Der Droschenkutscher.«

Millicent sah Wachtendonk misstrauisch an. Sollte sie sich in diesem jungen Herrn getäuscht haben? War sein Talent als Ermittler in etwa so groß wie das Talent der Florence Foster Jenkins als Sängerin? Millicent hatte die Jenkins einmal im Ritz-Carlton-Hotel bei einem Konzert erlebt - allein bei dem Gedanken an die schauderhaft verhunzten Koloraturpassagen kräuselten sich ihr noch die Zehennägel.

»Herr Wachtendonk . . .«, fing sie mit strenger Stimme an.

»Keine Sorge«, unterbrach er sie rasch. »Ich bin nicht so einfältig, wie ich aussehe. Kommen Sie mit. Ich werde Ihnen jetzt die Lösung des Falles präsentieren.«

Als sie in der Lichthütte eintrafen, ungeduldig von Jungborninspektor Hermes und Sekretär McLeod erwartet, kniete sich Wachtendonk neben der Leiche von Augustus van Dorn nieder. Er beugte sich tief über van Dorns leichenstarres Gesicht und schnupperte. »Dachte ich es mir doch«, sagte er dann zutiefst befriedigt. Der Zweifel über Wachtendonks Geistesklarheit stand den Anwesenden ins Gesicht geschrieben.

»Mein wertes Fräulein«, fing er an, »geschätzte Herren. Ich bin jetzt so frei, Sie über den wahren Grund des Hinscheidens von Mister van Dorn aufzuklären.«

Alle nickten gespannt. Millicent fächelte sich Luft zu.

»Mister van Dorn war ein Mann, der im fernen Amerika sein Glück gemacht hat. Als August Müller kam er einst hier in Repelen zur Welt, doch als Augustus van Dorn erarbeitete er sich in der Fremde mit frommen Bibeln ein Vermögen. Nun, im Alter, zog es ihn noch einmal zurück in seine Heimat.«

»So weit, so gut«, schnarrte Sekretär McLeod zappelig. »Uns interessiert aber nicht seine hinlänglich bekannte Lebensgeschichte, sondern der Umstand, wie er zu Tode kam.«

»Gemach, gemach.« Wachtendonk ließ sich nicht aus der Ruhe bringen. »Aufgrund der vielen Arbeit kam er nie dazu, eine Familie zu gründen. Also adoptierte er die Tochter seines Geschäftsfreund, als diese durch einen Unfall ihrer Eltern zur Vollwaise wurde.« Millicent nickte. »Aber ein Mann ist und bleibt ein Mann, auch wenn er fromm ist. Und selbst im fortgeschrittenen Alter kann so ein Mann noch gewisse Bedürfnisse kennen. Wie mir der junge Droschkenkutscher Tersteegen versicherte, heuerte ihn Augustus van Dorn seit seiner Ankunft heimlich jeden Abend an, um ihn in ein übel beleumdetes Haus im nahen Moers zu kutschieren.«

»Nein!«, rief Millicent.

Sekretär McLeod stand zwar erst seit kurzem in Diensten des Millionärs, hatte sich ähnliches aber schon gedacht und grinste hämisch. Herr Hermes schüttelte indigniert den Kopf.

»Auch in der letzten Nacht war es so. In der Frühe setzte Tersteegen seinen Fahrgast hier im Park ab. Auf der Heimfahrt bemerkte er, dass van Dorn seinen Kneifer in der Kutsche hatte liegen lassen. Er kehrte um. Doch als er im Park eintraf, lag van Dorn bereits hüllenlos und tot in der Lehmwanne.«

»Und sie glauben ihm?«, fragte Millicent entgeistert.

Wachtendonk nickte. »Dieser Tersteegen ist ein reputierlicher Bursche, der nur durch widrige Umstände in Versuchung geführt wurde. Und achten Sie bitte auf die blauen Flecke auf van Dorns Rücken. Kleine Flecke, die eng beieinander liegen. Tersteegen hat riesige Metzgerhände – hätte er Ihren Oheim mit Gewalt in den Lehm gedrückt, wären die Abdrücke weitaus größer und blutunterlaufener. Nein, diese Abdrücke stammen von zarter Frauenhand. Aus dem Massagesalon, den Ihr Oheim die letzten Nächte aufsuchte. Es tut mir Leid, eigentlich kein Thema für die Ohren einer Dame, aber so war es.«

Millicent schürzte die Lippen. McLeod grinste breit. Herr

Hermes schüttelte noch indignierter sein Haupt.

»Aber wer hat meinen Oheim dann ermordet?«, fragte Millicent.

Wachtendonk sah sie mitfühlend an. »Niemand. Er ist im Vollsuff vornüber gekippt und im Lehm erstickt.«

Der Dorfarzt schrieb - nach kurzer, aber heftiger Diskussion mit Jungborninspektor Hermes - »Herzversagen« auf den Totenschein. Es galt schließlich, einen Ruf zu wahren. Schon der leiseste Kratzer am Nimbus der Lehmkur würde womöglich verheerende Folgen zeitigen. Für etwaige Nebenwirkungen an Volltrunkenen konnte schließlich keine Haftung übernommen werden.

Sekretär McLeod fuhr noch am selben Abend nach England, wo er sich pünktlich am 10. April in Southampton an Bord des neu gebauten Schnelldampfers *Titanic* begab, um sich nach Hause einzuschiffen.

Millicent Kelsoe blieb in Deutschland und ehelichte Emmerich Wachtendonk. Als Alleinerbin ihres Onkels ermöglichte sie Emmerich, ohne Geldsorgen seiner Berufung zum Ermittler nachzugehen. Sie bekamen einen Sohn, Emmerich Junior, der die Tradition seines Vaters fortführte und sie später auch an seinen Sohn, Emmerich Wachtendonk den Dritten, weitergab. Der Ruf wachtendonkscher Ermittlungen schallt bis heute wie Donnerhall durch die niederrheinische Tiefebene.

Pastor Felke legte noch im Jahr 1912 sein Amt als Pfarrer der Gemeinde nieder und zog nach Sobernheim an der Nahe. Er bestritt immer heftig, dass es mit dem Vorfall um Millionär van Dorn zu tun habe.

Weitere Lehmleichen gab es in Moers-Repelen nicht.

Soviel man weiß . . .

Leichenasche

Es ist etwas Sonderbares, in diesem Raum zu sitzen. Dieses Geräusch, das ist die Tastatur, auf die flinke Finger hämmern. Das Licht der Schreibtischleuchte sticht dir in die Augen. Aber du wagst es nicht, die Halogenlampe in die andere Richtung zu drehen. Du atmest kaum wahrnehmbar, als sei das Leben aus dir gewichen. Du seufzt und schließt kurz die Augen. Nichts hat mehr Bedeutung für dich.

Eine Stimme hinter einem ungepflegten Schnauzbart sagt: »Alles hat ein Ende.«

Dass es so plötzlich gekommen ist, ohne Warnung, das ist das Sonderbarste. Gestern noch bist du gepflegt essen gegangen im Hubertushof. Der Eigentümer des Restaurants hat dich herzlich begrüßt, schließlich bist du Stammkunde und dein Trinkgeld ist großzügig, manchmal zu großzügig. Du hast eine Flasche von diesem fruchtigen Rotwein getrunken und das Auto stehen lassen, wie man es von dir erwartet. Ein Taxi brachte dich in das schmucke Reihenhaus am Gocher Stadtrand, das du nie mehr sehen wirst. Alles hat sich seit wenigen Augenblicken geändert, ist sinnlos oder du verstehst den Sinn nicht mehr. Du betrachtest deine Hände, die schlaff über den Armstützen des Stuhles hängen. Du erkennst sie nicht mehr. Deine Hände haben nichts mehr mit dir zu tun. Sie sind dir fremd geworden. An der gegenüberliegenden Wand hängt ein Spiegel, dessen Ecken mit roten Rosen verziert sind. Deine Fratze schaut dich aus den Rosen heraus an. Deine Augen sind schmal und die Augenbrauen hängen in schwarzen Büscheln über deine Wimpern. Pure Hässlichkeit, findest du. Du machst dir nicht die Mühe, dir den Blick mit einem Fingerstrich freizuhalten. Wofür auch? Um Äußerlichkeiten hast du dir früher Sorgen gemacht. Du hast dir vom Friseur die Haare so kämmen lassen, dass die immer größer werdende kahle Stelle am Hinterkopf verdeckt wird. Du hast dir Gedanken darüber gemacht, dass du mit vierzig vielleicht eine Glatze haben wirst, weshalb man dich beim Skat hänseln könnte, wie damals in der Schule, als du eine Zahnklammer getragen hattest.

Diese Sorgen sind jetzt weg. Wie sich alles geändert hat. Goch wird dich nicht mehr erkennen. Renn durch jeden Stadtteil, niemand wird dich ansprechen. Geh durch die Fußgängerzone und die Leute werden an dir vorbeisehen. In der Buchhandlung. Hier müsste man dich kennen. Wie oft hast du hier eingekauft? Niemand wird dich bedienen. Der Südring. So viele Autos, viele fahren viel zu schnell. Niemand wird hupen, wenn du den Autos zu nahe kommst. Der Südring wird dich ablehnen.

Dein früheres Leben ist bedeutungslos. Selbst in der Gaesdonk, wo du dein Abitur gemacht hast, wird man dich verleugnen. Pater Langewald hatte dir beigebracht, welchen Einfluss die zehn Gebote auf die heutige Gesellschaft haben. Ethik und Moral hatte er dich gelehrt, aber über die Wahrheit hatte er dir nichts erzählt.

Wahrheit – das ist jetzt.

Du bist eine schändliche Kreatur. Wie hast du das sechsunddreißig Jahre vor dir selbst verstecken können? Du warst ein gelehriger Schüler und ein strebsamer Student. Auch dein unternehmerisches Geschick konnte sich sehen lassen, du hast es zu Ansehen und Anerkennung in Goch gebracht. Du hast dein wahres Ich ein Leben lang versteckt. Aber in den letzten Stunden ist es hervorgekommen und hat dich begrüßt: Hallo, du Ungeheuer! Und dann hast du das getan, was du niemals für möglich gehalten hattest. Deine ganze Fassade ist eingestürzt. Von jetzt an wirst du allein sein. Du hast es verdient. Die Gocher werden dich ab jetzt hassen, wenn sie es nicht vielleicht vorher schon getan hatten.

Nur, wer zeigte seinen Hass dir gegenüber offen, dir, dem umsatzreichsten Bestatter der Stadt. Du warst Gochs letzte Instanz. Auch wenn der Pfarrer die Toten gesegnet hatte, am Ende kamst du und betreutest die Angehörigen in ihrer Trauer. Du gabst den Toten ihr Gesicht zurück und legtest sie in ihre letzte Ruhestätte.

Du hast den Hinterbliebenen eingeredet, dass das Urnengrab viel praktischer sei, leichter zu pflegen und auch günstiger als ein herkömmliches Erdgrab. Dabei ist es dir nur um deine Einnahmen gegangen. Die Einäscherung in Holland war preiswert und der Transport über die Grenze problemlos. Welche Asche du schließlich auf dem Gocher Friedhof in einer Urne beerdigt hattest, war dir egal.

Lukrativ war vor allem deine Zusammenarbeit mit dem Krematoriumspersonal. Du hast den Angehörigen erklärt, dass die Einäscherung im Sarg erfolge. Also wurde der Sarg sorgsam ausgesucht, empfohlen hast du natürlich den teuersten aus massiver Eiche. Dazu gab es das Seidenkopfkissen, die Seidendecke und ein Leichenhemd aus erlesenem Stoff. Natürlich ist das alles zu schade, um verbrannt zu werden. Deshalb haben die Krematoriumsmitarbeiter die Leiche vor der Verbrennung in Windeseile aus dem Sarg geholt und in eine einfachen Kiste aus ungehobeltem Kiefernholz gelegt. Selbstverständlich wurde sie vorher entkleidet. Du hast eine Art Mehrwegverpackung für Einäscherungen erfunden, ohne den Angehörigen das Pfand zurückzugeben. Du hast immer gewusst, dass das Betrug war, du hast dir aber niemals Gedanken darüber gemacht, dass dieses lukrative Geschäft einmal auffliegen könnte. Wieso auch? Im Krematorium verdienten sie kräftig mit. Wer würde sich auch für ein schäbiges Gehalt hergeben, tagtäglich Leichen ins Feuer zu befördern? Und auch dir stand die Mehreinnahme zu. Schließlich hast du durch die Mehrwegverpackung ökologisch fortschrittlich gearbeitet. Der Umweltminister würde dir danken, wenn er davon wüsste.

Eigentlich hätten dir die Einnahmen reichen können, doch du wolltest mehr. Ein Reihenhaus am Stadtrand von Goch ist nur Durchschnitt. Damit solltest du dich ein Leben lang zufrieden geben? Nein, du wolltest was ganz Individuelles, etwas mit viel Land drum herum. Nicht hier am Niederrhein, sondern weiter weg. Dort, wo die Sonne 300 Tage im Jahr scheint. Ibiza sollte es sein. Eine kleine Finca, das würde dir schon reichen. Natürlich lässt sich das nicht mit den Einnahmen eines Bestatters finanzieren, auch nicht mit so einem kleinen Leichenaschebetrug. Dafür sterben in dieser Stadt zu wenig Menschen.

»Wie ist es dazu gekommen?« fragt der Schnauzbart und hämmert dabei weiter auf seine Tastatur ein.

Du hast dich gefragt, was er die ganze Zeit schreibt, schließlich hast du noch gar nichts geantwortet. Vielleicht eine Methode aus seiner psychologischen Trickkiste? Du überlegst genau, was du antworten sollst. Es hilft alles nichts. Niemand in Goch versteht, was du getan hast. Nein, niemand. Die Einsamkeit, die auf dich zukommt, hast du dir selbst geschaffen. Und du hast sie verdient.

Der Schnauzbart wartet geduldig auf deine Antwort. Sollst du ihm alles sagen? Sollst du ihm wirklich sagen, wie es dazu gekommen ist? Dass du vor zwei Jahren eine junge Frau beerdigt hast, eine Heroinsüchtige. Sie war an Hepatitis erkrankt, nachdem sie sich in Duisburg von einem Fremden einen Schuss hatte setzten lassen. Genau das hatte ihr Ehemann immer verhindern wollen, deshalb hatte er ihr viele Jahre den Stoff besorgt, den sie so sehr brauchte. Er hatte es nicht mit ansehen können, wie sie von anderen für teures Geld den gestreckten Dreck kaufte und sich in den Arm drückte. Dann war der Ehemann selbst losgefahren. In Holland gab es alles, und das auch noch preiswert. Einmal wurde er allerdings beim Schmuggeln erwischt und zu einer Bewährungsstrafe verurteilt. Der Richter hatte es als mildernden Tatumstand bewertet, dass der Mann seine Frau vor gesundheitsschädlichen Nebenwirkungen des Fixens bewahren wollte.

Der Schnauzbart wartet immer noch auf deine Antwort, klopft jedoch schon ungeduldig mit einem Kugelschreiber auf die Schreibtischplatte.

Sollst du ihm erzählen, dass der Mann der Heroinsüchtigen dir ein todsicheres Geschäft angeboten hatte, mit dem du jeden Monat Tausende verdienen konntest, weitaus mehr als mit der betrügerischen Einäscherung der Gocher Einwohner? Es hatte so verlockend geklungen. Du hattest nur an deine Finca gedacht und warst neugierig. Hättest du damals nicht zugesagt, würdest du heute hier nicht sitzen. Du wärest nicht zum Aussätzigen der Gesellschaft geworden, dein wahres Ich hätte in dir geschlummert, wäre vielleicht nie ans Tageslicht getreten. Aber du hast dein erstes Geschäft mit ihm gemacht. Er hatte dir eine Plastiktüte zum holländischen Krematorium gebracht, gefüllt mit einem Kilo reinem Heroin. Ganz sauberes Zeug, hatte er verkündet. Denn er habe Kundschaft, die sich so einen Luxusstoff leisten könne. Du hattest nicht viel nachgedacht, sondern nur diese Tüte in eine Urne gelegt, zu der Asche einer an Krebs verstorbenen Frau. Dann hattest du dich in deinen Leichenwagen gesetzt und bist über die Grenze nach Goch gefahren. Es gab keine Polizeistreife, die dich am Grenzübergang kontrolliert hatte. Der Dealer kam auch nie in dein Bestattungshaus, um die Tüte abzuholen. Viel zu gefährlich, hatte er dir gesagt. Du hattest den Stoff zum Grab seiner Frau gebracht, wo er unter dem Kerzenleuchter einen wassersicheren Hohlraum eingebaut hatte. Dort hatte er auch deinen Schmuggellohn deponiert. Fast jede Woche hattest du eine Herointour gemacht. Das gab viel Asche. Dein Ziel war die Finca.

Du kannst dir einbilden, dass es überhaupt nicht passiert ist. Aber es ist passiert. Du bist hier. Und der Schnauzbart, der so still an seinem Schreibtisch sitzt, will alles wissen. Nur seine rechte Hand bewegt sich, die den Kugelschreiber sachte rhythmisch auf den Tisch fallen lässt. Er kennt nur das Ende, weiß, dass du es warst.

Du schaust aus dem Fenster in den Hinterhof hinaus. Dein Blick ignoriert den schönen Tag. So ein Tag konnte dir gestohlen bleiben, den hast du nicht bestellt. Auf der schmalen Rasenfläche pickt eine Amsel im Gras und befördert einen Wurm hervor, den sie triumphierend mit ihrem gelben Schnabel hochhält, bevor sie ihn verschluckt. Die muss hier geschlüpft sein, denkst du. Sie verhält sich wie die Gocher, die stolz zeigen, was sie haben. Das alte backsteinerne Steintor an der Niers überragt stolz die anderen Bauten und wurde zum Wahrzeichen der Stadt. Ob du das Steintor jemals wieder sehen wirst? Vielleicht kannst du noch einen Blick darauf erhaschen, wenn sie dich in den Knast fahren werden, aus dem du ein Leben lang nicht mehr rauskommen wirst. Du wirst das Steintor vermissen, wie auch die alten Giebelhäuser am Marktplatz. Goch ist zu schön, um es auf Dauer zu verlassen. Aber es muss sein, keiner wird dich hier haben wollen, und der Schnauzbart wird schon dafür sorgen, dass Menschen wie du nicht mehr durch den Stadtpark gehen werden, um zu beobachten, wie Jung und Alt die Niers flussabwärts paddeln.

»Wenn Sie mir nichts sagen wollen, bringen wir das hier zu Ende«, meldet sich der Schnauzbart zu Wort.

Zu Ende, wie das klingt. Du bist bereits am Ende. Schlimmeres kann dir nicht mehr passieren. Du bist in einem Loch, aus dem dich keiner herausholen wird. Der Schnauzbart nicht und deine Freunde auch nicht. Was wird Anne sagen, mit der du seit drei Wochen verlobt bist? Anne, die Tochter des Gocher Bürgermeisters. Du hattest ihr zur Verlobung den Einkaräter geschenkt, einen sündhaft teuren Ring. Ihr Vater hatte die Verbindung nur mit Zähneknirschen hingenommen – seine Tochter und ein Bestatter! Er hatte sich einen anderen Schwiegersohn vorgestellt. Jetzt wird er triumphieren. Das hab ich dir früher schon gesagt, wird er lamentieren, und Anne wird nur traurig mit dem Kopf nicken. Was soll sie auch erwidern? Auch Anne wirst du nie mehr sehen. Warum sollte sie dich im Knast besuchen, wenn sie erfährt, zu welchen Abscheulichkeiten du fähig bist?

Deine Seele ist finster, denn du empfindest noch nicht einmal Reue. Ganz spontan hast du in dieser Situation reagiert, als sei es das Normalste. Eine zu allem fähige Persönlichkeit, wird der Staatsanwalt bei deiner Gerichtsverhandlung erklären, und der Richter wird nur nicken, um später die höchste Freiheitsstrafe auszusprechen, die das Strafgesetzbuch zulässt.

Warum hast du überhaupt reagiert, als du an der Grenze mit deinem Leichenwagen eine Pause machtest, um holländische Fritten zu essen, und dich in der Imbissbude ein junger sportlicher Mann ansprach, ob du jemanden kennen würdest, der gutes Heroin verkaufte. Wie kommen Sie gerade auf mich, hattest du ihn gefragt, worauf er spontan entgegnet hatte, dass man mit einem Leichenwagen alle Türen öffnen könne, sogar die Himmelstür. Er hatte gelacht.

Angst war in dir aufgestiegen, wie sie dich schon die letzten Wochen geplagt hatte. Alpträume der schlimmsten Art störten deinen Schlaf. Selbst als Kind hatten dich Alpträume zu Schweißausbrüchen gebracht. In manchen Nächten hatte dich die Furcht vor der Dunkelheit ins Elternschlafzimmer getrieben. Später waren es Geister und Monster gewesen, die dich geängstigt hatten. Außerirdische, die sich auf der Tapete tummelten. Am schlimmsten waren die Spinnenmenschen gewesen, große, haarige Wesen mit mehr Beinen als eine Fußballmannschaft.

In den jetzigen Nächten sind die Ungeheuer menschlicher Art; es sind Polizisten, die deinen Leichenwagen durchsuchen. Das ist nicht mehr so ausgefallen wie in der

Kindheit, aber es fällt dir schwerer, sich ihnen zu entziehen.

Du hattest versucht zu lachen, als habe dein Gegenüber in der Imbissbude einen schlechten Witz gemacht.

Gleichzeitig gesellte sich dein Schuldbewusstsein zu der Angst, was du verfluchtest, denn es zog deine Stimmung herunter. Von deinen Eltern hattest du das Bedürfnis, ständig in der Asche deiner Vergangenheit zu wühlen, gewiss nicht. Sie hatten sich redlich Mühe gegeben, einen zufriedenen Menschen aus dir zu machen. Aber vielleicht wurden dir als Niederrheiner die Gewissensbisse schon in die Wiege gelegt und die Schulzeit in der Gaesdonk tat ihr übriges, so dass ein Großteil der in das Leben investierten Energie sich in Schuldbewusstsein niederschlug. Bei dir war es jedenfalls so.

Deine Angst, entdeckt worden zu sein, hatte dich dazu getrieben, eine Visitenkarte aus der Seitentasche deines dunkelgrauen Anzugs zu ziehen. »Kommen Sie in einer halben Stunde in mein Bestattungshaus«, hattest du gesagt, während der Mann in der Imbissbude die Karte betrachtete. Dann hattest du dich herumgedreht und bist zu deinem Leichenwagen gegangen, ohne die Fritten aufzuessen.

Der Schnauzbart wartet immer noch, er lässt dir Zeit. Du spürst die Raufaserwand, an der dein Kopf lehnt, sie scheint gegen den Schädel zu drücken, als sei sie dabei einzufallen. Du hast das Gefühl, an sie gefesselt zu sein; es scheint unmöglich, je wieder aufzustehen und etwas zu tun. Die Ungeheuerlichkeit deiner Tat hat sich hier in diesem Raum zu einer Realität verfestigt, der du nicht entkommen kannst. Und doch hast du sie im Grunde noch nicht wirklich akzeptiert. Dir ist eigentlich nicht, als habest du selbst etwas getan. Eher, als seiest du Zeuge eines Unglücks geworden, mit dem du selbst nichts zu schaffen hast.

Wieder und wieder siehst du den schlanken Körper des

Mannes aus der Imbissbude, der die Tür zu deinem Bestattungshaus öffnet und - dich suchend - durch die Ausstellung der Särge geht. Er hat nicht gemerkt, dass du hinter dem Paravent stehst, das schwere Bronzekreuz in der Hand. Und ehe du dich versehen hast, fliegt das Kreuz durch die Luft, geleitet von deiner Hand, und trifft zielsicher den Wirbel am Hinterkopf. Du hörst ein seltsames Geräusch, das dich an das Knacken einer Kokosnuss erinnert. Dann siehst du die eigenartig angewinkelten Beine, den absurd abgeknickten Kopf, als habe das Bronzekreuz den Mann achtlos beiseite geschleudert. Er tat dir Leid.

Aber es war geschehen, auch deine Gewissensbisse konnten die Tat nicht rückgängig machen.

»Er war mein Bruder«, sagt der Schnauzbart in die Stille und dir ist nicht klar, was das zu bedeuten hat. Du wolltest nur den treffen, der dir auf die Schliche kam, der dein Doppelleben enttarnt hatte.

Ganz routiniert hattest du die Leiche des Mannes aus der Imbissbude in einen der preiswerten Särge gelegt, diesmal sollte es keine Mehrwegverpackungseinäscherung geben. Dann warst du zum holländischen Krematorium gefahren und hattest deine Ladung in die Hand der Ofenbetreiber gegeben.

Der Schnauzbart hielt jetzt einen Siegelring zwischen Daumen und Zeigefinger seiner rechten Hand. »Der gehörte meinem Bruder.« Er nickte bedächtig. »Ein Holländer, der im Krematorium arbeitet, hat versucht, mir diesen Ring in einer Gocher Kneipe zu verkaufen. Ich habe ihn sofort festgenommen.«

Das weiß er jetzt auch, denkst du. Deine Betrügereien sind aufgeflogen. Du wirst mit der Leichenasche nicht nur in die Gocher Kriminalgeschichte, sondern auch in die des Bestattungswesens eingehen.

»Mein Bruder ist erst letzten Monat aus dem Knast gekommen. Drei Jahre wegen Drogenschmuggels und zwei wegen einiger Raubüberfälle.« Der Schnauzbart sieht dich an, als lauere er auf irgendeine Reaktion. Doch du lässt dir nichts anmerken.

Er fährt fort: »Als Sozialhilfeempfänger hatte er nichts, und das, was er bekam, setzte er in Drogen um. Ich hatte ihn zu uns geholt, in unsere Einliegerwohnung, damit ich ihn immer im Blick hatte. Viel genützt hat es nicht.« Der Polizist saß sehr aufrecht an seinem Schreibtisch und rückte die Kanten seines Notizbuches zurecht, das keine Eintragungen enthielt.

Was weiß dieser Bulle über dich, fragst du dich wieder und wieder. Der Krematoriumsangestellte wird ausgepackt haben, um nicht für einen Mord verantwortlich gemacht zu werden.

»Ich weiß, dass mein Bruder ständig auf Heroinsuche war. Hat er Sie angesprochen?«

Das wusste der Schnauzbart also auch. Vielleicht ist der Dealer, für den du geschmuggelt hast, aufgeflogen.

»Ich weiß nicht, warum Sie nicht reden wollen, es gibt bereits Beweise für die Tat.«

Er will dich locken. Erst lässt er dich hier sitzen, und dann kommt er mit dem Köder, damit du anbeißt. Lass dir Zeit.

»Gut, wenn Sie nichts sagen wollen, dann erzähl ich Ihnen, was passiert ist. Wir haben erfahren, dass ein Angestellter des Krematoriums die Leichen vor der Verbrennung ausnimmt. Das heißt, er bricht die Goldzähne raus, nimmt Schmuck an sich, stiehlt sogar die Leichenkleider. Sie sind ja regelmäßig im Krematorium, und wir hätten gern von Ihnen gewusst, mit welchen Särgen und Kleidern Sie dort die Verstorbenen abgeben. Irgendwie müssen wir schließlich die Zahl der Fälle festmachen.«

Der Schnauzbart weiß nichts von deinen Pfand-Einäscherungen, frohlockst du. Lass dir nichts anmerken.

»Wir können Sie nicht zu einer Aussage zwingen. Und ich kann ja auch verstehen, dass Sie als Bestatter schweigen wollen wie ein Grab. Das spricht für Sie.«

Der Schnauzbart machte eine kurze Pause. »Würden Sie meinen Bruder beerdigen?«

Das ist ein Falle, denkst du. Er wird doch den Mörder seines Bruders nicht mit einer Bestattung beauftragen wollen. Was will er von dir?

»Ich habe schon immer gemocht, wie Sie die Angehörigen in einem Trauerfall betreut haben. Meine Eltern werden das brauchen, sie sind ziemlich fertig. Wir hatten gedacht, dass er nach der Knastzeit keinen Raubüberfall mehr verüben wird, dass er endlich zur Vernunft gekommen ist und seine Finger von den Drogen lässt. Alles spricht dafür, dass er Sie berauben wollte. Ich weiß nicht, warum er sich einen Bestatter als Opfer ausgesucht hatte. Vielleicht war er im Rausch oder hatte Entzug, so dass er zu allem fähig war. Glücklicherweise wussten Sie sich zu verteidigen.« Wieder hielt der Schnauzbart kurz inne. »Werden Sie meinen Bruder nun bestatten?«

Du besinnst dich einen Augenblick, bis dich wieder dein anderes Ich einnimmt: »Ich würde Ihnen zu einer Feuerbestattung raten«, empfiehlst du in einem aufmunternden Ton.

Peter Gerdes

Zahl verliert

»Das war's also.« Fritz Konermann zerrte sich den schwarzen Schlips vom Hals und stopfte ihn in die Jackentasche seines guten dunklen Anzugs. »Ich frage mich, wozu wir eigentlich einen Notar gebraucht haben. War doch alles schon vorher klar.«

»Ist halt so.« Auch Walter Konermann löste seinen seidenen Binder, rollte ihn vorsichtig auf und verstaute ihn sorgsam. »Auch in Erbschaftsangelegenheiten gibt es Vorschriften, die beachtet werden wollen.« Freundlich lächelte er der Bedienung zu, die an ihren Tisch getreten war: »Ein Schneewittchen, bitte.«

»Was soll das denn sein?«, polterte Fritz.

»So heißt ein Alster auf Niederländisch«, sagte Walter. »Die Wirtsleute hier sind nämlich Niederländer. Stimmt's?«

Die Serviererin nickte zustimmend: »Und was möchten Sie?«

»Ich bekomme ein richtiges Pils«, sagte Fritz.

Aus alter Gewohnheit waren die Brüder Konermann nach der Testamentseröffnung ins Emmericher Yachthafenrestaurant gegangen. Hier hatten sie sich häufig mit ihrem Vater getroffen, der sich als Rentner in der kleinen Stadt am Niederrhein niedergelassen hatte. Als Binnenschiffer waren Fritz und Walter fast ständig auf dem Rhein unterwegs, da ergab es sich immer mal wieder, dass sie in Nijmegen, in Duisburg oder auch direkt im Emmericher Containerhafen festmachten. Mit dem kleinen Opel, den die *„Zwei Gebrüder"* achtern auf dem Aufbau mitführte und der per Kran flott an Land gesetzt war, waren sie stets mobil, wenn sich mal eine Liegezeit ergab. Was freilich immer seltener der Fall war, denn die Frachtraten in der Binnenschifffahrt waren knapp kalkuliert, Geschwindigkeit war alles, und jede Stunde, die das Schiff nicht in Bewegung war, kostete Geld.

Formal hatte die *„Zwei Gebrüder“* immer noch dem alten Konermann gehört, auch wenn der das Geschäft längst seinen Söhnen übergeben hatte. Beide besaßen sie das Kapitänspatent - eine wichtige Voraussetzung, um das Schiff jeden Tag vierzehn Stunden und mehr in Fahrt halten zu dürfen. Das Sagen an Bord aber hatte Fritz, der um zwei Jahre Ältere. In geschäftlichen Dingen stimmten sich die beiden zwar regelmäßig ab, aber auch hier gab Fritz den Ton an. Einmal Käpt'n, immer Käpt'n, so war das eben.

Jetzt war der alte Konermann gestorben, erst sechsundsechzigjährig, aber nach dem frühen Krebstod seiner Frau nicht völlig unerwartet. Auch sein Testament hatte keine Überraschungen enthalten. Das Schiff ging an seine beiden Söhne, jeweils zur ideellen Hälfte; auch die restliche Hinterlassenschaft - Möbel, Erinnerungsstücke, ein paar Tausend Euro auf der Sparkasse - ging genau durch zwei. Der alte Konermann war stets ein gerechter Vater gewesen. Kein liebevoller, das nicht, aber das brachte das harte Leben an Bord wohl mit sich. So war das eben.

Sie schwiegen, während sie auf ihre Getränke warteten, widmeten sich dem vertrauten Ausblick über die Terrasse des schwimmenden Restaurants hinweg auf das weite, gut geschützte Becken des Yachthafens, die langen Schwimmstege und die zahlreichen daran vertäuten Boote. Der Rhein war von hier aus nicht sichtbar, lag verborgen hinter der gewundenen Einfahrt. Vielleicht machte genau das den Reiz dieses Lokals für die Rheinschiffer aus: Man befand sich in vertrauter Umgebung, ohne aber ständig an die Arbeit erinnert zu werden.

Nachdem die Getränke serviert worden waren, prosteten sie sich stumm zu, nahmen jeder einen kleinen Schluss, wie um noch einmal des verstorbenen Vaters zu gedenken. Während Walter sein Glas danach abstellte, setzte Fritz seins noch einmal an und trank es in einem Zug leer, wie um zu zeigen, dass für ihn nunmehr der Alltag wieder begonnen habe.

»Na denn«, sagte er. »Dann wird ja wohl in Zukunft alles so bleiben wie bisher.« Auffordernd blickte er seinen Bruder an.

»Nein«, sagte Walter. »Wird es nicht.«

Fritz schob seinen Kopf nach vorne, neigte ihn zur Seite, als glaubte er, sich verhört zu haben. »Nicht?«, fragte er dann mit jenem bedrohlichen Unterton, den er immer dann anschlug, wenn er eine Kontroverse witterte. »Was soll sich denn ändern? Willst du jetzt Kapitän werden, oder was?«

»Will ich nicht«, sagte Walter leise. »Ich will das Geld.«

»Was für Geld?«, fragte Fritz verständnislos. »Du weißt doch, dass Vater kaum Bargeld hinterlassen hat. Und glaub bloß nicht, dass wir für die Wohnungseinrichtung mehr als ein paar Kröten bekommen. Möbel sind doch schon nichts mehr wert, kaum dass du sie aus dem Laden getragen hast.«

»Ich habe ein halbes Schiff geerbt", sagte Walter. „Das ist eine Menge Geld wert. Das will ich haben.«

»Ja, aber dann . . . das geht doch nicht.« Fritz stemmte seine Pranken auf den Tisch; seine kräftigen Armmuskeln sprengten fast den Anzug. »Wie denkst du dir das? Dann müssten wir ja das Schiff . . . das Schiff . . .«

»Verkaufen, ja«, sagte Walter. Auch er beugte sich jetzt vor. Der jüngere Bruder war nicht weniger groß und kräftig als der ältere, trotzdem war er Auseinandersetzungen bisher zumeist ausgewichen, hatte bei Meinungsverschiedenheiten gewöhnlich zurückgesteckt. Diesmal aber sah es anders aus. Fritz war überrascht.

Sekundenlang saßen sie angespannt und fast Stirn an Stirn da, starrten sich gegenseitig in die Augen, dann lehnte sich Fritz langsam zurück, ohne seinen Blick abzuwenden.

Walter tat es ihm gleich, ebenso langsam. Wenn es möglich gewesen wäre, hätten sie einander wie zwei Tiger umkreist, aber das war in Restaurants wie diesem nicht üblich, und die Brüder Konermann wussten sich zu benehmen.

»Gesetzt den Fall«, sagte Fritz nach einer Weile, leise und ganz ruhig, »wir verkaufen das Schiff. Nur mal angenommen. Was machen wir dann? Was machst du dann?«

»Aktien«, sagte Walter. »Ich will ins Aktiengeschäft einsteigen. Technologiewerte und so. Da ist wirklich was zu holen. Hier kommen wir ja doch auf keinen grünen Zweig.«

Fritz schnaubte verächtlich. »Aktien! Na hör mal. Da muss man sich auskennen, da muss man wissen, was läuft. Informationen haben. Wie willst du denn . . .«

»Ja, ich!«, zischte Walter. »Was glaubst du, was ich die letzten Monate gemacht habe, während du Ruderwache hattest oder abends die Buddel am Hals? Hast wohl nie gesehen, was da alles an Zeitschriften und Fernkursen für mich in der Post war? Aber so was interessiert dich ja nicht. Und dein kleiner Bruder interessiert dich ja sowieso nicht.« Er redete sich in Rage: »Ich habe mich informiert, habe mich weitergebildet. Weil ich keine Lust habe, mein ganzes Leben in einer Blechbüchse auf irgendwelchen Flüssen und Kanälen zu verbringen. Weil ich noch etwas erreichen will. Hier wird das ja doch nie was, mir dir Sturkopp ewig vor der Nase. Und jeder verdiente Euro geht durch zwei! Nee, mein Lieber. Ich habe andere Pläne. Alles, was mir noch fehlte, war das nötige Kapital.« Er grinste: »Und das habe ich ja jetzt.«

»Und was habe ich dann?«, fragte Fritz.

»Na was wohl. Die andere Hälfte.«

»Aber kein Schiff mehr.«

Walter zuckte die Achseln. »Wenn du das Schiff unbedingt behalten willst, dann zahl mich doch aus.«

»Als ob das so einfach wäre! Das geht doch nur über Darlehen. Die Zinsen würden mich auffressen, da bliebe nichts mehr übrig. Das geben die Frachtraten einfach nicht her. Da könnte ich doch gleich . . .«

»Genau«, sagte Walter. »Verkaufen.«

Inzwischen hatte Fritz registriert, wie ernst es seinem Bruder war, und schlug andere Töne an. »Aber Walter, es kann doch nicht sein, dass dir die Schifffahrt überhaupt nichts bedeutet. Überleg doch mal, das waren doch schöne Jahre, erst mit Vater zusammen, dann wir beide!«

Walter schnaubte verächtlich. »Komm mir doch bloß nicht auf die Tour! Ich war dem Alten doch gerade gut genug für jede Drecksarbeit. Wenn ich dran denke, was der unter Ausbildung verstand, dann tut mir heute noch der Buckel weh.«

»Bist aber doch ein ganz schön kräftiges Bürschchen geworden dabei«, sagte Fritz. »Und dein Patent hast du auch gemacht.«

»Ja, trotzdem. Nicht wegen Vater. Und du hast dann ja ganz in seinem Stil weitergemacht.«

»Nun komm, du kannst aber auch nicht alles madig machen«, beharrte Fritz. »Es gab doch auch schöne Zeiten. Denk mal dran, wie wir abends zusammengesessen und gespielt haben. Mensch, das war doch was!«

Jetzt wurde auch Walters verbissene Miene weicher, und ein Lächeln stahl sich in seine Mundwinkel. »Tja, da sagst du was. Pokern um Streichhölzer, Skat um ein Zehntel – das hat schon Spaß gemacht. War aber auch das einzige! Wir sind schon eine richtige Zocker-Familie.« Er verschränkte die Arme: »Und genau darum, weil uns das Zocken im Blut liegt, gehe ich jetzt an die Börse. Mit meinem Erbe als Startkapital.«

Fritz schwieg ein paar Sekunden lang, hielt den Blick gesenkt, hob ihn dann plötzlich und fragte: »Mit wie viel rechnest du denn?«

»Wenn wir Glück haben, bringt das Schiff 1,2 Millionen, wenn wir Pech haben, immerhin achthunderttausend«, sagte Walter. »Ich gehe mal von einer halben Million Euro für mich aus. Damit kann man schon einiges machen.«

»Nicht so viel wie mit einer ganzen Million«, sagte Fritz.

Walter zog die Brauen zusammen: »Wieso? Willst du jetzt etwa plötzlich mitmachen?«

»Ich denke nicht dran«, sagte Fritz. »Aber ich weiß, dass ich mit einem halben Schiff nicht fahren kann. Mit einem ganzen dagegen schon. Und du hättest gegen eine ganze Million doch auch nichts einzuwenden. Also – hopp oder topp. Sind wir nun Zocker oder nicht?«

»Du willst um die Erbschaft spielen? Alles oder nichts?« Walter lachte nicht. Er klang auch nicht abweisend. Walter war eben ein echter Konermann. Seine Augen glitzerten. »Wie stellst du dir das vor? Karten?«

Fritz lachte. »Ach was, Karten! Auch keine Würfel und kein Roulette. Ich finde, wenn es um alles oder nichts geht, müssen wir beide ein bisschen mehr Einsatz bringen. Persönlichen Einsatz.« Er langte über den Tisch und packte Walters Oberarm, fühlte eisenharte Muskeln. »Jeder von uns muss zeigen, was er draufhat. Und der Bessere gewinnt alles.«

»Lass hören«, sagte Walter. Er konnte es kaum erwarten. Das Wettfieber hatte ihn gepackt.

»Und dann?«, fragte Stahnke.

»Wir haben uns den Küstenkanal ausgeguckt«, sagte Fritz Konermann. »Der führt von Oldenburg nach Dörpen, zum Dortmund-Ems-Kanal. Da gibt es eine Menge Straßenbrücken, alle mit der gleichen Durchfahrtshöhe, und gleichbleibendem Wasserstand. Zwei Lagen Container hatten wir geladen, mehr geht da sowieso nicht. Auf dem vordersten Container haben wir ein kleines Podest aufgebaut, genau abgemessen, so dass es gerade noch unter die Brücken passte, und unser höhenverstellbares Steuerhaus haben wir ebenfalls exakt ausgerichtet. Nachmittags um vier sind

sind wir in Oldenburg losgefahren. An der ersten Brücke haben wir alles noch mal überprüft. Tja, und dann ging's los.«

»Eine Wette also.« Der Hauptkommissar lehnte sich zurück, bis sein betagter Drehstuhl bedenklich knackte. »Wer denkt sich denn so etwas Irrsinniges bloß aus?«

»Walter und ich«, sagte Fritz Konermann leise. »Beide zusammen. Wir waren absolut einig, dass wir es so machen und nicht anders. Wissen Sie, wir sind eben so.« Er korrigierte sich: »Oder vielmehr, wir waren so. Muss man jetzt ja wohl sagen.«

»Ja, das muss man wohl«, sagte Stahnke. »Bei der Wette ging es also darum, vom Podest aus auf die jeweilige Straßenbrücke zu kommen, die Brücke zu überqueren und die andere Seite zu erreichen, ehe das Schiff die Brücke passiert hatte, und auf das Steuerhausdach hinunterzuspringen«, fasste der Hauptkommissar zusammen. »Richtig?«

»Ja, richtig.«

»Und das immer abwechselnd, so oft, bis es einer von beiden nicht schafft?«

»Genau.«

»Aber diese Brücken sind doch meterdick«, sagte Stahnke. »Wie soll man denn da hochkommen? Und das alles bei voller Fahrt!«

»Was heißt volle Fahrt", sagte Fritz Konermann, „im Kanal sind doch nur zehn Stundenkilometer erlaubt. Die haben wir genau eingehalten. Und unter diesen Brücken gibt es dicke Leitungen, Rohre und Kabel, da kann man sich schon hochziehen, wenn man ein bisschen was im Ärmel hat.« Er ließ die Muskeln spielen: »Außerdem habe ich ja bewiesen, dass es geht.«

»Ja«, sagte der Hauptkommissar. »Sie haben das Kunststück als Erster geschafft. Das haben Sie jedenfalls ausgesagt. Ihr Bruder Walter kann das ja nun leider nicht mehr bestätigen.«

»Was wollen Sie damit sagen?«, fragte Fritz Konermann leise.

»Gar nichts will ich sagen. Hören will ich, und zwar, wie das genau passiert ist mit Ihrem Bruder.«

»Er hatte Schwierigkeiten«, sagte Fritz Konermann. »Ist fast abgerutscht. Als er endlich oben war, rauschte das Steuerhaus bereits unter die Brücke. Ich hab' mich natürlich gefreut. Die Wette gewinnst du, habe ich gedacht.«

»Gewonnen hatten Sie in dem Moment, als Ihr Bruder das Schiff auf der anderen Seite nicht mehr rechtzeitig erreichte?«

»So ist es. Bedingung war ein Sprung aufs Steuerhausdach.« Fritz Konermann atmete tief ein: »Walter hat ja noch alles versucht.«

»Und dabei die Straße überquert, ohne auf den Autoverkehr zu achten«, ergänzte Stahnke. »Er wurde angefahren und gegen das eiserne Brückengeländer geschleudert, der Unfallgegner beging Fahrerflucht.«

»Ja«, sagte Fritz Konermann.

»Womit das Schiff *'Zwei Gebrüder'* jetzt Ihnen allein gehört.«

»Ja.«

Stahnke erhob sich, ging zum Fenster, wandte Fritz Konermann den Rücken zu. Der hochgewachsene Binnenschiffer löste sich aus seiner verkrampften Sitzposition, streckte die Beine aus. Sein Stuhl knarrte in seinen Verbänden.

»Sind Sie eigentlich stärker als Ihr Bruder?«, fragte Stahnke. »Ich meine, als er gewesen ist?«

Fritz Konermann zuckte mit den Schultern: »Kann man nicht sagen. Wir waren wohl ziemlich gleich, so körperlich. Mancher hat uns für Zwillinge gehalten.«

»Dann hatten Sie also keinen Vorteil bei dieser Wette?«

»Was heißt Vorteil? Jeder von uns beiden hatte eine faire Chance.« Konermann breitete die Arme aus: »Wenn Sie so wollen – ich bin vielleicht mehr der zupackende Typ.«

»Und warum sind Sie als Erster an den Start gegangen? Weil Sie der Ältere sind?«

»Nein, das hat sich so ergeben. Das haben wir ausgelost. Mit einer Münze. Ich hatte Zahl. Zahl verliert.«

»Zeugen?«

»Natürlich nicht«, sagte Fritz Konermann. »Das ging ja nur uns beide etwas an.«

»Jetzt nicht mehr«, sagte Stahnke. Er wandte sich vom Fenster ab, setzte sich wieder an seinen Schreibtisch, stemmte die Ellbogen auf die Tischplatte und fixierte sein Gegenüber. »Herr Konermann, Sie sind ein Lügner.«

»He!« Der Binnenschiffer fuhr hoch, aber seine Empörung war gespielt, das konnte man sehen.

»Lassen Sie's gut sein«, sagte Stahnke. »Nicht jeder Zocker ist auch gleich ein Schauspieler. Sie haben Ihren Bruder umgebracht, um das gemeinsame Erbe alleine zu kassieren. Vielmehr, Sie haben seinen Tod geplant. Kommt vor Gericht aber wohl aufs Gleiche raus.«

»Behauptungen!« Fritz Konermann spuckte das Wort förmlich aus. »Ohne Beweise ist das einen Dreck wert, was Sie da sagen.«

Stahnke legte die Handflächen zusammen und lächelte. Hätte Fritz Konermann den Hauptkommissar näher gekannt, dann hätte er jetzt gefröstelt. »Sagen Sie«, fragte Stahnke, »was wissen Sie eigentlich von Polizeiarbeit? Worauf es dabei ankommt?«

Fritz Konermann zuckte die Achseln: »Also, aus dem Fernsehen . . . keine Ahnung.«

»Drei Dinge sind es«, zählte Stahnke auf: »Kombinationsvermögen. Dann natürlich Gründlichkeit. Und ein bisschen Glück.«

»Ja und?«

»Nicht so ungeduldig, ich erklär's Ihnen ja.« Stahnke schob seinen massigen Körper in eine bequemere Sitzhaltung. »Also erstens: Kombination. Der Küstenkanal verläuft in Ost-West-Richtung; wer von Oldenburg kommt, fährt Richtung Westen. Am späten Nachmittag hat man also die tiefstehende Sonne gegen sich. Und die schien gestern sehr stark; es war kein Wölkchen am Himmel. Ich weiß, wie das blendet, ich bin auf dem Küstenkanal schon selber gefahren, mit meinem Boot. Da werden die Schatten tiefschwarz, und man kann nichts erkennen, was darin liegt. Ein kontrollierter Absprung ist kaum möglich. Jedenfalls nicht für Sie, Herr Konermann. Sie sind also gar nicht gesprungen, Ihr Bruder hat den Anfang gemacht.«

»Wer lügt hier?« Wieder wollte Fritz Konermann aufbrausen, aber Stahnke brachte ihn mit einer Handbewegung zum Schweigen.

»Sie leiden unter einer Lichtüberempfindlichkeit«, sagte Stahnke. »Selbst mit Sonnenbrille konnten Sie den Sprung nicht schaffen.«

»Woher . . .« Konermann brach ab.

»Gründliches Arbeiten«, sagte Stahnke. »Den Namen Ihres Augenarztes haben wir aus Ihrem Rechnungsordner.« Dass er diesen Arzt vom Tourenskippertreffen her kannte und der es daher mit der Schweigepflicht nicht so genau genommen hatte, verschwieg er. »Und Gründlichkeit hat uns auch auf etwas anderes gebracht«, fuhr er statt dessen fort. »Kennen Sie Albert Pohl?«

Fritz Konermann zögerte einen Moment zu lange. »Nein.«

»Aber sicher doch«, korrigierte Stahnke in väterlichem Tonfall. »Albert Pohl hat gestern einen Motorradfahrer angefahren. In Surwold, das liegt im Emsland, nicht weit vom Küstenkanal. Er fuhr einen Mietwagen. Soweit nichts Besonderes.« Der Hauptkommissar machte eine kleine Pause und genoss Konermanns ratloses Schweigen. »Aber jetzt kommt die Gründlichkeit ins Spiel. Die Kollegen von der Verkehrspolizei waren so gründlich, zu notieren, dass Pohls Mietwagen auch vorne an der Motorhaube eine Beule aufwies, obwohl der Motorradfahrer, dem er die Vorfahrt genommen hatte, ihm doch in den rechten Kotflügel gefahren war. Und wir waren so gründlich, mal zu kontrollieren, was gestern außer dem Unfalltod Ihres Bruders in der Region noch so alles passiert ist.«

»Und?« Konermann zeigte Wirkung, schaltete aber auf bockig. »Was soll das jetzt?«

»Zeigen Sie mir doch mal bitte Ihr Handy«, bat Stahnke höflich.

»Warum denn?« Konermann tastete seine Taschen ab: »Außerdem habe ich es gar nicht bei mir.«

»Natürlich nicht«, sagte Stahnke, »das habe ich. Sie sollten das Ding nicht einfach so rumliegen lassen. Sonst kann jeder nachgucken, was für Nummern sie darauf gespeichert haben. Zum Beispiel die von Albert Pohl.«

Konermann schnappte nach Luft.

»Nicht, dass wir die Nummer nicht auch selber gehabt hätten«, fuhr Stahnke fort. »Pohl ist für uns ja kein Unbekannter. Obwohl er mit Mord bisher nichts am Hut hatte. Aber er ist schwach geworden bei der Summe, die Sie ihm geboten haben.« Der Hauptkommissar griente wie Columbo: »Ach ja, Sie merken schon, Pohl hat inzwischen gesungen.«

Stahnke zog seine Schreibtischschublade auf und kramte darin herum. »Soviel zu Kombination und Gründlichkeit. Diesmal hätten wir's vielleicht auch ohne Glück geschafft. Aber einen glücklichen Zufall gab es doch, der mir die Sicherheit gab, auf dem richtigen Weg zu sein.«

Jetzt schien er gefunden zu haben, was er suchte, behielt seine Hand aber noch in der Lade. »Dass die Konermanns samt und sonders begeisterte Zocker sind, ist unter Binnenschiffern allgemein bekannt. Ein Besuch bei den Kollegen hier im Hafen hat gereicht, um das herauszufinden. Diese Kollegen wissen auch noch mehr. Zum Beispiel, was Ihr so spielt und mit welchen Einsätzen. Und auch, dass Ihr Bruder zum Losen immer eine ganz bestimmte Münze benutzt hat. Einen amerikanischen Vierteldollar. Niemals eine andere, da war er eigen, wie Zocker so sind. Und sehen Sie, wie der Zufall so spielt . . .«

Er zog seine Hand aus der Schublade. Eine amerikanische Vierteldollarmünze lag darin, die Seite mit dem Adler nach oben. Stahnke drehte die Münze um: Washingtons Kopf. »Adler oder Kopf«, sagte der Hauptkommissar. »Keine Zahl. Der Münzwert steht nämlich nur in Buchstaben drauf.«

Fritz Konermann nickte. Leise murmelte er: »Zahl verliert.«

»Stimmt«, sagte Stahnke.

Gabriele Keiser

Die Räuberin vom Xantener Forst

Das letzte Sonnenlicht des Tages drang zwischen hohen Baumreihen hindurch. Mitten im Xantener Forst saßen ein Mann und eine Frau um ein Feuer beisammen. Das Huhn, das über dem Feuer brutzelte, hatten sie bei einem ihrer Streifzüge gestohlen. Die Frau - mit Namen Katharina Feldmann - strich sich das lange, gelockte Haar aus dem Gesicht und betrachtete begehrlich das brutzelnde Huhn. Dann bückte sie sich, zog ein Messer aus ihrem Stiefel und schnitt einen Fetzen Fleisch ab.

»Du willst dich wirklich aufmachen nach Marienbaum?«, fragte der Mann, der neben ihr auf einem umgestürzten Baumstamm saß. Rötliche Flammen beleuchteten sein derbes, ledriges Gesicht und das filzige dunkle Haar. »In dem Aufzug?« Er wies auf ihre weite erdfarbene Hose und das braune, geflickte Wams.

»Zum *»Trappenboom«* gehe ich, wie es sich einem Weib geziemt«, antwortete sie.

Er warf den Kopf in den Nacken und lachte dröhnend. »Wie es sich einem Weib geziemt, ha, darum hast du dich doch dein Lebtag nicht geschert.«

»Ach, was weißt du denn schon!« Hungrig grub sie die Zähne in das Fleisch.

»Ich habe deinen Steckbrief gesehen«, erwiderte er, wieder ernst geworden und nahm sich seinerseits von dem Huhn. »Überall hängt er aus. Ich an deiner Stelle würde nicht gehen.«

Eine Weile aßen sie schweigend. Nur ihr Kauen und Schmatzen war zu hören.

»Du brauchst den Schutz eines Mannes«, sagte er schließlich und wischte sich mit dem Handrücken über den Mund.

Sie presste die Lippen aufeinander und starrte auf das übriggebliebene Gerippe über dem schwächer werdenden Feuer.

»Achte wenigstens auf die Häscher, die überall herumlungern, wenn ich dich schon nicht aufhalten kann«, sagte er mit einer ungewohnt leisen Stimme.

Erstaunt wandte sie sich ihm zu und nahm den besorgten Blick wahr, der auf seinem Gesicht ruhte. Schließlich legte er eine raue, schwielige Hand auf die ihre. »Ich werde hier auf dich warten.«

Früh am nächsten Morgen machte sie sich auf den Weg. Der Mann neben ihr, dessen Beischläferin sie seit kurzem war, schnarchte noch. Um keinem der Späher und Häscher zu begegnen, die die Wälder rings um den Niederrhein durchstreiften, wählte sie den beschwerlicheren Weg durch das Unterholz. Der Boden unter ihren Füßen gab weich und federnd nach. Jeder ihrer Schritte erzeugte ein beruhigendes, monotones Geräusch, das sie nun schon eine ganze Weile begleitete. Sie trug einen weiten Rock mit vorgebundener Schürze. Darüber das geflickte Wams. Über der Schulter hing ein schwerer Beutel, den sie bald auf die linke, bald auf die rechte Seite hievte. Die Nebel hatten sich noch nicht vollständig gelichtet und hüllten die Landschaft in einen gnädigen Schleier. Ab und zu wurde sie von einem Knacken aufgeschreckt, das sie zu einem schnellen Hinabducken veranlasste. Einmal glaubte sie, ein aufgeregtes Schnaufen zu hören. Doch jedes Mal, wenn sie argwöhnisch umher spähte, gewahrte sie entweder einen auffliegenden Vogel oder ein anderes Tier, das von ihr weghuschte.

An einer von hohem Farn umwachsenen Waldlichtung machte sie Rast. In der Nähe hörte man das Rauschen eines Wildbachs. Als sie den Beutel von der Schulter nahm, rasselte etwas schwer darin. Mit den Händen schöpfte sie das klare Wasser, das zwischen rund geschliffenen Steinen sprudelte und benetzte ihre Lippen. Sie lauschte dem Zwitschern der Vögel, betrachtete die satten Farben der Gewächse entlang des Ufers und beobachtete einen taumelnden Schmetterling. Sie dachte an ihr Vorhaben und daran, dass es richtig war, all die Beschwernisse auf sich zu nehmen. Mit einem Mal fühlte sie einen tiefen Frieden in sich.

Ihr Leben war kein Zuckerschlecken gewesen, aber bisher war sie einigermaßen zurechtgekommen. Vor allem hatte sie gelernt, auf dieser Erde nichts und niemandem mehr zu vertrauen. Sie wusste noch nicht, ob sie zu dem Mann am Feuer zurückkehren würde, der versprochen hatte, auf sie zu warten. Sie war es gewohnt, sich allein durchzuschlagen. Und mit Listen und Tücken ihren Lebensunterhalt zu sichern.

Sie wusste, dass sie steckbrieflich gesucht wurde, dennoch hatte es sie getroffen, als er es aussprach. Katharina Feldmann, die sich fälschlich Witwe Müller und fälschlich Witwe Julius nennt, gebürtig aus Kleve am Niederrhein. 36 Jahre alt. 5 Fuß 9 Zoll groß. Haare schwärzlich gelockt und lang. Stirn hoch, Augen braun, Nase und Mund gewöhnlich, Gesichtsfarbe gesund, Statur länglich, fleischig.

Ihre Vergehen: Vagabundieren, Räubereien und Gaunereien. In mehreren Gefängnissen hatte sie eingesessen. Aus dem letzten war ihr trotz schwerer Ketten die Flucht gelungen.

So in etwa durfte es in den Fahndungsbüchern stehen, ein Lebenslauf, der nicht geradlinig verlaufen war, sondern mit vielen Zackenlinien bald in diese, bald in jene Richtung führte und ihr jedes Mal aufs Neue Entscheidungen abverlangte, die ihr nicht immer leicht gefallen waren. Sie wusste ebenfalls, dass sie keineswegs mit milder Behandlung rechnen durfte, falls man sie abermals einfing.

Bilder aus ihrem früheren Leben flackerten in ihrem Kopf auf. Eine ärmliche Kate, in der sie zusammen mit sieben Geschwistern hauste, eine Mutter, die der Tochter entgegen keifte, störrisch und liederlich zu sein. Ein Mann, dem sie halb neugierig, halb sich zierend ins Gebüsch folgte. Ein schwangerer Leib, der den Hinauswurf aus der Kate zur Folge hatte. Die Niederkunft eines schwächlichen Mädchens an einem Wegrand. Fieberträume. Heiße, entzündete Brüste und das schwer röchelnde Kind, das schließlich ganz aufhörte zu atmen. In diesem Moment wünschte sie sich, selbst dieses unschuldige Kind zu sein in ihren Armen, das sich um nichts mehr kümmern musste, das nichts erfahren hatte vom Hunger, der in den Eingeweiden nagte, und von den Mühen und Anstrengungen auf dieser Welt.

Doch mit dem Sinken des Fiebers wuchs in ihr der zähe Wille, allem zu trotzen und sich dem Lebenskampf zu stellen. Alsbald schloss sie sich einer Räuberbande an, Männern, die sie auflasen und keine Fragen stellten. Mit ihnen zog sie durch die Auen des Niederrheins. Sie entwickelte eine Fertigkeit und Geschicklichkeit im Stehlen, die jedermann erstaunte, besonders aber den Anführer der Bande, den man respektvoll den Marodierer nannte. Sie umschmeichelte ihn mit bezaubernder Freundlichkeit. Da er ebenso ihre Gerissenheit und ihren regen Verstand schätzte wie die fleischlischen Lüste, die sie ihm gewährte, war sie bald seine Auserwählte, versah ihn mit sauberer Wäsche und kochte ihm gute Mahlzeiten. Die Zutaten dafür stahl sie in unbeobachteten Momenten zusammen. Dafür bediente sie sich der bewährten Täuschung, die Kleider mit Kissen auszustopfen, um wie eine Hochschwangere kurz vor der Niederkunft auszusehen, und auf diese Weise auf das Mitleid der Menschen zu spekulieren.

In solcherlei Ausstattung erschlich sie sich Zugang in Häuser, um im rechten Moment in Ohnmacht zu sinken. Meist eilte man, ihr einen Becher Wasser zu holen, und diese Sekunden, die sich manchmal zu Minuten dehnten, nutzte sie aus, blitzschnell die Hand auszustrecken und allerlei Nützliches in den versteckten Taschen ihrer weiten Gewänder zu verstauen. Gleich, ob es sich um Esswaren handelte oder um Dinge, die sie in klingende Münze umwandeln konnte, nichts war vor ihren flinken Fingern sicher. Mit ehrlicher Miene bedankte sie sich bei den Menschen, schmeichelte ihrer freundlichen Hilfe, so dass diese erst viel später merkten, dass ihnen etwas fehlte.

Manchmal spähte sie auch mit verstohlenen Blicken alle Winkel nach nützlichem Gut aus, um zu gegebenem Zeitpunkt nochmals in dieses Haus zurückzukehren und alles im unbeobachteten Augenblick an sich zu nehmen.

Auf solche Weise fristete sie ihr Dasein. Bei ihrem Mann, dem Marodierer, hatte sie endlich eine Heimat gefunden und sie war ihm weiterhin eine treusorgende Ehefrau. Kinder kamen keine mehr auf die Welt, das war ihr auch ganz Recht.

Als man ihn eines Tages verhaftete, fühlte sie sich weiterhin mit ihm verbunden. Nie wäre ihr der Gedanke gekommen, ihn im Stich zu lassen. In ihrem Darm schmuggelte sie Münzen ins Gefängnis, mit denen es ihm wiederum gelang, die Wärter zu bestechen. Doch anstatt ihr dies zu danken, tauschte er seine Frau gegen eine neue Gespielin ein, sobald er wieder auf freiem Fuß war.

Ihre Augen glühten vor Zorn, als sie ihn mit der anderen, einem dicken, hässlichen Weib, auf ihrem gemeinsamen Lager huren sah. Der Schmerz der Erniedrigung durchjagte sie tief, ähnlich dem Schmerz, den sie bei dem Tod ihres Kindes gespürt hatte. Doch diesmal war sie nicht ohnmächtig ihrem Schicksal ausgeliefert, sie war gereift. Und sie wäre nicht Katharina Feldmann gewesen, hätte sie dies ungestraft geschehen lassen. Lange sann sie auf Rache. Schließlich verriet sie den Marodierer, der neben unzähligen Räubereien auch Menschenleben auf dem Gewissen hatte, bei der nächsten Gelegenheit an die Obrigkeit.

Es war ihr eine große Befriedigung, als sie inmitten einer gaffenden Schar seiner Hinrichtung beiwohnte. Fortan verließ sie sich nur noch auf sich selbst und schlug sich weiter durch, so wie sie sich immer durchgeschlagen hatte. Stets war sie auf der Hut und achtete darauf, nicht allzu lange an einem Ort zu bleiben. Schloss sich mal dieser, mal jener Bande an. Zog aber meistens als einsame Vagabundin durch die Wälder des Niederrheins. Mehrmals war sie aufgegriffen worden und im Gefängnis gelandet. Zuletzt im Kölner Klingelpütz.

Dort hatte man sich vom Marienbaum erzählt, einer heiligen Stätte, von der man Wunderliches zu berichten wusste. Einem gelähmten Schafhirten war einst im Traum der *»Trappenboom«* erschienen, ein Baum mit treppenförmigem Stamm, der in seinem Astwerk eine Marienstatue beherbergte. Eine Stimme hatte dem Hirten befohlen, sich aufzumachen und den Eichenbaum zu suchen. Er fand ihn und genas auf wundersame Weise von seinem Gebrechen. Von dieser Geschichte fühlte sich Katharina derart angerührt, dass sie ein Gelübde tat. Sollte es ihr gelingen, sich aus diesem reichlich ungemütlichen Ort befreien zu können, so würde sie die Gnadenkapelle aufsuchen und vor dem Marienbild niederknien.

Sie wollte gerade den schweren Beutel auf die Schulter hieven, als sie hinter sich eine raue Stimme vernahm.

»He du!« Ein finster dreinblickender Geselle hatte sich an sie herangeschlichen. »Was treibst du dich hier herum?« Er schielte auf ihren Beutel.

»Was geht's dich an?«, fragte sie.

»Oho, nicht so schnippisch«, meinte er und lachte. »Es ist nicht gut für ein Weib, allein durch die Wälder zu streichen, wo allerlei Gefahren lauern.« Er sah sie listig an. »Es sei denn, es hat etwas auf dem Kerbholze.«

»Dumme Sprüche«, antwortete sie.

»Und was hast du in deinem Beutel da?«, fragte er und zeigte mit einem schmutzigen Finger auf ihre Schulter.

»Das geht dich nichts an.«

Er kam ein paar Schritte auf sie zu. »So so. Das geht mich nichts an, meinst du.« Er schob seinen Hut zurück und blickte sie drohend an. »Zeig mir, was in diesem Beutel ist!«

»Nie und nimmer«, antwortete sie.

»Gib schon her und ich lass dich ziehen.« Er streckte fordernd die Hand aus.

»Noch einen Schritt!«, warnte sie ihn.

Er achtete nicht auf das, was sie sagte und griff gierig nach ihrem Beutel. Blitzschnell bückte sie sich und zog das Messer aus ihrem Stiefel, das sie ihm mit wildem Blick entgegenhielt. »Ich habe keine Furcht«, presste sie zwischen den Zähnen hervor. »Schon gar nicht vor solchem Gesindel wie dir.« Er war nicht der erste, der ihr an Hab und Gut oder schlimmer noch, ans nackte Leben wollte. Wenn er ihre deutlichen Worte nicht verstehen wollte, half nur noch das Messer.

»Oho, eine Messerstecherin!«, lachte er spöttisch. »Bist wohl eine Spitzbübin, he? Denkst, du wärst etwas Besseres als unsereins? Ist dir nicht klar, dass solche wie du auf dem Schafott landen, früher oder später.«

Wie unter einem Peitschenschlag zuckte sie zusammen.

»Was hast du da gesagt?« Ihre Augen funkelten ihn böse an. Mit dem Messer in der Hand ging sie auf ihn los und stieß in blinder Wut auf ihn ein. Einen roten Schleier vor Augen stach sie und stach. Schließlich hielt sie keuchend inne.

Schnell nahm sie ihren Beutel vom Boden auf, schwang ihn über die Schulter und machte sich fort von der Unglücksstelle.

Im Bachlauf reinigte sie mit zitternden Händen ihr Messer und steckte es zurück in den Stiefel. Hoch erhobenen Hauptes schritt sie weiter. Gegen Abend hatte sie ihr Ziel erreicht. Andächtig stand sie vor der Muttergottesstatue, die ihr entgegenzulächeln schien. Vorsichtig streichelte sie das Kind auf dem Arm seiner Mutter. Das kleine unschuldige Kind, das man später als erwachsenen Mann ans Kreuz genagelt hatte, mit einer Dornenkrone auf dem Haupt. Stockend begann sie, dem Bildnis zu erzählen, was ihr in ihrem Leben alles widerfahren war. Sie bemühte sich, nichts auszulassen. Auch nicht das Unschöne. Es wurde eine lange Geschichte.

»Was du auch immer getan hast. Um deine Seele zu erretten, scheue dich nicht, die Wahrheit zu sagen.« Diese Worte hatte ihr der barmherzige Pfarrer mit auf den Weg gegeben, der sie nach ihrer Flucht aus dem Klingelpütz bei sich aufgenommen hatte. Damals waren ihre Lippen verschlossen gewesen. Nun kniete sie nieder, faltete die Hände und schickte ein inniges Gebet gen Himmel. Dann öffnete sie den Beutel, nahm die klirrenden Ketten heraus und legte sie am *»Trappenboom«* nieder. Es handelte sich um jene Ketten, die man ihr im Gefängnis angelegt hatte und die sie seitdem bei sich getragen hatte.

Oliver Buslau

Pan erwacht

Massiver Hörnerklang donnerte durch das Wohnzimmer. Die Musik türmte sich zu einer gewaltigen Fanfare auf, stürzte dann wie ein tödlich getroffenes Ungeheuer zusammen, um sogleich einen neuen Anlauf zu nehmen. Schräge, grelle Trompetenfanfaren kreischten; sie klangen krank und verzerrt, ein Musik gewordener Alptraum ...

Roberts Blick traf das Bild an der Wand. Das geheimnisvolle Gemälde, mit dem alles angefangen hatte. Wie lange war das jetzt her? Gerade mal ein paar Wochen. Und in dieser kurzen Zeit hatte sich Roberts Leben dramatisch verändert.

Julia und er waren auf der Suche nach einem schönen Haus gewesen. Alt sollte es sein. Hohe Fenster sollte es haben. Das Parkett sollte deutlich, aber nicht zu deutlich knarren. Es sollte den typischen Geruch nach alten, aber gepflegten Häusern besitzen. Es sollte viel Platz haben, damit man innen alles mit modernen Designermöbeln, abstrakten Plastiken, wilden Gemälden und sonstigen avantgardistischen Sachen füllen konnte. Außen nobel und nostalgisch, damit die Leute etwas zum Staunen hatten. Innen neu und modern, damit die Freunde begriffen, wie zeitgemäß man doch war.

Sie wurden fündig: am Westwall - ganz hinten, in der ruhigeren Ecke, fast an der Liebfrauenkirche. Hier standen Häuser, wie Julia sie liebte. Großbürgerliche Fassaden nannte sie so was.

»Schau mal, der kleine Balkon in der Mitte«, rief sie entzückt aus, als sie aus dem Wagen gestiegen war. »Eine so schöne stille Allee – und praktisch mitten in der Stadt.«

Kaum hatte sie Herr Bonkamp, der Besitzer, an der Tür begrüßt und hereingebeten, zeigte sich, dass alle gewünschten, alle bisher immer nur einzeln, nie in ihrer gesamten Pracht angetroffenen Merkmale des Traumhauses hier vereint waren.

»1901«, erklärte Herr Bonkamp, ein beleibter, kleiner Glatzkopf. »Schönste Gründerzeit. Ich habe ja schon erwähnt, dass das Haus aus meiner Familie stammt. Ein Großonkel von mir hat es damals gebaut. Ein Kaufmann.«

Julia sog hörbar die Luft ein. Robert wusste, daß sie gerade testete, ob auch der Geruch des Hauses stimmte. Nach ihrem Gesichtsausdruck zu urteilen, war das der Fall.

»Warum haben Sie das Objekt selbst in die Zeitung gesetzt und nicht über einen Makler angeboten?«, wollte Robert wissen.

»Das treibt nur die Kosten in die Höhe. Ich möchte außerdem gerne genau wissen, wer das Haus bekommt. Es sollen kultivierte Leute sein. Wie Sie zum Beispiel.«

Es gibt einen Haken, dachte Robert. Wenn ein Verkäufer einem Interessenten Komplimente macht, gibt es immer einen Haken. Er blickte zu Julia hinüber. Sie schwelgte. Die Holzvertäfelung auf den Fluren, der Glanz des Parkettbodens, die geschwungenen Konturen der Fenster: All diese Dinge nahmen sie gefangen. Herr Bonkamp öffnete eine Flügeltür. Der Raum dahinter war wohl das Wohnzimmer, das man in den Zeiten, in denen das Haus gebaut worden war, noch als »Salon« bezeichnet hatte.

»Und jetzt«, verkündete Herr Bonkamp theatralisch, »kommt der Haken an der ganzen Geschichte. Schauen Sie bitte hier herüber.«

Der leere Raum wirkte freundlich. Die Sonne schien herein. Robert wurde klar, dass Herr Bonkamp einen Witz gemacht hatte, als er von dem »Haken« sprach, und er schmunzelte pflichtschuldig.

»Wenn dieses Zimmer der Haken sein soll, nehmen wir

das Haus sofort«, hörte sich Robert sagen. Dabei hatte er sich vorgenommen, bei den Besichtigungen nicht zu viel Interesse zu zeigen.

»Nein, nein«, sagte Herr Bonkamp, und seine Stimme hallte ein wenig in dem großen Zimmer. »Das mit dem Haken bezieht sich auf etwas anderes.« Er ging in eine seitliche Ausbuchtung des Raumes. Es war die Kaminecke. Über dem Sims hing einsam das Bild. »Es geht um dieses Gemälde hier.«

Robert kam näher, und auch Julia riss sich von dem Fenster los. Das Bild war klein, kaum größer als der Aktenordner in Roberts Hand. Zu sehen war das Porträt einer schwarzhaarigen Frau, die den Betrachter mit stechendem Blick anstarrte. Sie verzog den Mund zu einem Ansatz von einem Lächeln, das Robert irgendwie bekannt vorkam . . .

»Wie das Lächeln der Mona Lisa«, sagte Julia hinter ihm. »Haben Sie das Bild hier vergessen?«

»Es gehört zum Haus. Sie müssen es mitkaufen.«

»Was meinen Sie damit?« fragte Robert. »Warum nehmen Sie es nicht mit?« Er ging auf den Kamin zu, tastete über den vergoldeten Rahmen und schob ihn leicht hin und her. Er war nicht fest mit der Wand verbunden, sondern hing einfach an einem Nagel.

»Es geht eben nicht. Das Bild . . .«, Herr Bonkamp rang nach Worten. »Es möchte eben nirgendwo hin.«

Robert und Julia nickten sich unauffällig zu. Daran sollte es nicht liegen. Sollten sie das Haus kaufen, würden sie es irgendwohin verfrachten. Robert und Julia waren sachlich denkende Menschen. Er arbeitete als Computerprogrammierer in einer großen Firma, sie hatte gerade ihr Betriebswirtschaftsstudium abgeschlossen, und ihre Fantasie verwandte sie darauf, kaufmännische Probleme zu lösen und eines Tages mit Robert zusammen eine Firma zu gründen. Sie wussten natürlich, dass manche Leute enge Beziehungen zu alten Dingen entwickelten und dabei eine

Art von übertriebener Pietät aufbauten. Roberts und Julias Sache war das nicht.

»Hoffentlich hat es keinen Einfluss auf den Preis«, sagte Robert, und Herr Bonkamp erwachte aus seiner Nachdenklichkeit. »Oh nein, überhaupt nicht«, sagte er. »Ich schenke Ihnen das Gemälde. Hauptsache, Sie lassen es, wo es ist.«

Am nächsten Tag entschieden sie sich, das Haus zu kaufen. Robert nahm sich einen Tag frei, setzte sich frühmorgens in den schwarzen BMW und fuhr nach Basel. Seine Nervosität tapfer unterdrückend, fuhr er mit 150.000 Euro Bargeld in einem Koffer zurück nach Deutschland. Das Geld war für die Einrichtung und den Umzug gedacht. Der Kauf selbst musste über die offiziellen Bücher gehen. Weitere Tage vergingen, und am Westwall stapelten sich die Umzugskartons. Eines abends waren die Möbelpacker endlich fort.

Bevor Robert und Julia zum ersten Mal im neuen Haus schlafen gingen, unternahmen sie noch einen kleinen Rundgang im Schein der nackten Glühbirnen.

Im Wohnzimmer ragte der Kartonberg wie ein dunkles Mahnmal in die Höhe. Robert ging zum Kamin, griff mit beiden Händen an den Rahmen und nahm das Bild ab. »Wir müssen keine Bilder an den Wänden dulden, die uns nicht gefallen«, sagte er. Er stellte das Porträt der unbekannten Frau auf den Fußboden und lehnte es an die Wand. Die bemalte Seite nach hinten.

»Vielleicht sollten wir es doch Herrn Bonkamp zurückgeben«, sagte Julia.

»Er will das Bild nun mal nicht. Wir stellen es morgen auf den Dachboden. Dann ist es ja gewissermaßen im Haus, die Pietät und die Tradition sind gewahrt, und wir sind das schreckliche Ding trotzdem los.«

»Ach«, sagte Julia mit gespieltem Erstaunen, »findest du die Frau nicht schrecklich attraktiv? Ich hatte gedacht, du hättest Herrn Bonkamp bestochen, damit er uns diese komische Geschichte auftischt – damit du ungestraft Bilder von attraktiven Frauen im Wohnzimmer hängen lassen kannst . . .«

»Na warte.« Robert rannte auf Julia zu. Sie verschwand kichernd durch die Tür und rannte die Treppe hinauf. Die neckische Jagd endete im Schlafzimmer, das nun auch gleich hinsichtlich seiner erotischen Tauglichkeit eingeweiht wurde.

Als Robert am nächsten Morgen erwachte, schlief Julia noch. Er zog sich den Bademantel über und ging nach unten, um in der Küche das Frühstück vorzubereiten. Er suchte den Karton mit dem Geschirr und trug den Kistenberg im Wohnzimmer ab. Sein Blick fiel auf den Kamin in der Ecke und traf die dunklen Augen der Frau. Das Bild hing wieder an seinem alten Platz. Robert erschrak, ärgerte sich aber sofort darüber. Da hatte ihm Julia einen Streich gespielt. Kindisch. Er ging zum Kamin, nahm das Bild ab und drehte es wieder zur Wand.

Eine Stunde später war Julia auf, und sie frühstückten in der Küche – ganz spartanisch an einem alten Tisch, inmitten von freiliegenden Wasserrohren und Stromkabeln, die aus den Wänden hingen.

Robert nahm einen Schluck Kaffee. »Da hast du mir aber einen schönen Schrecken eingejagt«, sagte er. Julia verteilte gerade Marmelade auf einer Scheibe Vollkornbrot.

Sie sah erstaunt auf. »Womit?«

»Na, mit unserer Dame auf dem Bild. Du hast sie wieder hingehängt.«

Sie legte das Brot hin. »Quatsch!«

»Jetzt hör auf. Wer soll es denn sonst gewesen sein? Unsere Mitbewohnerin blickte mich heute morgen an wie bei der ersten Besichtigung.«

Julia schob den Stuhl zurück und stand auf. »Das muss ich mir ansehen.«

»Nein – bleib hier. Ich habe es schon wieder abgehängt.«

Julia war schon in Richtung Wohnzimmer verschwunden. Robert löffelte sein Ei aus.

»Stimmt, da hängt es«, sagte sie und setzte sich wieder.

»Was? Ich habe es doch runtergenommen!«

»Wann?«

»Als ich heute morgen runterkam!«

»Willst du behaupten, das Bild hängt sich von selbst wieder auf, wenn man es abnimmt?«

»Ich weiß doch, was ich getan habe!«

»Die Dame auf dem Bild scheint dich jedenfalls sehr zu beschäftigen!«

Robert ging ebenfalls hinüber und betrachtete verwundert das Bild. Julia trieb es mit dem Streich immer weiter. Das war die einzige Erklärung. Merkwürdig, das war sonst gar nicht ihre Art. Hatte es wirklich etwas mit Eifersucht zu tun? Wollte sie ihn auf irgendeine Probe stellen? Egal. Er hatte keine Lust, auf der Sache herumzureiten. Sollte das Bild doch an seinem Platz bleiben. Er beschloss, das Ganze einfach zu ignorieren.

Auch Julia sprach nicht mehr über das Bild. Es war eine stille Übereinkunft. Jeder der beiden fühlte sich vom anderen auf den Arm genommen, wollte es aber nicht zugeben, und so blieb das Bild hängen, während sie nach und nach das Haus einrichteten.

Bald war die Einbauküche installiert. Julia hatte angefangen, moderne Einrichtungsgegenstände zu kaufen: schräge und in Schlangenlinien gewundene Bücherregale, riesige gläserne Vasen, in die man zwei Meter hohe künstliche Blumen stellen mußte, dreieckige Tische in Neonfarben. Die Krönung war ein giftgrünes aufblasbares Sofa, das Julia wie als Provokation vor das Gemälde stellte.

»Wir sollten eine Housewarming-Party geben«, sagte Julia eine Woche später. »Das wird von dir erwartet.«

»Und wen sollen wir einladen?«, fragte Robert.

»Deine Kollegen. Unsere Freunde. Was ist mit Karl?«

Robert verzog den Mund. Karl war ein Schulkamerad Roberts gewesen. Er wohnte in Düsseldorf, meldete sich hin und wieder bei Geburtstagen und zu Weihnachten. Robert hatte irgendwann den Kontakt abgebrochen, doch Karl schien sich nicht darum zu kümmern, schrieb weiter Karten um Karten und rief gelegentlich an.

Robert mochte Karl nicht. Ihn störte dessen Hang zur Esoterik. Karl besaß einen Buchversand, der »Zwielicht« hieß und sich auf Titel über Parapsychologie spezialisiert hatte. Damit gelang es Karl, ganz entspannt seinen Geschäften nachzugehen und dabei auch noch offensichtlich ganz ordentlich Geld zu verdienen. Robert beneidete ihn darum - auch wenn er das vor sich oder anderen nicht zugegeben hätte.

Er entschloss sich, Karl einzuladen - schon, um ihm zu zeigen, zu welch schönem Haus er es gebracht hatte.

Die ersten Gäste kamen um kurz nach sieben. Es waren Roberts Arbeitskollegen, die auf einer ähnlichen Stufe in der Hierarchie standen wie er. Zwanzig Minuten später erschien Roberts Chef. Die Gespräche glitten ins Berufliche, denn alle Anwesenden hatten kaum eine Stunde zuvor noch zusammen gearbeitet. Die Atmosphäre lockerte sich etwas, als ein paar ehemalige Mitstudenten von Julia auftauchten.

Um kurz nach acht betrat Karl die Szene. »Wie geht's, alter Junge«, rief er mit seiner dröhnenden Stimme durch den ganzen Flur und umarmte Robert wie einen verlorenen, nach Jahren wiedergefundenen Bruder. Er griff nach dem angebotenen Sektglas, stieß mit den Gastgebern und den anderen Gästen an, und begab sich dann auf einen Rundgang. Karl sah man sein Faible für Übernatürliches nicht an. Er trug weder wallende Gurugewänder noch schwarze Rollkragenpullover, sondern ganz normal Schlips und Krawatte. Er war groß, breit wie ein Schrank und grinste unentwegt.

»Toll, wie man alte Sachen so verändern kann«, sagte er, als sein Blick auf dem grünen Gummisofa ruhte. »Wie alt ist das Haus, sagtest du?«, brüllte er quer durch den Raum. Robert unterhielt sich mit seinem Chef und war gerade froh, Karl losgeworden zu sein.

»Es wurde kurz nach 1900 gebaut«, rief Robert etwas ärgerlich.

»Und seit damals hängt das Bild dort?«, fragte Karl und deutete mit der linken Hand auf das Gemälde am Kamin. Julia sprang ein und übernahm der Gespräch mit Roberts Chef, während Robert sich an Karl wandte.

»Woher weißt du das?«

»Nur so geraten«, erwiderte Karl und nippte an dem Sektglas. »Und ins Schwarze getroffen, stimmts?«

Robert nickte.

»Sieht irgendwie magisch aus, findest du nicht? Diese stechenden Augen, dieses komische Lächeln, der ganze Ausdruck ... wie eine mystische Nachahmung der Mona Lisa.«

»Das Bild gehörte dem Vorbesitzer des Hauses. Er hat es einfach hiergelassen. Wahrscheinlich wollte er es loswerden oder so. Wir wissen es nicht.«

»Und es gefällt euch?«

»Na ja ... es ist ganz nett ...«

Karl grinste spöttisch. »Also, wenn ich mich hier umsehe, dann habe ich nicht das Gefühl, dass ihr dieses Bild hier freiwillig hängen habt ...«

»Wir haben es vergessen. Der Umzug und so weiter. Du weißt schon.«

Karl nahm noch einen Schluck. »Verkaufst du's mir?«, fragte er.

»Wie bitte?«

»Ob du mir das Bild verkaufst. Ihr wollt es doch nicht haben.«

»Du willst Geld dafür ausgeben?«

»Tausend.«

»Du machst Witze!«

»Tausend für diese rassige Lady hier. Ach was, sagen wir Fünzehnhundert. Hast du dir das Bild eigentlich mal genau angesehen? Hier, dieser verschwommene Hintergrund.« Karl beugte sich nach vorne und deutete auf etwas. »Sieht aus wie ein Klavier . . .«

Robert war das Ganze unangenehm. Natürlich hätte er Karl das Bild sofort verkauft, aber er hasste diese plumpe Art und das Herumgefeilsche vor seinen Kollegen. Als ob er Geld nötig gehabt hätte!

»Komm, hör auf Karl. Das hat keinen Zweck.«

»Du willst nicht?«

»Vielleicht.«

»Warum nur vielleicht?«

Robert kam die Idee, dass es wohl das beste wäre, Karl einfach das zu erzählen, was Bonkamp gesagt hatte. Damit würde er Karl sicher überraschen.

»Du glaubst es mir doch nicht.«

»Ich glaube zunächst mal, dass ich mehr zu glauben bereit bin als du.«

»Vielleicht sage ich es einfach so. Es will nicht weg. Sagt zumindest der Vorbesitzer.«

»Was soll das denn heißen?«

»Er hat gesagt, das Bild gehöre hier her, und wir sollen es nicht abhängen.«

»Und das respektierst du?«

»Wie du siehst.«

»Dann«, erklärte Karl selbstbewusst, »muss ich mein Angebot natürlich erhöhen. Zweitausend.«

Es klingelte an der Haustür. Robert ergriff die Gelegenheit, das Gespräch mit Karl zu beenden. Mehr Gäste kamen, die Räume füllten sich und den ganzen Abend sprach Robert nicht mehr mit Karl. Doch er bekam am Rande mit, dass Karl die Geschichte des Bildes zu verbreiten schien. Immer wieder stand er mit verschiedenen Gästen vor dem Gemälde, erklärte, deutete und erzählte, als hätte er hier tatsächlich die Mona Lisa vor sich. Irgendwann war er sogar mit Roberts Chef ins Gespräch vertieft, was Robert peinlich fand. Aber die beiden schienen sich ganz gut zu amüsieren. Robert konnte nicht verstehen, was sie sagten, doch plötzlich brach der Chef in lautes Gelächter aus, und Robert beruhigte sich wieder. Erst als sein Vorgesetzter beim Abschied feierlich erklärte, es sei ein »herrlicher Abend« gewesen, fiel die Nervosität von Robert ab.

»Machs Gut, mein Alter«, sagte Karl, als er ging. »Und denk über mein Angebot nach. Ruf mich an, wenn du es dir überlegt hast.«

In den nächsten Tagen hatte Robert von morgens bis abends in der Firma zu tun und betrat das große Wohnzimmer kein einziges Mal, sah also das Bild auch nicht. Es sollte erst eine Woche später in den Mittelpunkt rücken, als es ihm gelang, unerwartet früh nach Hause zu kommen.

»Was ist denn jetzt los?«, fragte Julia. »Es ist erst halb sieben. Du wolltest heute eigentlich erst um acht kommen.«

»Genau die richtige Zeit. Fast schon zu spät«, sagte Robert und tänzelte in die Wohnung hinein. »In einer Stunde haben wir eine Verabredung«. Robert sah vielsagend auf seine Armbanduhr. »Und du wirst noch Zeit brauchen, um dich hübsch zu machen.«

»Was für eine Verabredung?«

»Warte es ab.«

»Fahren wir weg?«

»Ja.« Er grinste. »Rate weiter. Vielleicht kommst du ja drauf.«

Julia lächelte kokett. Plötzlich hatte sie verstanden.

»Wohin willst du mich entführen?«

»Entführen ist genau der richtige Ausdruck. Es geht in die Innenstadt. Zu einem großen Gebäude.«

»Ein Restaurant?«

»Das kommt erst hinterher. Noch eine Hilfe: In dem Gebäude gehen Menschen über gewisse Bretter und machen merkwürdige Sachen. Zum Beispiel singen sie, wenn sie ihren Leidenschaften Ausdruck verleihen wollen.«

Julia verstand plötzlich. »Ins Theater? Wir gehen ins Theater?«

»Zwei Karten für La Traviata und ein Tisch in der Villa Medici.«

»Das ist ja wunderbar!«

Julia fiel Robert um den Hals, doch dann fiel ihr ein, wie spät es schon war. »Oje – und mein rotes Kleid ist noch von der Einweihungsparty in der Reinigung. Was ziehe ich nur an?«

»Ich bin sicher, du wirst etwas finden.«

Robert und Julia waren bisher nur ein einziges Mal in der Oper gewesen. Sie waren damals noch Studenten und hatten die billigsten Karten genommen, die es gab. Hinterher hatte Julia Robert gestanden, dass sie davon träumte, öfter in die Oper zu gehen. Es war aber nie etwas daraus geworden.

Um halb elf war La Traviata zu Ende, und kurz darauf genoss Robert die Blicke der anderen Gäste, als sie das Restaurant Villa Medici betraten. Manche von ihnen erkannte er von der Opernpause wieder. Er nickte ihnen kurz zu, und er liebte das Gefühl, zu einer Art Gemeinschaft zu gehören. Zu einer Gemeinschaft, die es sich hin und wieder leisten konnte, einen Opernbesuch zu machen und ihn mit einem guten Essen in einem Top-Restaurant abzuschließen.

Um ein Uhr zahlte Robert mit einem Fünfhundert-Euroschein, den er aus der Kasse mit dem Schwarzgeld aus der Schweiz genommen hatte, die Rechnung. Gemächlich bewegten sie sich Arm in Arm durch die Nacht in Richtung des Wagens. Julia zog Robert zu sich herunter und gab ihm einen langen Kuss. Robert umfasste sie mit der rechten Hand; er spürte ihre Wärme unter dem dünnen Abendkleid.

»Lass uns schnell nach Hause fahren«, flüsterte er, als Julia ihn losließ. Sie nickte.

Eine Viertelstunde später eilten sie die Stufen zu ihrer Haustür hinauf. Sofort tauchte die Lampe, die an einen Bewegungsmelder angeschlossen war, alles in helles Licht. Robert suchte den richtigen Schlüssel aus dem Bund.

»Du, die Tür ist offen«, sagte Julia plötzlich.

Sie drückte gegen das Türblatt, es gab nach. Das Licht der Hauslampe fiel in den Flur. Scherben lagen auf dem Fußboden.

»Die Vase«, rief Julia, und da waren sie auch schon im Haus. Robert drückte auf den Lichtschalter, und nun war alles deutlich sichtbar: Die Regale waren brutal leergefegt worden. Im Wohnzimmer fehlte der Fernseher. Julia eilte nach oben.

»Mein Schmuck!«, schrie sie, und Robert, noch völlig schockiert von dem Einbruch, raste nun ebenfalls die Treppe hinauf.

Julia war im Schlafzimmer. Die Kleider waren auf den Betten zu Bergen getürmt, ein Nachttisch war umgefallen, der Inhalt neben dem Kopfende des großen Ehebettes verstreut.

Julia begann zu schluchzen und stürzte an Roberts Brust. »Mein Schmuck!«, jammerte sie. »Sie haben die Schmuckschatulle mitgenommen!«

Alle acht Türen des Schlafzimmerschranks standen offen. Robert sah nur leere Regale und Stangen, noch nicht einmal einen Kleiderbügel hatten sie hängengelassen.

Er nahm das Telefon und rief die Polizei an. Zehn Minuten später kam ein Streifenwagen mit zwei Polizisten an.

»Sie sind vorne reingekommen«, erklärte der eine der beiden Beamten. »Offenbar haben sie gewusst, dass Sie heute abend ausgegangen sind.«

»Woher konnten die das wissen?« fragte Robert. »Wir haben es selbst ganz spontan entschieden.«

»Die haben Erfahrung in so was. Die haben Sie beobachtet. Und als sie dann losfuhren – so in festlicher Kleidung – da dachten die sich ihr Teil. Haben Sie schon eine Ahnung, was alles fehlt?«

»Also da ist zunächst der Schmuck meiner Frau. Der war in einer Schatulle im Schlafzimmer . . . Uns war gar nicht klar, dass das so eine gefährliche Gegend ist.«

»Wo es was zu holen gibt, wird auch einbrochen«, sagte der Polizist. »Aha. Und hier haben wir das Wohnzimmer.«

»Ganz recht.«

Sie gingen durch die Flügeltür.

»Die Täter haben genau gewusst, was sich zu stehlen lohnte«, erklärte der Beamte. »Die elektronischen Geräte, sagen Sie?«

Robert wies auf die Kabel, die traurig aus der Wand kamen, wo vorher noch ein riesiger Fernseher gestanden hatte. Die Stereoanlage war eigenartigerweise noch da.

Ein paar Haken an den Wänden bezeichneten die Stellen, wo Gemälde fehlten. Auch das geheimnisvolle Bild war weg.

Ein elektronisches Rauschen war plötzlich zu hören, dann eine verzerrte Stimme. Der Beamte am Kamin zog ein Funkgerät aus der Tasche, meldete sich und hielt es ans Ohr. Er nahm eine Nachricht entgegen, nickte mit dem Kopf und meldete sich ab.

»Glück gehabt«, sagte er zu Robert und Julia. »Oder wie man es nimmt. Die Einbrecher hatten jedenfalls Pech.«

»Was meinen Sie damit?«, fragte Julia.

»Ein Unfall. Sie haben noch mehr Einbrüche heute nacht verübt und sind beobachtet worden. Sie waren mit einem Lieferwagen unterwegs.«

Robert schüttelte den Kopf. »Die haben gleich eine ganze Tour unternommen?«

»So läuft das heutzutage. Eine Streife hat sie überrascht. Es kam zu einer Verfolgung.«

»Hat man sie geschnappt?«

»Am Duisburger Hafen sind sie in den Rhein gefahren. Die Täter sind tot.«

»Woher wissen Sie, dass es gerade diese Diebe waren, die bei uns eingebrochen haben?«

»Wir sind ihnen schon lange auf der Spur. Ihr Einbruch war kein Einzelfall.«

»Was ist mit unseren Sachen?«, fragte Julia.

»Was wir bergen können, bekommen Sie zurück.«

Zehn Minuten später waren die beiden Beamten gegangen. Julia sah auf die Uhr in der Küche: Es war drei.

»Ich bin todmüde«, sagte sie. »Aber ich traue mich gar nicht, schlafen zu gehen. Daran zu denken, dass Kriminelle hier in unseren Sachen herumgeschnüffelt haben . . .«

Robert nickte, schien jedoch geistesabwesend zu sein.

»Was ist los?« fragte Julia fürsorglich und strich ihm über das Gesicht. »Komm - es hätte alles viel schlimmer sein können.«

»Das ist es nicht.«

»Was dann?«

»Das Geld aus der Schweiz haben sie auch mitgenommen. Es war im Schlafzimmerschrank. Ich weiß nicht, ob sie das Geld aus dem Wagen trocknen können. Vielleicht ist es auch besser, wenn wir gar nichts darüber sagen. Es ist Schwarzgeld. Und das zahlt uns auch keine Versicherung zurück.«

»Wieviel war es?«

»Noch so an die zwanzigtausend.«

In diesem Augenblick erfüllte ein merkwürdiges Geräusch das Haus. Es war wie ein fernes Klingen, das ganz allmählich immer stärker wurde - wie ein Klang des Windes, den man nicht genau lokalisieren konnte.

»Was ist das?« fragte Julia.

»Es scheint aus dem Wohnzimmer zu kommen.«

Sie standen noch am unteren Treppenabsatz an der Haustür, wo sie sich von den beiden Polizisten verabschiedet hatten. Jetzt eilten sie ins Wohnzimmer hinüber. Robert machte Licht. Beide verharrten regungslos und lauschten. Das Geräusch war verschwunden.

Sie blickten sich suchend um.

»Nein!«, entfuhr es Julia. Die schwarzhaarige Dame war zurück. Ihr Blick schien Zufriedenheit darüber auszudrücken, wieder heimgekehrt zu sein.

Julia war eingeschlafen, doch Roberts Gedanken kamen nicht zur Ruhe. Wie konnte das sein? Wie konnte sie ein Stück bemalter Leinwand heimsuchen wie ein uralter Fluch? Vielleicht weil es ein uralter Fluch war, dachte Robert und starrte auf dem Bett liegend in die Dunkelheit, in der sich bereits eine winzige Spur von Helle bemerkbar machte. Aber so etwas gab es nicht. Es war reiner Aberglaube.

Es muss dafür eine Erklärung geben, dachte er.

Als er erwachte, zeigte der Radiowecker kurz nach zehn. Julia lag schlafend neben ihm. Robert verspürte heftige Kopfschmerzen. Er schlich ins Bad, ließ kaltes Wasser in das Waschbecken laufen, wischte sich damit über das Gesicht. Zurück im Schlafzimmer, nahm er das mobile Telefon, ging hinaus auf den Flur, um Julia nicht zu stören, rief im Büro an und meldete sich krank. Während er mit seiner Sekretärin sprach, schlenderte er weiter, die Treppe hinab, den Flur entlang, ins Wohnzimmer.

»Ich werde morgen wiederkommen. Nein, nichts Ernstes. Vielen Dank.«

Er legte auf und durchschritt die Flügeltür. Im hellen Tag, von einer frischen Sonne beschienen, strahlte ihm die unbekannte Frau entgegen. Robert sah sie lange an, und sie schien ihn ebenfalls mit unendlicher Geduld zu mustern.

Karl hatte im Hintergrund ein Klavier entdeckt. Robert kniff die Augen zusammen und erkannte die Details jetzt auch. Die Ahnung einer Möbelkante, das Weiß einer Tastatur ...

Er stand lange da - im Bademantel, gebannt von der merkwürdigen Kraft, die von dem Bild ausging.

Das Telefon in seiner Hand klingelte. Robert schien aus einem Traum zu erwachen. Er meldete sich.

Es war Karl. »Hallo, alter Junge. Wie geht's dir? Ich habe versucht, dich in der Firma zu erreichen, aber die haben gesagt, du wärst krank . . .«

»Nichts Schlimmes. Danke der Nachfrage.«

»Na, das hört sich aber nicht so an.«

»Ach . . . wir hatten gerade ein Problem, einen Einbruch. Gestern Abend, als wir im Theater waren.«

»Einen Einbruch? Was haben sie mitgenommen?« Karls Stimme klang ernsthaft besorgt.

»Zum Glück nicht viel. Schmuck. Den Fernseher. Julia ist ziemlich unglücklich. Aber vielleicht kriegen wir was davon zurück.« Robert erzählte die Geschichte von dem Unfall, den die Einbrecher erlitten hatten.

»Was ist mit dem Bild?«, fragte Karl. »Ist es noch da?«

Irgend etwas in Robert sperrte sich dagegen, darüber zu sprechen. Er setzte sich in das grüne Sofa. Der Kunstoff quietschte hässlich.

»Das Bild - das ist noch da. Alle anderen sind komischerweise weg.«

»Da werdet ihr euch neue kaufen müssen!«

»Was willst du damit sagen, Karl?«

»Dass mein Angebot noch steht. Sag nur, der Einbruch macht dir finanziell nichts aus! Das kann ich mir nicht vorstellen. Sei kein Esel, Robert. Verkauf mir den Schinken. Sonst überlege ich es mir noch.«

2000 Euro waren zwar nichts im Vergleich zu der Summe an Schwarzgeld, die die Einbrecher mitgenommen hatten, aber es war besser als nichts.

»Also gut, Karl. Du hast ja Recht. Aber nur weil du es bist. Eigentlich sollten wir ja im Falle dieses Bildes die Pietät wahren . . . Du bekommst es unter einer Bedingung.«

»Welche?«

»Du holst das Bild ab, oder du lässt es abholen.«

»Gut. Morgen?«

»Morgen.«

»Am Nachmittag. Ich bringe das Geld mit. Bist du dann da?«

»Ich nicht, aber Julia.«

»Ist in Ordnung.«

Sie legten auf, und Robert sah hinüber zu dem Bild. Das Lächeln wirkte plötzlich noch heimtückischer.

Am nächsten Tag fuhr Robert nicht gleich in die Firma, sondern rief erst einmal vom Auto aus Bonkamp an. Er war überrascht, als Robert ankündigte, in der nächsten halben Stunde vorbeizukommen.

»Ist etwas passiert?«

»Nein, ich habe nur eine Frage an Sie. Hätten Sie einen Moment für mich Zeit?«

»Natürlich, aber ich weiß nicht . . .«

»Danke. Es dauert nicht lange.«

Robert lenkte den Wagen nach Meerbusch in eine Siedlung mit sterilen Eigentumswohnungen. Bonkamp schien nichts von Altbauten zu halten.

Der ehemalige Besitzer ihres Hauses war viel legerer gekleidet als an den Tagen, in denen sie mit dem Haus in Kaufverhandlungen standen. Er trug blaue Jeans und eine braune Strickjacke. Er bat Robert in die Wohnung und bot ihm Kaffee an.

»Nein danke«, sagte Robert. »Ich möchte Ihnen keine Umstände machen.« Er sah sich um. Die Wohnung war neu, aber die Möbel schienen ziemlich alt zu sein. Es gab eine alte englische Couch mit Lederbezug, einen Biedermeiersekretär und dunkle Bücherregale, in denen Robert lange Reihen mit ledergebundenen Rücken erkannte. Das hatte sich vielleicht alles einmal in dem Haus befunden, in dem er jetzt mit Julia wohnte.

»Was führt Sie zu mir?« fragte Bonkamp und ließ sich

gegenüber von Robert in einem Sessel nieder. »Stimmt etwas mit dem Haus nicht? Haben Sie eine Reklamation?«

»Nein, ich habe nichts an dem Haus auszusetzen, im Gegenteil. Ich möchte nur noch einmal auf eine Sache zu sprechen kommen, die mir merkwürdig erscheint.«

Herr Bonkamp lächelte. »Lassen Sie mich raten. Sie haben ein Problem mit dem Bild.«

Robert nickte. »Es klingt vielleicht albern. Aber wir können es noch nicht einmal abhängen und zur Seite stellen.«

Bonkamp hob die Hände und deutete eine Geste der Hilflosigkeit an. »Sagen Sie nicht, ich hätte Sie nicht gewarnt.«

»Was heißt gewarnt? Sie haben es uns gesagt, das ist richtig. Aber mich interessiert etwas anderes: Ich will wissen, wo der Trick ist.«

»Der Trick?«

»Ja natürlich! Das Bild kann doch nicht von Geisterhand wieder an seinen Platz wandern! Irgendwer oder irgendwas muss ihm doch dabei helfen.«

»Sie haben es also abgenommen?«

»Ja.«

»Haben Sie beobachtet, wie es wieder an seinen Platz kam?«

»Nein.«

»Wie wollen Sie dann wissen, dass es nicht doch von Geisterhand passiert ist?«

Robert war einen Moment sprachlos über so viel Unverfrorenheit. Er war noch niemandem begegnet, der ihm so einfach ins Gesicht sagte, dass er an Geister glaubte.

»Ich kann Ihnen nicht sagen, warum das Bild immer wieder an seinen Platz zurück findet«, fuhr Bonkamp fort. »Niemand weiß es. Es ist einfach so. Man muss es hinnehmen.«

»Das ist alles?«, fragte Robert. »Hat das niemand untersucht?«

Bonkamp sah ihn überrascht an. »Wozu? Wir wissen es

seit Generationen. Wenn man das Bild irgendwo im Haus hinstellt, kehrt es zurück. Wenn man es mit aus dem Haus nimmt, kehrt es auch zurück. Doch der, der es mitgenommen hat, wird irgendwie ... bestraft.«

Robert dachte an die beiden Einbrecher, die umgekommen waren.

Albern! Das war vollkommen albern, dass es da einen Zusammenhang geben sollte. »Vielleicht kommen wir weiter«, sagte er, »wenn Sie mir etwas über das Bild erzählen. Wer ist die Frau auf dem Gemälde?«

»Ich weiß nicht, ob es Ihnen etwas nützt, wenn Sie das wissen.«

»Das würde ich gerne selbst entscheiden.«

»Also gut. Ich habe Ihnen ja gesagt, dass das Haus aus meiner Familie stammt. Mein Ururgroßonkel hat es gebaut.«

»Ja, das sagten Sie.«

»Das Mädchen auf dem Bild ist seine Tochter. Sie hieß Maria.«

»Und weiter?«

»Maria Bonkamp.«

»Ich meine, wie geht die Geschichte weiter?«

»Nichts weiter. Sie wollten wissen, wer die Frau auf dem Bild ist, und jetzt wissen Sie es.«

»Ist mit dieser Maria etwas Merkwürdiges passiert?«

Bonkamp sah Robert abschätzig an. »Warum fragen Sie das?«

»Ja, weil ...« Robert stockte. Er war in die Falle gegangen. Er ertappte sich dabei, dass er ein außergewöhnliches Ereignis von damals suchte, um zu erklären, dass dieses Bild immer wieder an seinen Platz zurückkehrte. Er schüttelte den Kopf. Was war er für ein Trottel!

»Es gibt schon eine Geschichte zu erzählen«, sagte Bonkamp, »aber wissen Sie – ich weiß nicht so recht ...«

»Was?»

»Ich habe schon ein wenig Menschenkenntnis, wissen

Sie. Und so, wie ich Sie einschätze, werden Sie es für ein Ammenmärchen halten.«

»Erzählen Sie!«

Bonkamp seufzte.

»Sie brauchen keine Angst zu haben, dass ich Sie für abergläubisch halte«, sagte Robert. »Das befürchten Sie doch, oder?«

»Ehrlich gesagt, ja.«

Robert hob die Hände. »Bitte.«

»Also gut.« Bonkamp machte noch eine Pause, als wolle er sich sammeln. Dann begann er mit der Geschichte. »Es war im Jahre 1902«, sagte er. „Im Juni dieses Jahres fand ein bedeutendes Ereignis in Krefeld statt. Die Uraufführung von Gustav Mahlers dritter Sinfonie. Der Komponist reiste eigens an, um das Stück selbst zu dirigieren. Sagt Ihnen der Name Gustav Mahler etwas?«

»Ehrlich gesagt, nicht.«

»Das hatte ich befürchtet. Aber vielleicht haben Sie schon mal etwas von dem Visconti-Fim ‚Der Tod in Venedig' gehört. In diesem Film hat man Musik aus einer anderen Sinfonie von Mahler als Filmmusik verwendet. Das Adagietto aus der Sinfonie Nr. 5 . . .«

»Erzählen Sie bitte weiter«, bat Robert.

»Hier geht es jedenfalls um die dritte Sinfonie, wie gesagt. Es ist ein gewaltiges Werk, ein gigantisches Naturgemälde. Die Sinfonie war eine der längsten, die die Musikgeschichte bis dahin erlebt hatte, sie erfordert ein riesiges Orchester. Sie dauert anderthalb Stunden, und sie schildert die Erschaffung der Welt.«

»Eine Sinfonie, die die Erschaffung der Welt schildert?«

»Am Anfang stehen reine Naturkräfte, Hörnerklänge, Fanfaren - kraftvoll und gewaltig, als wolle sich die Natur aus ihrem Urgrund herauslösen, als beginne die Evolution. Mahler hat den ersten Satz des Stückes ‚Pan erwacht' genannt - der Naturgott wird erschaffen. Verstehen Sie das?«

Robert hatte schon mal etwas von einer Panflöte gehört, verstand aber so viel, dass es darum hier nicht ging, und ließ Bonkamp weiterreden.

»Danach schraubt sich die Musik immer weiter empor, und Mahler beschreibt den unerschütterlichen Aufstieg ins Göttliche . . .«

Bonkamp machte eine Pause und schien wieder nach Worten zu suchen.

»Maria, das Mächen auf dem Bild, war siebzehn Jahre alt, als sie die Uraufführung dieser Sinfonie erlebte. Haben Sie auf dem Gemälde im Hintergrund das Klavier gesehen? Maria war sehr musikbegeistert. Das Erlebnis der Sinfonie brachte sie in einen Taumel der Emotionen. Nachdem sie aus dem Konzert zurückgekehrt war, verfiel sie in einen merkwürdigen Zustand. Sie wurde krank, aß nichts mehr, und nach einer Weile, kam sie auf die Idee, dass Mahler diese Musik ganz für sie alleine geschrieben habe. Der Komponist hatte um diese Zeit Krefeld längst wieder verlassen. Vielleicht wissen Sie, dass er Direktor der Wiener Hofoper war – ach, das wissen Sie sicher nicht . . . Jedenfalls schrieb Maria viele Briefe an ihn, in denen sie ihre Eindrücke dieser Musik schildert. Es waren ganz naive Liebesbriefe, wie sie ein junges Mädchen eben schreibt. Sie hat sich eingebildet, Mahler habe mit seiner Musik ganz alleine zu ihr gesprochen. Ihre Krankheit verschlimmerte sich und verwandelte sich nach und nach in einen Zustand des Wahnsinns. Sie bildete sich ein, Mahler hätte ihr einen Heiratsantrag gemacht, und würde bald kommen und sie holen. Das arme Mädchen! Dabei hatte Mahler gerade selbst seine heiß geliebte Alma geheiratet. Maria wurde so krank, dass die Ärzte ihr nicht mehr helfen konnten. Ein Jahr später starb sie. Wenn Sie so wollen, hat Mahlers Musik sie getötet.«

»Woher wissen Sie das alles?«, fragte Robert. Bonkamp hatte vorhin Recht gehabt. Das war tatsächlich ein Ammenmärchen, eine krude Geschichte . . .

Bonkamp stand auf und ging zu einem Sekretär. Er öffnete die Klappe und entnahm ihm einen Stapel Papier. Briefumschläge. Sie waren mit einem blauen Band zusammengebunden.

»Mahler hat die Briefe zurückgeschickt«, sagte er. »Darin ist alles nachzulesen.«

Robert wusste nicht, was er sagen sollte.

»Seit Maria tot ist«, fuhr Bonkamp fort, »schaut sie von der Wand herunter. Und sie lässt sich nicht mehr fortnehmen. Das Bild ist nur wenige Tage nach Mahlers Uraufführung entstanden. Ich kann ihnen nur eins sagen: Lassen Sie ihr ihren Willen. Sonst geschieht ein Unglück.«

Robert fuhr in die Firma und vertiefte sich in seine gewohnte Arbeit, bemüht, die verrückte Geschichte zu vergessen. Gegen drei rief ihn der Chef ins Büro und bat ihn, ein wichtiges Kundengespräch für den nächsten Tag vorzubereiten. »Nehmen Sie die Unterlagen mit nach Hause«, sagte er. »Wir sehen uns dann morgen.«

Julia wird sich freuen, dachte Robert. Denn es war auch noch der Papierkram mit der Versicherung zu klären. Er ging zur Haustür und klingelte, wie er es immer tat, wenn er von der Arbeit nach Hause kam. Hinter den milchigen Scheiben tat sich nichts. Niemand öffnete. Robert holte die Schlüssel hervor, schloss auf und ging hinein.

»Julia?« rief er. »Julia? Bist du da?«

Sie wird einkaufen gefahren sein, dachte er. Ihr Wagen steht ja auch gar nicht vor der Tür. Im Wohnzimmer fiel ihm sofort die leere Stelle am Kamin auf. Das Gemälde war weg. Wie vereinbart abgeholt. Sehr gut. Als er am Telefon vorbeikam, fiel ihm ein, dass Julia vielleicht auf dem Handy zu erreichen war. Er wählte die Nummer. Zuerst war nichts zu hören. Dann das Rufzeichen.

»Hallo?« meldete sich Julia. Ihre Stimme war umgeben von einem Tosen und Brausen. Offenbar war sie gerade im Auto.

»Hallo Schatz?« rief er. »Wo steckst du denn? Ich bin schon zu Hause.«

»Oh, das ist aber eine Überraschung.«

»Ich muss hier noch was durcharbeiten. Bist du bald zurück?«

»Ich fahre zu Karl«, kam es aus dem Tosen.

»Karl? Was willst du da? Hat er das Bild abgeholt?«

»Nein, er hatte keine Zeit. Er rief heute mittag an, und da habe ich ihm angeboten, es ihm vorbeizubringen.«

Robert hatte das Gefühl, urplötzlich in eisiges Wasser getaucht zu sein.

»Du hast das Bild gerade im Wagen?«

»Natürlich. Warum?«

Robert schnürte irgendetwas die Kehle zu. Er dachte an die Einbrecher. An den Verkehrsunfall ... Was hatte Bonkamp noch gesagt? Lassen Sie ihr ihren Willen - sonst geschieht ein Unglück. Und der Wille des Bildes, so merkwürdig das klingen mochte, war es offenbar, dort an der Wand am Kamin hängenzubleiben ... Robert wollte etwas sagen, aber er brachte keinen Ton hervor.

»Robert? Bist du noch da?«

Er räusperte sich. »Ja. Ja, ich bin noch da. Julia, bitte ... Tu mir einen Gefallen. Halt an.«

»Ich bin gerade auf der Autobahn nach Köln. Wieso?«

»Such dir einen Parkplatz und warte dort.«

»Aber ... Einen Moment, ich muss hier gerade ...«

Julias Stimme ging in dem Rauschen unter. In das Geräuschgemisch mengte sich ein Knacken, dann ein metallisches Krachen und schließlich kam nur noch ein gleichmäßiges Tuten.

Robert rannte aus dem Haus, zum Wagen. Es schien endlos zu dauern, bis er endlich auf der Autobahn war. Lass es nicht wahr sein, hämmerte er sich ein. Nicht das. Lass es nicht wahr sein!

Er raste in Richtung Köln, und bald stand er schon im Stau. Er stieg aus, lief zwischen den Autos entlang, und sah schließlich vor sich Qualm. Julias Wagen brannte lichterloh, ein leuchtend roter Feuerwehrwagen stand da. Beißender, schwarzer Qualm, eine wahnsinnige Hitze und ein dumpfes Brausen umgaben Robert. Er rannte zu seinem Auto zurück, um in blinder Verzweiflung den Feuerlöscher zu holen ...

Am nächsten Morgen war Julias Todeskampf zu Ende. Ein Taxi brachte Robert vom Krankenhaus nach Hause. Drinnen lag noch das Telefon auf dem Fußboden.

Lange versuchte er, dem Wohnzimmer fernzubleiben. Irgendwann ging es nicht mehr. Schließlich durchschritt er die Flügeltür und sah zum Kamin hinüber. Das Bild hing wieder an seinem Platz. Maria war wieder bei ihm.

Die CD war abgelaufen, der letzte Ton der Mahler-Sinfonie verklungen. Robert sah ungläubig zu dem Bild hinüber. Was würde geschehen, wenn er mit dem Messer auf das Gemälde losging und die bemalte Leinwand in kleine Streifen schnitt? Was, wenn er es den Flammen des Kaminfeuers übergab?

Er schüttelte den Kopf.

Er wusste, dass er es nicht wagen würde.

*

Mahlers Sinfonie Nr. 3 in Krefeld

»Meine Symphonie wird etwas sein, was die Welt noch nicht gehört hat! Die ganze Natur bekommt darin eine Stimme und erzählt so viel Geheimes, was man vielleicht im Traume ahnt ...« Diese Worte schrieb Mahler über seine Sinfonie Nr. 3, die er selbst am Dirigentenpult am 9. Juni 1902 dem Publikum in Krefeld vorstellte. Gustav Mahler (1860 - 1911) war einer der bedeutendsten Sinfoniker der Spätromantik. Nach einer großartigen Dirigentenkarriere war er von 1897 bis 1907 Direktor der Wiener Hofoper. Neben seiner Arbeit als Dirigent fand er in den Sommermonaten Zeit für die Komposition seiner monumental besetzten neun Sinfonien, die noch lange nach seinem Tod umstritten geblieben sind.

Die erste vollständige Aufführung seiner dritten Sinfonie in Krefeld sorgte für Mahlers ersten großen Erfolg als Komponist. Mahlers Ehefrau Alma schrieb über das Ereignis: »Nach dem ersten Satz brach ein ungeheurer Jubel aus. (. . .) Und nach jedem Satz schienen die Zuhörer mehr ergriffen, ja, nach dem letzten Satz packte ein wahrer Taumel das Publikum, das in seiner ganzen Masse von den Sitzen aufgesprungen war und nach vorn drängte.«

Wer stiehlt schon einen Song?

Es war halb drei, nicht zu früh und nicht zu spät, um mit der Arbeit anzufangen. Joejoe gönnte sich beim Würstchenmann in seinem Kachelkabuff im Hauptbahnhof einen Riesenknacker, gab einen Euro Trinkgeld, um die Götter freundlich zu stimmen und machte sich auf Tour. Um diese Zeit waren schon ein paar Bummler zwischen Graf-Adolf-Straße und Altstadt unterwegs, dazwischen eilige Werbeleute und natürlich die Einkaufstouristen mit ihrem Schnäppchenblick. Der Sommer lag in der Luft wie ein schwerer Blütenduft. Im Hofgarten hatte Joejoe sich in den letzten Tagen an Miniröcken und Bauchfrei-Tops fast schon sattgesehen. Am Stadttor und am Medienkai gleißte die Sonne an den Fassaden und die Außenterrassen am Rhein belebten sich. Joejoe arbeitete sich durch die Fußgängerzone. Eine Pärchen kam ihm entgegen, sie mit spitzen Zickenschuhen und er mit der schwarzen Einheitshornbrille der Werbemenschen. Joejoe stieß den Typen an – »Upp, sorry!« – und fischte ihm seine Brieftasche aus dem Jackett. Im Weitergehen sortierte er 480 Euro an Bargeld heraus und entsorgte den Rest im nächsten Städtischen Papierkorb unter einer Reklametafel für die Jazz Rally. Der Tag fing gut an.

Hauptkommissarin Lydia Messerschmidt verließ das Polizeipräsidium am Jürgensplatz, das ihre Kollegen vom KK33 neuerdings gern »die Festung« nannten. Das Gewusel in den Einkaufsstraßen der City hatte jetzt im Sommer wieder diesen französischen Flair, den sie so schätzte. Dass die Taschendiebe ihn genauso liebten, musste man in Kauf nehmen. Lydia Messerschmidt fuhr mit dem Bus hinaus in den Medienhafen und blätterte dabei die Akte der Kollegen vom Kriminaldauerdienst durch. Einbruchdiebstahl mit unklarer Sachlage. In der Kaistraße musste sie eine Weile nach den STAUDINGER-STUDIOS suchen, bis sie im Souterrain eines unauffälligen Neubaus fündig wurde. Hinter einer Glastür, auf der sich die Kollegen von der Spurensicherung mit ihrem Fingerabdruckpuder verewigt hatten, lag der Empfang.

»Kripo!« Lydia Messerschmidt hielt ihren Ausweis hoch. Die Empfangssekretärin schaute sie seltsam erleichtert an. »Kommen Sie! Herr Staudinger erwartet Sie!«

Joejoe tauchte in den Menschenstrom der Bolkerstraße ein. Er hatte jetzt rund 800 Euro in der hinteren Tasche seiner Jeans. Überflüssige Personalausweise, Visitenkarten und die blöden Familienfotos, die jeder mit sich herumschleppte, waren in den Müll gewandert.

»Düsseldorfer Jazz Rally« stand auf dem Transparent am Eingang zur Altstadt. Und »Special Guest Lyle Crockett«. Den Button für das Konzert in der Kö-Galerie hatte Joejoe sich schon längst besorgt, und bei dem Gedanken, das krächzende Saxofon des Meisters endlich einmal live zu hören, rieselte ihm ein angenehmer Schauer über den Rücken.

Hinter ihm krächzte jemand: »Eh, Joejoe!« Mäxchen war eine von diesen Figuren, ohne die wohl keine moderne Fußgängerzone auskam: klein, in einer speckigen Lederjacke, unrasiert. Der ewige Herumhänger und Looser.

»He Joe, haste nich mal nen Fünfer für mich? Oder besser nen Zehner?«

Joejoe hatte natürlich weder das eine noch das andere, weil er fand, dass Leute wie Mäxchen lieber ordentlich arbeiten sollten. So wie er zum Beispiel.

»Verzieh dich!« Er schob Mäxchen zur Seite. Der Kerl da vorn, im dunklen, für den warmen Tag etwas zu warmen

Mantel, mit dem breiten Hut, unter dem man von seinem Gesicht eigentlich nur seinen steingrauen Bart sah – der Typ sah sehr gut aus.

Arno Staudinger, Jazzlegende und hoch dekorierter Filmkomponist, lag in seinem übergroßen Leder-Regiesessel vor dem gigantischen Mischpult seines Studios. Lydia Messerschmidt ließ den Herrn der Töne ihren Ausweis sehen.

»Die CD ist weg«, ächzte Staudinger. Der Musiker, Mitte fünfzig, mit dem gesunden Teint eines Menschen mit Zweitwohnsitz auf Ibiza, sah die Kommissarin aus babyblauen Unschuldsaugen an. »Sonst fehlt nur Kleinkram.«

Lydia Messerschmidt erinnerte sich an die Protokolle in der Akte: »Die Kaffeekasse aus dem Büro, ein paar MP3-Player, die hier herumgelegen haben sollen. Sowie . . .« Sie entdeckte unter Staudingers Mischpult ein paar lose Kabel. ». . . ein Computer . . .«

»Und die CD«, ächzte Staudinger wieder. »Wir haben hier gestern den Titeltrack für die neue Krimiserie aufgenommen. DAS REVIER. Läuft in einem Jahr bei Pro RTL oder Sat 7 – keine Ahnung. Was ich sagen will: Wir hatten gestern Lyle Crockett für die Saxofon-Parts hier . . . wenn Ihnen das was sagt.«

Das sagte selbst einer grundanständigen Rock'n' Rollerin wie Lydia Messerschmidt etwas – die Veranstalter der Jazz Rally hatten sich in der Presse vor Freude fast überschlagen, als es ihnen gelungen war, Lyle Crockett zu verpflichten. Die Saxofon-Legende war seit mehr als zehn Jahren nicht mehr öffentlich aufgetreten.

»Lyle und ich sind alte Freunde«, fuhr Staudinger fort. »Hatte eine schwere musikalische Krise in den letzten Jahren. Der Title-Track ist eine tolle Chance für ein Comeback. Er ist vorgestern hier in Düsseldorf angekommen, und wir haben die Aufnahmen gemacht . . . es war einzigartig. Dieser Track wird ein Hit, egal wie die Fernsehserie ist. Ich habe die halbe Nacht gemischt, bis es perfekt war.« Seine Hand flatterte wie ein verletzter Vogel übers Mischpult. »Alles gespeichert, den Track auf CD gebrannt und ...«

Lydia Messerschmidt warf einen Blick auf die Computer unter Staudingers Mischpult. »... und doch hoffentlich eine Sicherheitskopie gemacht.«

»Klardoch«, sagte Staudinger säuerlich und deutete auf die losen Kabel unterm Pult. »Auf dem Rechner, der da stand! Den Rechner, den dieser Gangster von Einbrecher außer der CD noch hat mitgehen lassen.«

Lydia Messerschmidt verstand, was die Kollegen in ihren Protokollen mit der »unklaren Sachlage« meinten. »Kann es jemand direkt auf diese CD abgesehen gehabt haben? Also ich meine: auf diesen Song?«

Staudinger hob den Blick. »Sie wollen sagen ...«

Lydia Messerschmidt legte die Stirn in Falten. »Aber warum, zum Teufel, stiehlt man einen Song?«

Der bullige Typ mit dem Hut und dem grauen Bart wirkte teuer, aber nicht ungefährlich. Joejoe lief ihm scheinbar in Gedanken versunken entgegen, ein kleiner Rempler - »Entschuldigung« - und fand in der Innentasche des Mantels keine Brieftasche, sondern bloß eine Plastikbox. Der Kerl stapfte weiter und Joejoe mischte sich unter die gackernden Teenager vor dem Fastfood-Restaurant am Heinrich-Heine Platz, um seine Beute zu untersuchen. Eine selbst gebrannte CD, sauber beschriftet mit: »DAS REVIER Featuring Lyle Crockett.« Auf der Inlay-Card nur eine Adresse und eine Telefonnummer. »Arno Staudinger, Kaistr. 23, 40221 Düsseldorf.«

Joejoe kratzte sich am Kopf, dann winkte er einen pickeligen Teenie heran, der mit seinem Discman hantierte. »He, kannste die mal einlegen?« Joejoe drückte ihm einen Fünfer in die Hand, um die Sache zu beschleunigen. Die CD schnappte in den Player und Joejoe zog dem Teenie die Kopfhörerstöpsel aus den Ohren und hörte ...

Lydia Messerschmidt musterte gerade die Spuren des Stemmeisens an der Eingangstür der STAUDINGER-STUDIOS, als das Telefon am Empfang klingelte und die Sekretärin hektisch wurde. »Herr Staudinger! Arno!! Schnell!« Die Sekretärin umklammerte den Telefonhörer. »Er ... er sagt, er hat die CD!«

Staudinger schnappte sich den Hörer. Lydia tippte auf die Taste für den Raumlautsprecher.

»... ist das klar?« plärrte es in den Raum. »Ich will 10.000 Euro für die Scheibe, ja?«

Staudinger schluckte. Schweißperlen standen auf seiner Stirn.

»Ja!« formten Lydias Lippen. Und »Wo?« Zugleich registrierte sie: Straßengeräusche. Eine Telefonzelle.

»Ja«, presste Staudinger hervor. «Aber ...«

»Heute um Mitternacht. Am NT-Nachrichtentreff der WZ auf der Kö!«

»Aber ...« sagte Staudinger. »Woher soll ich wissen, dass Sie die CD wirklich haben?«

»Hören Sie«, der Typ kicherte. »Ich erkenne einen Lyle Crockett, wenn ich ihn höre. Und was ich da höre ...« Der Rest ging in einem Poltern unter und dann war die Leitung tot.

Joejoe versuchte sich frei zu machen, aber der Kerl mit dem grauen Bart hatte einen eisernen Griff. Im Hintergrund sah Joejoe noch, wie sich Mäxchen verdrückte - wahrscheinlich um irgendwo seinen Judaslohn in Schnaps umzusetzen. »Joejoe, ja?« knurrte der Bärtige. »Du hast was, was mir gehört.«

Joejoe wusste, wann man noch verhandeln konnte und wann nicht mehr. »Okay okay«, murmelte er.

Die freie Hand des Bärtigen huschte durchs Joejoes Taschen, fanden seine Tagesbeute und Joejoe sagte der Kohle goodbye. Der Bärtige steckte die Scheine ein. »Wo ist die CD.«

»Also . . .«, sagte Joejoe. »Ich hab da schon ein Geschäft eingefädelt. Ein gutes Geschäft. Vielleicht sind Sie da auch dran interessiert . . .«

Es war kurz vor Mitternacht am NT-Nachrichtentreff auf der Kö.

Staudinger hielt eine rote Sporttasche in der Hand, die eher dazu diente, den Mini-Peilsender zu transportieren als den dünnen Stapel Geldscheine. Zehn Polizisten, verkleidet vom Penner bis zum piekfeinen Snob, waren in der Nähe von Staudinger verteilt. Lydia Messerschmidt saß mit einem Kollegen im *Nachrichten-Treff*, nippte an ihrer Cola und beobachtete die Lage durch die Scheibe. Wie Wärmespeicheröfen strahlten die Bauten immer noch die Hitze des Tages aus. Elf Leute warteten angespannt auf den zwölften in diesem Spiel.

Joejoe hatte dummerweise seinen Deal ausgeplaudert und war jetzt selbst der Erpresste. Das Leben trieb immer seltsamere Spiele mit ihm. »Wenn nicht - die Polizei interessiert sich bestimmt für die Erpressung bei Staudinger«, hatte der Bärtige gesagt.

Es war Sommer, und Joejoe wollte ihn nicht im Bau verbringen. Er hätte den Graubärtigen auch bei den Bullen anschwärzen können, aber was hätte er denen erzählen sollen? Dass er Joejoes 800 Mäuse eingesteckt hatte, ihn ein paar Zeilen schreiben ließ und dass er Joejoe befohlen hatte, einen Karton vor Staudingers Büro zu stellen?

Es war zwei Uhr morgens auf der Kö. Niemand hatte Staudinger angesprochen. Die Jagd fiel aus. Der Fuchs war nicht angetreten.

Als Staudinger am nächsten Abend am Studio ankam, entdeckte er vor dem Eingang einen Karton. Er enthielt den Rechner, die zwei MP3-Player, das Sparschwein und

800 Euro. Auf einem Zettel stand: *Das Geld ist für die kaputte Tür. Entschuldigen Sie bitte die Unannehmlichkeiten.*

Die Schrift war klein, krakelig und Staudinger unbekannt. Aber das war jetzt egal. Er verkabelte hastig den Computer und . . . die Musikdatei DAS REVIER fehlte! Alles andere war noch drauf. In dieser Geschichte ging es also wirklich nur um diesen Song. Aber wieso brachte der Einbrecher das Diebesgut zurück und bezahlte auch für die Türreparatur, wenn er auf Geld aus war? Das reimte sich alles nicht.

Staudinger war niedergeschlagen. Selbst wenn er Lyle überreden könnte, noch mal ins Studio zu kommen, der Song wäre nicht mehr derselbe. Lyle liebte die Freiheit im Jazz. Für seine radikalen Improvisationen war er weltberühmt. Die gleiche Vorlage konnte er so verschieden interpretieren, dass sich die Versionen noch nicht einmal ähnelten.

Staudinger rief Lyle an, aber der ging nicht an sein Handy. Natürlich! Es war schon sieben. Lyle gab ein Konzert.

In der Kö-Galerie standen die Jazz-Freunde dicht an dicht. Zur Feier des Tages hatte sich Joejoe ein Glas Jahrgangssekt bestellt.

Die Geräuschkulisse ebbte ab, kein Rhabarber mehr, nur noch einzelnes Räuspern. Die Ruhe vor dem Sturm.

Licht erhellte plötzlich die Bühne, als hätte sich die Sonne auf die gläserne Dachkuppel gesetzt. Joejoe fielen fast die Augen raus. Der Graubärtige stand auf der Bühne mit einem Saxofon in den Händen! Der Bassist und der Schlagzeuger fingen an zu spielen und als das Sax einsetzte, wusste Joejoe: Der Bärtige war Lyle Crockett.

Als Staudinger endlich in der Kö-Galerie ankam, war die Hölle los. Wellenartige Rhythmen durchflossen den Ort und lösten Stürme der Begeisterung aus. Das Saxofon hatte ein Eigenleben entwickelt. Es bewegte sich rauf und runter, drehte sich nach rechts und links.

Hitzige Körper standen gedrängt auf den drei Ebenen, umschmeichelt von dem kühlen Marmor der Kö-Galerie. Sie zuckten wie der Wackel-Elvis.

Staudinger stellte sich neben einen kleinen Mann mit Sektglas und genoss Lyle Crocketts grandioses Spiel.

Nach einer Stunde war alles vorbei. Die Menge tobte, es gab Beifall, als klatschten Wassermelonen vom Himmel.

»Du warst ganz große Klasse«, begrüßte Staudinger seinen Freund in der Kabine.

»Geht so. Langsam werde ich wieder warm.« Schweiß rann immer noch seine Stirn herunter. Bei Comebacks gab es keine jungen Küken.

»Ich muss dir eine schlechte Nachricht überbringen, Lyle, wie soll ich bloß anfangen. Der Song ist weg. Geraubt.«

Lyle zeigte keine Reaktion. Wenn Lyle so ruhig war, verhieß das nichts Gutes. Dann brodelte in ihm ein Vulkan, der sich nicht nach außen entlud.

»Es tut mir leid, Lyle. Die Aufnahme war genial, ich weiß.«

»Lass uns einfach eine zweite machen«, sagte Lyle plötzlich und lächelte.

»Was?!«

»Reg' dich ab. Wir können Keith und Al anrufen, eine zweite Version spielen. Kein Problem.«

Wurde sein Freund jetzt sarkastisch oder meinte er es ernst? Staudinger griff zum Telefon, bevor Lyle es sich noch anders überlegte.

Es war drei Uhr. Lyle Crockett saß zufrieden im Taxi auf dem Weg zum Flughafen. Die Aufnahme für DAS REVIER war gelungen. Nach dem Konzert in der Kö-Galerie hatte er sich geschmeidig gefühlt wie eine frisch geölte Maschine. Menschen wie auch Maschinen geben knarrende Töne von sich, wenn sie eingerostet sind, verglich Crockett und wusste, dass die zweite Version um Welten besser war als die erste.

Arno war ein Dickkopf. Wenn er eine Interpretation genial fand, wollte er sie gleich für die Ewigkeit festhalten und keine neue Aufnahme machen. Crockett hatte ihm nach der ersten Version angedeutet, dass er mit seinem Sax-Spiel nicht zufrieden gewesen war, aber Arno hatte das einfach überhört.

Als Crockett aus dem Fenster sah, entdeckte er einen flinken Kerl, der einen Mann im Anzug anrempelte.

Jemand packte Joejoe von hinten an den Kragen. Als er sich umsah, sackte er vor Ehrfurcht fast zusammen. Du gütiger Himmel! Es war der bärtige Lyle Crockett.

»Du warst auf meinem Konzert«, sagte der Meister und drückte ihm eine CD in die Hand. Es war die aus der Manteltasche. »Hier – als Andenken. Ich höre mich darauf sowieso an wie ein alter Mann. Müde und ohne Feuer.« Der Meister ging zu seinem Taxi und rief ihm noch zu: »Aber behalt's für dich.«

Joejoe schaute dem Wagen noch lange hinterher. Dann klaute er sich einen Discman und setzte sich in den Hofgarten. Diesmal hörte er sich nicht nur den Anfang an. Der Song kochte über, strömte in seine Ohren, erfasste seinen Körper, der nun anfing hin und her zu wippen. Das Sax klang nicht nach altem Mann, fand Joejoe, es klang göttlich.

Norbert Potthoff

Die Hexe

Zaundürr ist die Hexe, ein altes Weib mit rotgeränderten Augen. Sie hat eine Warze auf der Nase, trägt eine Brille und wird von einem Kater begleitet. Sie lockt den ahnungslosen Wanderer freundlich in ihr schauriges Hexenhaus, wo sie ihn mit einem Essen aus geheimnisvollen Kräuterwurzeln tötet, anschließend kocht und dann verspeist. Sie kennt sich aus im Liebeszauber, läßt die Ernte verdorren - manchmal Schlimmeres - und nimmt den Kühen die Milch.

So hatte Kraemers als Kind in den Märchen über Hexen gelesen. In jener Zeit, als das Wünschen noch half, als das Wort noch Zauberkraft besaß.

Doch die Wirklichkeit sah anders aus. Das kleine Hotel südlich von Walbeck - die holländische Grenze fast in Sichtweite - war schwerlich als Hexenhaus oder okkulter Ort zu bezeichnen. Die hellverputzte Fassade war mit leuchtendem Blauregen bewachsen, wirkte freundlich, geradezu anheimelnd. Rasen, Wege und Rabatten waren gepflegt, wie man es sonst nur in Irland findet. Die Iren, so behauptet man, werden ja mit einem Rasenmäher in der einen und einer Heckenschere in der anderen Hand geboren. Zwischen Rosenspalieren ging Kraemers auf sanft knirschendem Kies auf das Haus zu. Erst dort entdeckte er auf Lattengestellen Bündel von Kräutern und Wurzeln, die in Wind und Sonne getrocknet wurden. Eine grüne Hexe also, ging es ihm durch den Sinn. Eine, die mit Pflanzen und Kräutern arbeitet. Nicht nur altes Zauberwissen, sondern auch altes Heilwissen, das diese Frauen wiederentdecken.

Der Türsturz war niedrig, wies auf Ursprünge des Hauses bis ins Mittelalter hin, als die Menschen noch wesentlich kleiner waren. Kraemers zögerte, beugte dann instinktiv den Kopf, atmete tief durch und trat ein.

Der Innenraum bestätigte das Alter des Hauses. Eichenbalken stützten und trugen die niedrige Decke, und nur mit Hilfe diverser Durchbrüche hatte man aus kleinen Zimmern einen großen Gastraum geschaffen, der etwa vierzig Gästen Platz bieten mochte. Die junge Frau, die ihm nach freundlicher Begrüßung einen Tisch anwies, strahlte vor praller Lebenslust von mindestens fünfundneunzig Kilo. Kraemers verneinte innerlich die Frage, ob sie die Hexe sein könnte, aber sein suchender Blick fand auch sonst niemanden im Raum, auf den es zutreffen mochte. Er verbarg seine Unruhe mit einem Lächeln, mit dem er sich dann der Speisekarte zuwandte.

Der Zeitpunkt für dieses obskure Treffen schien gut gewählt. Fast schon am Ende der Mittagszeit verließen mehr und mehr Gäste den Raum, bis er schließlich den Eindruck hatte, völlig allein im Gastraum zu sitzen. Auch Kraemers hatte seinen obligatorischen Spargelteller längst geleert, machte jedoch keine Anstalten, die Rechnung zahlen zu wollen. Hatte Pater Jakob ihn genarrt? Hatte er ihn den weiten Weg von Krefeld umsonst machen lassen? Kraemers knackte unschlüssig mit den Fingergelenken und spürte die Unruhe zurückkommen. Die Eichenbalken ächzten in der Stille des Raumes, irgendwo schlug eine Tür und natürlich hörten seine angespannten Sinne nun auch den langsamen Pendelschlag der Standuhr.

Von Pater Jakob war immer noch nichts zu sehen. Der essfreudige Mönch würde seine Verspätung bereuen, denn die Küche würde bald schließen, falls das nicht schon längst geschehen war. Denn er hatte schon seit geraumer Zeit kein Klappern und Klirren, kein geräuschvolles Auftischen und kein halblautes »guten Appetit« mehr vernommen.

Sie stand an der Tür zur Küche, stumm und regungslos wie eine Statue. Kraemers wusste nicht, wie lange sie ihn schon so beobachtet haben mochte. Er hob leicht die Hand, nun doch entschlossen, rasch den Heimweg anzutreten.

»Zahlen bitte.«

Er wunderte sich über seine krächzende Stimme und räusperte sich vorsichtig. Sie nickte sofort und kam lächelnd an seinen Tisch. Mit ihrem fest geschnürten Mieder und den bunten Bändern im kupfernen Haar sah sie aus wie eine Sängerin einer irischen Folkloregruppe.

»Sie wollen schon gehen? Haben Sie noch etwas Geduld. Ihr Freund wird gleich hier sein.«

»Mein Freund? Sie wissen von meiner Verabredung?«

»Aber ja. Ich habe extra den Herd noch heiß gehalten. Er wird hungrig sein.«

Kraemers wusste nicht warum, aber ihre sanfte Art wirkte schamlos und provokant. Es klang ihm, als spräche sie herablassend zu einem dummen Kind. Er vermeinte, bis unter seine spärlichen Haarwurzeln rot zu werden und hätte ihr gerne eine scharfe Erwiderung gegeben. Aber die rechten Worte fielen ihm dazu nicht ein. Das dumpfe Grollen eines absterbenden Motors, das durch ein offenes Fenster in den Raum drang, ersparte ihm weitere Überlegungen.

Pater Jakobs näherte sich ihm mit schweren Schritten, was nicht nur an seiner Leibesfülle lag. Seine Augen rollten hin und her und er schnaufte vernehmlich.

»Werde langsam zu alt für die schwere Maschine. Aber das Wetter war einfach zu verlockend.«

Er streifte die Lederhandschuhe ab und schob den Helm auf einen freien Stuhl. »Einen schönen Ort hast du dir für unser Treffen ausgesucht. Weißt du eigentlich, wo wir hier sind?«

»Wenn du es nicht weißt, warum hast du mich dann hierher bestellt?«

»Du hast doch mich . . .«

Sie sahen sich gleichermaßen sprachlos an.

»Nein, du hast mich!« Kraemers zog einen Brief aus seiner Jacke und legte ihn dem Freund vor. »Ist das etwa nicht deine Handschrift?«

Der Mönch grapschte nach dem Brief, las und ließ ihn fallen. Mit zitternder Hand zog er nun selbst einen Brief aus der Tiefe seiner Kutte.

»Und das hier? Ist das nicht etwa deine eigenhändige Einladung zum Essen in einem echten Hexenhaus?« sagte er grollend.

Kraemers starrte auf seinen Brief, der unmöglich sein Brief sein konnte. Nie und nimmer hatte er den Freund zu diesem Treffen bestellt. Der Vorgang war äußerst befremdlich, geradezu beunruhigend. Wer mochte hinter diesem Streich stecken, der zudem nicht einmal ein klares Ziel erkennen ließ.

»Guten Appetit, mein Herr. Ich denke, sie mögen den Spargel so.«

»Gelobt sei Jesus Christus«, murmelte der Mönch, stierte vom duftenden Essen hinüber in ihren appetitlichen Ausschnitt und wieder zurück auf den Teller.

»Wenn das nicht so verdammt lecker riechen würde! Aber die Leviten, mein Freund, die lese ich dir anschließend. Darauf kannst du dich verlassen.«

Er stopfte sich die Serviette in den Kragen und machte sich über den Spargel her. Kraemers atmete tief durch. Es war nicht sonderlich erheiternd, einem Gourmand beim Essen zuzuschauen. Doch Pater Jakob machte es schnell, wenn auch nicht minder geräuschvoll.

»Wunderbar. Ganz wunderbar. Aber eigentlich hatte ich noch gar nichts bestellt«, wunderte sich der fette Mönch. »Wenn es nicht mein Lieblingsessen gewesen wäre, ich hätte es glatt zurückgehen lasen.« Er schnaufte vernehmlich in seine Serviette. »Aber nun zu dir, mein Freund. Jetzt erkläre mir einmal den Brief.« Seine Augen funkelten angriffslustig.

»Wenn du mir deinen erklären kannst?« giftete Kraemers zurück. »Hast du nicht lange im Vatikan in der ‚Fälscherwerkstatt' gearbeitet?«

»Ich habe nur die Arbeit der heiligen Inquisition mit den unerschütterlichen Glaubensgrundsätzen der Kirche in Einklang gebracht«, empörte sich der Pater. »Nur Ignoranten reden da von Fälschung.«

»Aber meine Herren, ereifern sie sich nicht. Den Brief, den kann ich erklären.« Die Wirtin war unbemerkt an ihren Tisch getreten, servierte drei Tassen Mokka und setzte sich dann zu ihnen, nachdem sie das Geschirr einfach auf einem Nachbartisch abgestellt hatte.

»Beide Briefe, natürlich«, ergänzte sie lächelnd. »Aber zuerst möchte ich mich vorstellen. Mein Name ist Gillis. Entgen Gillis.«

Pater Jakob runzelte die Stirn. »Ein seltsamer Name.«

»Ein sehr alter Name. Ja, ich weiß. Es gibt nicht mehr viele, die sich an die alten Namen erinnern.«

»Und was können Sie uns zu den Briefen erzählen?«, mischte sich Kraemers rasch ein. Er war zwar Historiker, aber kein Namensforscher.

»Die Briefe? Ach ja, die habe ich Ihnen natürlich geschrieben. Ich wußte nicht, ob sie einer direkten Einladung gefolgt wären. Also habe ich diesen kleinen Umweg gewählt.«

»Was Sie nicht sagen!« lachte Kraemers. »Wir kennen sie nicht, aber sie können seine Handschrift fälschen und dazu auch noch meine?«

»So etwas ist für mich eine Kleinigkeit«, lachte sie. »Wollen Sie einmal sehen?« Sie zog einen Stift aus dem Ausschnitt und griff nach einem der Briefe. »Schön. Nehmen wir einmal einfach Ihre Mutter. Und so unterschrieb sie ihre Dokumente.«

Rasch flog der Stift über das Blatt und Kraemers wurde blass.

»Und?« fragte der Mönch neugierig. »Ist das etwa die Unterschrift deiner Mutter?«

»Schlimmer noch«, stammelte Kraemers und erhob sich zitternd. »So habe ich während der Schulzeit die Unterschrift meiner Mutter gefälscht. Was bedeutet das, was geht hier vor?«

»Das möchte ich auch gerne wissen«, ergänzte der Mönch drohend. »Sie schulden uns eine Erklärung.«

»Die schulden Sie mir!« antwortete Entgen Gillis schnell. »Seit 1613. Deshalb habe ich sie herbestellt.«

»Das glaube ich einfach nicht«, lachte Kraemers hysterisch. »Dann habe ich wohl meinen falschen Terminkalender dabei.«

»Mal ganz ruhig, mein Freund. Setz dich wieder. Warst du mit dem Mädel vielleicht in einer Klasse? Hast du sie damals geschwängert und sitzen gelassen? Weiß sie deshalb so viel über dich?«

»Hast du nicht zugehört? Sie sagte 1613! Außerdem gab es zu meiner Schulzeit noch keine Koedukation. Ich war auf einer reinen Jungenschule.« Kraemers ließ sich resigniert wieder auf den Stuhl fallen. »Ich verstehe das nicht. Ich kenne sie jedenfalls nicht. Aber vielleicht hast du sie im Beichtstuhl verführt und willst dich an nichts erinnern.« Er versuchte sich mit Sarkasmus über die Situation zu retten.

»Die paar Frauen die ich hatte, an die kann ich mich recht gut erinnern«, sagte der Mönch kalt. Und mit einem prüfenden Blick in das Gesicht der Frau: »Sie gehörte jedenfalls nicht dazu. Aber du hast recht. Irgend etwas ist hier faul.«

Entgen Gillis lächelte zufrieden. »Sehr richtig, Herr Professor. Ihre Studenten in Köln rühmten stets Ihr phänomenales Gedächtnis. 1613, was fällt Ihnen dazu ein?« Sie schnippte leicht mit den Fingern.

Pater Jakob bekam einen stieren Blick. Sein Hirn arbeitete. »Sie waren nie in meinem Beichtstuhl und Sie waren auch nie in einer meiner Vorlesungen«, sagte er langsam. »Da bin ich mir sicher. Aber ehe wir uns dieser Jahreszahl zuwenden, möchte ich doch gerne hören, warum Sie uns hierher bestellt haben. Ihre Fähigkeit, Schriften zu fälschen, will ich erst einmal als Phänomen betrachten. Vielleicht lösen wir das Rätsel später.«

»Nur Geduld, meine Herren. Sie werden schon auf Ihre Kosten kommen. Ich verfolge schon seit langem Ihren . . .«, sie zögerte und fuhr dann mit eigenartiger Betonung fort, ». . . Lebensweg. Ich wollte schon seit jeher die Herren Jakob Sprenger und Heinrich Kraemers einmal kennenlernen. Das ist der erste Grund meiner Einladung.«

»Sprenger und Kraemers, der sich Institoris nannte?« Der Pater ächzte verblüfft. »Sie meinen die Verfasser des HEXENHAMMERS?«

»Wenn Sie keine anderen kennen, dann meine ich genau die.«

»Dass mein Vater mich in seiner Naivität so taufen ließ, dazu kann ich nichts«, erwiderte der Mönch mit Unmut in der Stimme. »Es ist gewiß nicht das erste Mal, daß man mir diesen unseligen Namen vorhält. Gewöhnlich lache ich darüber. Außerdem, mein langjähriger Freund heißt zum Glück Thomas.«

»1613, Bruder Thomas und Bruder Jakob«, murmelte Kraemers mit nach innen gekehrtem Blick, als reagiere er auf ein tief in seinem Geist verborgenes Stichwort.

Die Kälte eines Kerkers breitete sich im Raum aus und seine Stimme wurde messerdünn. »Ich kenne den Fall sehr wohl. Sie leiteten das Verhör gegen Entgen Gillis aus Herongen, die Hebamme. Sie half bei der Geburt von Zwillingen. Ein unseliges und unnatürliches Zeichen, denn das zweite Kind ist immer ein Kind des Teufels, der damit Gottes Schöpfung nachzuäffen und zu verhöhnen sucht. Und so starb ein Kind in der ersten Nacht und sie übergab es ihrem Gebieter. Hans Lodewijks, der Wahrsager, trug sie dem Gericht zu und nannte viele andere, die das Kind verspeist haben sollten.«

»Schweig, du Unseliger!« donnerte der Pater. Auf seiner Stirn standen große Schweißperlen, als leiste er eine übermenschliche Anstrengung.

Doch Kraemers sprach wie in Trance weiter, seine Stimme sank zu einem Flüstern herab: »Im Prozeß benannt als die ‚Hexenprinzessin' und auf der Holthuyser Heide bei Straelen bei lebendigem Leib verbrannt. Wir hätten besser den Wahrsager verurteilen sollen.«

Pater Jakob starrte mit gequältem Blick auf den Freund. Irgendwo an seinem fetten Leib hatte er einen Gürtel gelöst. Mit einer einzigen Bewegung, als habe er es schon tausendmal geübt, formte er daraus eine Schlinge und warf sie der Frau über den Kopf, indem er trotz seiner Leibesfülle flink wie ein Wiesel hinter die Frau gesprungen war.

Kraemers blieb vor Entsetzen der Mund offen stehen.

»Rasch«, donnerte ihn der Freund an. »Binde ihr die Beine, wenn dir dein Leben lieb ist. Sie ist wahrhaftig eine Hexe.«

Nur zögernd erhob sich Kraemers. Er konnte den Vorgang nicht begreifen, das Gehörte nicht verarbeiten.

»Nun mach schon endlich«, brüllte der Pater. »Ich kann sie nicht mehr lange so halten.«

Tatsächlich wand sich die Frau mit erheblicher Anstrengung gegen die Umschlingung. Suchend sah sich Kraemers nach etwas um, womit er die Frau binden könnte. Noch immer zögerte er. Erst die herausquellenden Augen der Frau ließen ihn rascher handeln. Er tat es dem Freund nach, löste seinen Gürtel und schlang ihn der Frau um die Beine. Mit einem heftigen Ruck zog er zu. Besser ihr die Beine zu fesseln, als sie vom Pater erwürgen zu lassen. Die Frau hustete und spuckte heftig. Gegen beide Männer konnte sie nichts ausrichten.

»Ihr lausigen Bastarde«, röchelte sie. »Glaubt nicht, daß ihr mich so überwinden könnt.«

Pater Jakob lächelte zufrieden, wenn auch mit schweißnassem und rotem Gesicht. Er hatte die Frau schließlich sicher an den Stuhl gefesselt und schien in solchen Techniken über beträchtliche Übung zu verfügen.

Kraemers hatte sich zwei Schritte zurückgezogen, schien jedoch langsam seine Fassung wiederzugewinnen. »Hexe? Du als Mann der Kirche glaubst an Hexen?«

»Das ist keine Frage des Glaubens«, antwortete der Mönch dumpf, »sondern des Wissens. Teufel, Dämonen, *Incubi und Succubi. Haeresis est maxima, opera maleficarum non credere*. Es ist die größte Ketzerei, NICHT an Zauberei zu glauben.«

Er nahm sein Mineralwasser vom Tisch, schlug murmelnd ein Kreuz darüber und besprengte die misshandelte Frau reichlich damit, wobei er auf Lateinisch weitermurmelte. Ihre weiße Folklorebluse verwandelte sich in ein wirres Muster aus nassem Stoff und durchschimmerndem Körper. Kraemers leckte sich bei diesem Anblick unwillkürlich die Lippen und atmete flach. Auch wenn er die Handlungsweise seines Freundes kaum nachvollziehen konnte, so fand er doch keinen Mut, den Pater daran zu hindern, dieses seltsame Ritual zu vollenden. Schlimmer, die Brutalität der Handlung schien einen seltsamen Reiz auf ihn auszuüben. Er hatte stets dem älteren Freund vertraut und dessen Erfahrung in Kirchenrecht nie in Zweifel gezogen. Der Pater schob nun den Tisch ein Stück zur Seite und setzte sich wie zum Verhör. »So, gute Frau. Jetzt wollen wir deine Geschichte hören. Aber ich warne dich. Halte dich an die Wahrheit.«

»Gute Frau, gute Frau«, äffte Entgen nach. »Meine Geschichte? Gut, sagt, was ich gestehen soll.« Dann lachte sie wie über einen schlechten Witz.

Pater Jakob brummte unwillig. »Das ist kein Inquisitionsgericht, doch hier geschehen seltsame Dinge. Ich kenne dieses Haus. Als ich ein Kind war, spielte ich hier noch in einer Ruine und vor nicht allzu langer Zeit war es wohl noch immer eine.«

»Das ist richtig. Der Hof meiner Eltern war abgebrannt. Ich habe ihn nach alten Plänen und Zeichnungen wieder errichten lassen. Soweit ich weiß, sind die Gebäude in dreihundert Jahren viermal niedergebrannt oder niedergebrannt worden. Seltsam, nicht wahr?«

»Ein Beweis mehr, daß dies ein unseliger Ort ist und wohl schon immer war«, stimmte der Mönch zu.

»Seid Ihr nun eine Hexe, wie mein Freund behauptet«, mischte sich nun Kraemers ein. Sein Gesicht war fahlgelb geworden und die Augen flackerten wie unter einem inneren Feuer. Er zog einen Stuhl heran und setzte sich ebenfalls.

Die Frau sah ihn lange durchdringend an. »Oh, Bruder Thomas, der wissbegierige Protokollant«, sagte sie schließlich. »Wollt Ihr nach meinem Hexenmal forschen? Ruft doch den Folterknecht, daß er mir die Kleider vom Leib reißen möge. Oder seid Ihr Manns genug, es selbst zu tun?« höhnte sie weiter. »Nur zu, scheut Euch nicht, spüre ich doch schon Eure gierigen Blicke. Ich könnte es auch selbst tun, aber Euer Freund hat mich leider so geschickt gefesselt.«

Kraemers senkte betreten die Augen. »Daran liegt mir nichts. Es soll Ihnen kein Unrecht geschehen.«

Pater Jakob mischte sich wieder ein und gab seiner Stimme die ganze Autorität der Kirche. »Ihr scheint dem wirren Gedanken zu folgen, die Wiedergeburt der damaligen Entgen Gillis zu sein, und in uns wähnt Ihr die Autoren des Hexenhammers vor Euch zu haben, aber auch gleichzeitig die Mönche, die den Prozeß damals in Straelen leiteten. Wie sollen wir das verstehen?«

»Ich BIN Entgen Gillis. Muss ich einem Professor für Paraphysik im Dienst der Kirche das erklären? Oder etwa eurem schmalen Adjunktus, der sich neben seiner historischen Forschung mit Aufsätzen über Energiewirbel, Supraenergie und Bi-Lokalität hervortut? Zwei erfahrene Exorzisten sollten sich nicht so dumm stellen.«

Pater Jakob überging ihre Behauptung. »Wer auch immer der Entgen Gillis damals den Prozess machte, er tat es streng nach Vorschrift. Dafür stehe ich als Mann der Kirche noch heute ein. Justizirrtümer hingegen gibt es auch in unserer Zeit. Würden Sie deshalb unsere Rechtsprechung in Frage stellen?«

»Meine Schwester ließet Ihr gefesselt ins Wasser werfen, ob sie als Hexe denn wohl oben schwämme. Sie ging unter und bewies damit ihre Unschuld. Leider ertrank sie bei der Wasserprobe«, seufzte sie. »Mir ließet Ihr die Beine brechen. Als ich vor Schmerzen schrie, da behauptetet Ihr, es sei der Teufel, der sich dagegen wehre, aus meinem Körper zu fahren. Aber damit gabt Ihr Euch noch nicht zufrieden, Bruder Jakob. Eine Hebamme, so Eure kirchliche Logik, sei eine Gotteslästerung in Person. Nur Gott schenkt das Leben oder nimmt es wieder. Wer sich da einmischt, sei ein Werkzeug des Teufels und muß vernichtet werden. Ihr wolltet meinen Tod. Ob mit oder ohne Rechtsprechung.«

Der Pater lächelte überlegen und milde. »Ihr schildert das sehr anschaulich, gute Frau, aber ihr irrt, wenn ihr es MIR vorhaltet. Paraphysik ist ein arg strapazierter Begriff und wird gern von Wirrköpfen verwendet. Den Beweis, daß ihr die Entgen Gillis von 1613 seid, den könnt Ihr so nicht antreten.«

»Genau«, äffte Kraemers nach. »Energiewirbel, Supraenergie und Bi-Lokalität, das sind Gedankenmodelle, um Phänomene zu beschreiben. Warum Jesus über Wasser ging oder an zwei Orten gleichzeitig war. Aber sie haben nicht als Beweis zu gelten.« Und listig fügte er hinzu: »Und falls Ihr doch das können solltet, was Ihr vorgebt, dann haben wir Euch auch nicht getötet. Dann erfreut Ihr Euch immer noch bester Gesundheit. Andererseits, wenn es dann so ist, dann war das Todesurteil Rechtens gewesen. Denn nur der Teufel und seine Helfer verspotten Jesus, indem sie nicht sterben wollen. Wir hätten Euch köpfen und pfählen lassen sollen, damit Ihr nicht wiederkehren könnt.«

Sie schüttelte ihre Locken vor Lachen. Aber es klang nicht fröhlich. »Mir scheint, Bruder Thomas, Ihr habt seit damals dazugelernt. Vielleicht habt Ihr Lust, das Versäumte nachzuholen. Geht doch in die Küche. Dort findet Ihr geeignetes Werkzeug.«

»Laß dich nicht provozieren«, drohte Pater Jakob. »Wenn sie uns hierher bestellt hat, dann nicht, ohne eine Falle für uns vorbereitet zu haben. Sie scheint gewillt, uns vernichten zu wollen, gleichgültig, ob sie nun Entgen Gillis ist oder war oder nur vorgibt, sie zu sein.«

Er stand auf, überprüfte die Fesseln der Frau und ging eine Weile schweigend im Raum hin und her.

»Wir sollten beten«, sagte er schließlich dumpf.

»Was?« kreischte Kraemers. »Wir sollen beten? Herr, vergib uns unsere Schuld?«

»Vielleicht«, sagte der Pater müde. »Dieser Irrsinn muß ja mal ein Ende haben.«

Das Pendel der Uhr schwang in der Stille und dann setzte sich das Schlagwerk in Bewegung. Drei harte Schläge ließen Kraemers in Furcht erstarren. Entgen Gillis erhob sich von ihrem Stuhl, ohne ihre Fesseln berührt zu haben. Sie schüttelte ihren Rock, als wollte sie lästige Krümel davon loswerden. Ihre Körper war sehr zart, fast durchscheinend und je länger Kraemers sie verwundert anstarrte, desto transparenter schien sie zu werden. Sie ging ruhig durch den Raum, der ebenfalls immer durchlässiger wurde. Kraemers erblickte über sich den blauen niederrheinischen Himmel mit treibenden Wolken, sah altes verrottetes Gebälk, roch den Kot von Ratten und sonstigem Getier und stolperte keuchend über Mauerreste und Schutt ins Freie. Aus den Augenwinkeln sah er, wie sich Pater Jakob in wilder Panik auf sein Motorrad schwang. Die Frau war verschwunden.

*

»Wissen Sie, wie es zu dem Unfall kam?« fragte der Notarzt den Streifenpolizisten.

Der Polizist schüttelte den Kopf. »Einen so seltsamen Fall habe ich noch nicht gesehen. Das Motorrad und das Auto müssen in hoher Geschwindigkeit direkt aufeinander zugerast sein. Bei dem Ausweichmanöver in letzter Sekunde rasten dann beide in die Ruine. Der Mann im Cabrio, ein gewisser Thomas-Heinrich Kraemers, wurde herausgeschleudert und von einem alten Dachbalken regelrecht gepfählt. Er war natürlich nicht angeschnallt, sonst wäre sehr wahrscheinlich nichts passiert.«

»Und der andere?«

»Traurig das Ganze. Meist sind es ja die jungen Motorradfahrer, die hier auf der Straße so aufdrehen. Aber einen rasenden Mönch, das habe ich noch nie erlebt. Die haben ja keine Knautschzone. Da geht es immer gleich auf die Beine oder an den Kopf, selbst wenn sie einen Helm tragen. Der wurde von einem niedrigen Türsturz regelrecht enthauptet. Der hätte sich nur bücken müssen.«

Der Arzt sog heftig an seiner Zigarette. »Tja, man sollte den jungen Menschen einmal die harte Realität eines Unfalls zeigen. Aber die gehen lieber in einen gruseligen Vampirfilm, um sich andere Realitäten vorgaukeln zu lassen.«

Steffen Hunder

Nachtbeichte

Voller Verzweiflung irrte Horst Stelzer durch die nächtlichen Straßen von Brüssel. Dunkle Nebelschwaden durchzogen die Stadt und verliehen ihr dadurch etwas geradezu Gespenstisches. Der einsetzende Nieselregen kroch in alle Poren seines Körpers. Er begann zu frösteln - äußerlich und innerlich. Seine Seele war tief verwundet. Am liebsten hätte er laut aufgeschrien. Aber seine Kehle war wie zugeschnürt. Verzweifelte Fragen schossen ihm durch den Kopf. »An wen soll ich mich in meiner Not wenden? Wem kann ich mich anvertrauen?« Plan- und ziellos rannte Horst Stelzer immer schneller. Er wollte diesem Wahnsinn, den er erlebt hatte, entfliehen. Aber es gelang ihm nicht. Wie ein waidwundes Tier suchte er einen Ort, wo er sich zurückziehen konnte. Plötzlich stand er vor einer großen Kathedrale. Er stürmte die Treppe hinauf zum Eingangsportal. Als er die Klinke hinunterdrückte und an der Tür rüttelte, rührte sie sich keinen Zentimeter. Tief enttäuscht sank er in sich zusammmen und ließ sich auf den Kirchentreppen nieder. Mit ausdruckslosen Augen starrte er auf den nebelverhangenen Kirchplatz. Sein Blick blieb an der hell erleuchteten Telefonzelle hängen, die mitten auf dem Platz stand. »Ist das ein Zeichen?« schoss es ihm durch den Kopf.

Erinnerungen an längst vergessen geglaubte Bilder aus seiner Kindheit und Jugend stiegen in ihm auf. Damals war die Kirche in Kevelear am Niederrhein für ihn ein Ort tiefer Geborgenheit und lebendiger Gemeinschaft gewesen. Als Messdiener hatte er an vielen Wallfahrten teilgenommen. Jedes Mal war es für ihn ein erhebendes Gefühl gewesen, mit der großen Pilgerschar in die Stadt einzuziehen. Besonders ergreifend war für ihn der Augenblick, wenn sie die lichtdurchflutete Kerzenkapelle betraten, dort ihre eigenen Kerzen aufstellten und miteinander Messe feierten.

Horst war bei diesen Pilgerfahrten immer wie beseelt. Er hatte das unbeschreiblich schöne Gefühl, in eine andere Welt einzutauchen und das Wunder des Glaubens zu erleben.

Seinem Pfarrer blieb dies nicht verborgen. Deshalb nahm er Horst an die Seite und sagte zu ihm: »Horst, ich spüre deine große Ergriffenheit, wenn wir auf Wallfahrt gehen und freue mich sehr darüber. Doch an Gott zu glauben bedeutet mehr als Momente frommer Ergriffenheit zu erleben. Viel wichtiger ist es, darauf zu vertrauen, dass Gott uns nie fallen läßt, selbst wenn wir ganz tief gefallen sind. Du kannst dich ihm in allen Lebenssituationen anvertrauen und sicher sein, er trägt und hält dich. Oft schenkt er uns sogar ein Zeichen der Ermutigung, wenn wir keinen Lichtblick mehr am Horizont sehen. Viele Menschen, die Kevelear besuchten, haben in der Beichtkapelle erfahren, dass hier die wahren Wunder geschehen.«

Zunächst hatte er überhaupt nicht verstanden, was der Pfarrer ihm damit sagen wollte. Doch als er seine erste schlimme Erfahrung mit dem Drogenkonsum machte und erlebte, wie der Pastor von Kevelaer ihm durch die Beichte eine neue Perspektive eröffnete, da begriff er die Worte seines eigenen Pfarrers.

Daran erinnerte sich Horst jetzt voller Dankbarkeit, als er auf der nasskalten Kirchentreppe mitten in Brüssel saß. Er kramte sein altes Adressbuch heraus und durchblätterte es hektisch. Vage konnte er sich noch daran erinnern, sich damals die Telefonnummer des Pastors von Kevelear aufgeschrieben zu haben. »Für alle Fälle«, meinte er seinerzeit. Aber seinen Namen wusste er nicht mehr.

Einem Geistesblitz folgend schlug er einfach die Seite mit dem Buchstaben B auf. Unter dem Stichwort Beichte stand tatsächlich eine Nummer und dahinter hatte er geschrieben ‚Bernhard Kleinhaus, Pastor in Kevelear'. »Ich muss ihn anrufen! Ich muss ihn anrufen!«, hämmerte es in seinem Gehirn. Ohne lange zu überlegen, sprang er auf und lief die Treppe hinunter über den Kirchplatz bis zur Telefonzelle. Ruckartig riss er die Tür auf . Als er den Hörer in der Hand hielt, packte ihn das blanke Entsetzen. Wie ein lebloser Zweig baumelte das abgerissene Kabel hin und her. Voller Ärger schlug er mit dem abgerissenen Hörer mehrmals auf die Gabel des Telefons. Wutentbrannt verließ er die Zelle und rannte so schnell er konnte zur gemeinsamen Wohnung zurück. Als er dort ankam, war es mittlerweile kurz vor zwei Uhr nachts. Alle Kampfgenossen und -genossinnen schliefen tief und fest.

»Ich kann es wagen«, machte er sich selber Mut. Er setzte sich im Wohnzimmer auf die Couch und wählte die Nummer von Pastor Kleinhaus. Das Klingeln dröhnte in seinen Ohren.

Es kam ihm wie eine Unendlichkeit vor, bis er endlich am anderen Ende die Stimme des Pfarrers hörte. »Pastor Kleinhaus, was gibt es mitten in der Nacht?«

»Ich will beichten, Herr Pastor«, stieß Horst hervor.

»Hat das nicht Zeit bis morgen?«, fragte Pfarrer Kleinhaus.

»Auf keinen Fall«, erwiderte Horst Stelzer. »Ich habe so große Schuld auf mich geladen, dass meine Seele davon fast ganz erdrückt wird.«

»Am Telefon kann ich Ihnen die Beichte eigentlich nicht abnehmen. Können Sie nicht persönlich vorbeikommen?«

»Das geht leider nicht. Ich sitze hier in Brüssel in einer konspirativen Wohnung der RAF.«

»Habe ich das richtig verstanden«, fragte Pastor Kleinhaus nach, »Sie sind ein RAF-Terrorist?«

»Genauso ist es leider Gottes«, bestätigte Horst.

»Wieso wollen Sie ausgerechnet bei mir Ihre Beichte ablegen«, wollte Pastor Kleinhaus wissen.

»Weil Sie mir in meiner Jugend einige Male geholfen haben«, erwiderte Horst Stelzer. »Ich habe als Messdiener unserer Pfarre oft an den Wallfahrten nach Kevelear teilgenommen. Als ich wegen Drogenmissbrauch mit dem Gesetz in Konflikt geraten bin, haben Sie mir einige Male die Beichte abgenommen. Das hat mir immer unglaublich gut getan und mir die Augen für eine Abkehr von diesem falschen Weg geöffnet.«

»Scheinbar bist du aber danach auf einen viel unheilvolleren Weg geraten«, gab der Pastor zu bedenken.

»Das ist in der Tat so«, gestand Horst kleinlaut. »Daran gibt es nichts zu beschönigen.«

»Du weißt«, mahnte der Pastor, »dass die Erleichterung deines Gewissens nur die eine Seite der Medaille bei der Beichte ist. Die andere bedeutet, wirklich umzukehren von seinem falschen Weg.«

»Das ist mir absolut bewusst, Herr Pastor.«

»Bist du dazu wirklich bereit?« fragte Pastor Kleinhaus eindringlich.

»Ja, das ist mein fester Vorsatz!« bekräftigte Horst.

»Dann werde ich dir die Beichte abnehmen«, sagte Pfarrer Kleinhaus feierlich.

»Wo soll ich anfangen?«

»Am besten damit, wie du überhaupt in diese üblen Kreise geraten bist«, ermutigte ihn Pfarrer Kleinhaus.

»Ich bin diesen Leuten zum ersten Mal in dem Erziehungsheim bei Marburg begegnet, in das ich vom Jugendgericht eingewiesen wurde. Gudrun Ensslin, Andreas Baader und Ulrike Meinhof besuchten unsere Einrichtung im Rahmen ihres Studiums, um sich mit der Situation gefährdeter Jugendlicher auseinanderzusetzen. Sie waren schockiert über die miserablen Zustände in unserem Heim. Voller Überzeugung erzählten sie uns von ihren Ideen, die Arbeiterklasse von der Unterdrückung durch die Herrschenden zu befreien. Mich hat das alles sehr angesprochen, weil ich mich in dieser Erziehungsanstalt total unfrei und unterdrückt fühlte. Kurz nach dem Besuch der Studenten bin ich aus dem Heim abgehauen. Ich wollte mich dieser Bewegung zur Befreiung der Arbeiterklasse anschließen. Doch die Mitglieder der Gruppe hielten mich anfangs für zu jung, da ich erst siebzehn war. Aber ich ließ einfach nicht locker. Ich wollte mitmachen und dazugehören. Koste es was es wolle. Deshalb habe all die Jobs übernommen, die keiner tun wollte. Ich habe zum Beispiel die Autos für unsere Einsätze geklaut.

Nach und nach erarbeitete ich mir die Anerkennung und das Vertrauen der Gruppe. Endlich hatte ich das Gefühl, wieder irgendwo hinzugehören und wirklich etwas bewegen zu können. Für mich gab es keinen Zweifel darüber, dass wir für eine gute und gerechte Sache kämpften. Mit glühendem Eifer übernahm ich alle Aufgaben, die mir angetragen wurden. Ich entwickelte mich zu einem richtigen Waffen- und Sprengstoffexperten. Die Feinde unserer gerechten Sache mussten mit allen Mitteln bekämpft werden. Davon war ich fest überzeugt. Unsere Anschläge auf die Mächtigen der Republik waren die legitime Antwort auf die strukturelle Gewalt der Unterdrückung des Volkes durch das kapitalistische System.

»Diese Gesellschaft ist durch und durch korrupt, wir müssen sie mit allen Mitteln bekämpfen«, das sagten wir uns immer als Selbstrechtfertigung. Unsere Parole lautete: »Lasst uns sie so empfindlich treffen, dass ihr wahres Gesicht zum Vorschein kommt, die Fratze von Ausbeutung der Massen und Unterdrückung der Arbeiterklasse.« Manche von uns redeten sich dabei richtig in Rage und forderten: »Denkt an die Worte Maos: zwischen uns und dem Feind einen klaren Trennungsstrich ziehen.« Wir hatten das fast berauschende Gefühl, diese Gesellschaft revolutionieren zu können. Doch dann passierte etwas absolut Schockierendes für uns. Die führenden Köpfe unserer Bewegung wurden verhaftet. Zunächst waren wir wie gelähmt. Aber dann erwachte unser Kampfeswille wieder. Einstimmig wurde der Entschluss gefasst, unsere Genossen durch eine Geiselnahme freizupressen. Als Opfer hatten wir uns den Arbeitgeberpräsidenten Hanns-Martin Schleyer ausgesucht. Ich bereitete diese Aktion logistisch vor. Am Nachmittag des 5. September stoppte unser Entführungskommando die Wagenkolonne Schleyers in der Nähe von Köln. Die Kampfgenossen erschossen den Fahrer und die drei Polizisten, die im Begleitfahrzeug saßen. Alles lief wie geplant ab. Schleyer wurde im Kofferraum eines Fahrzeugs in eine konspirative Wohnung gebracht. Wir waren davon überzeugt, mit Schleyer haben wir ein so bedeutendes Faustpfand in der Hand, um den Staat total unter Zugzwang bringen zu können. Leider haben wir uns furchtbar getäuscht.

Die Regierung ging nur scheinbar auf unsere Forderungen ein. Sie spielte total auf Zeit und hielt uns nur hin. Je länger dieses Geiseldrama dauerte, desto gereizter wurde die Stimmung unter uns. Anfangs verhörten wir Hanns-Martin Schleyer regelrecht. Wir wollten ihn entlarven und ihm den Spiegel vorhalten als einem der Spitzenleute dieses kapitalistischen Ausbeutungssystems. Doch im Laufe der Zeit kippten die Gespräche vollkommen um. Plötzlich waren wir diejenigen, die Schleyer ihre Lebensgeschichten erzählten. Seine Persönlichkeit beeindruckte uns so stark, dass wir uns genötigt sahen, ihm gegenüber zu begründen, warum wir in den Terrorismus gegangen oder geraten sind. Manchmal redeten wir die ganze Nacht mit ihm. Dabei entstand bei einigen von uns eine regelrechte Sympathie für Schleyer. Das führte zu großen Spannungen in unserer Gruppe, da einige von uns und vor allem mich immer größere Zweifel am Sinn unseres gewaltsamen Kampfes beschlichen, während die Hardliner ständig das Feindbild beschworen. Mit ideologischen Kampfparolen sollten wir wieder auf Kurs gebracht werden.

»Zerstört das korrupte System des Kapitalismus. Macht kaputt, was euch kaputt macht. Bekämpft gnadenlos die Imperialisten, weil sie die Arbeiterklasse brutal ausbeuten. Führt Krieg gegen die Paläste, schafft Frieden für die Hütten!«

Doch ich glaubte nicht mehr an den Wahrheitsgehalt solcher Parolen. Das sagte ich auch ganz unverblümt und fragte kritisch, ob nicht schon genug Blut geflossen sei. Das brachte die anderen so richtig in Rage. »Du bist ein sentimentales Weichei«, beschimpften sie mich. »Wir dürfen den Imperialisten nicht kampflos das Feld überlassen. Wer nicht für uns ist, ist gegen uns und muss liquidiert werden«, so tönten sie.

Doch je länger diese zermürbende Geiselnahme dauerte, desto klarer wurde den meisten von uns, dass die Regierung hart bleiben würde. Deshalb lagen unsere Nerven blank und wir zerfleischten uns gegenseitig.

In unserer ersten Kommandoerklärung vom 5. 9. 1977 hatten wir vollmundig geschrieben: »An die Bundesregierung. Sie werden dafür sorgen, daß alle öffentlichen Fahndungsmaßnahmen unterbleiben oder wir erschießen Schleyer sofort, ohne dass es zu Verhandlungen über seine Freilassung kommt«.

Hanns-Martin Schleyer war sich über den Ernst seiner Lage sehr schnell bewusst und begriff, dass sein Leben an einem seidenen Faden hing. Deshalb wandte er sich in einer Videoaufzeichnung mit einem beindruckenden Appell an die deutsche Regierung, endlich mit uns ernsthafte Verhandlungen über die Bedingungen seiner Freilassung aufzunehmen. Er mahnte die tief erschütterte Öffentlichkeit an, ihn, der sich immer für die freiheitliche Demokratie eingesetzt hatte, jetzt nicht ausgerechnet dafür zu opfern.

Doch Schleyers verzweifelter Aufruf zeigte keine spürbare Wirkung, Die Regierung hielt uns nur hin, war aber nicht gewillt, unsere Forderungen zu erfüllen. Das erhöhte den Druck auf uns immer mehr. Mit jedem Ultimatum, das die Regierung verstreichen ließ, wurde uns klar, dass wir Schleyer nicht lebend davonkommen lassen konnten.

Etwa drei Wochen nach Beginn der Entführung entschied unsere RAF-Führungsgruppe, dass alle nicht in Europa benötigten Mitglieder sich in den Nahen Osten absetzen sollten. Wir brachten Hanns-Martin Schleyer von Den Haag über die belgische Grenze in eine Hochhauswohnung nach Brüssel. Uns allen war klar, jetzt musste etwas Spektakuläres geschehen, um die Regierung in die Knie zu zwingen.

Zwei Tage später stimmten wir der »Unterstützungsaktion« durch die »Volksfront zur Befreiung Palästinas« zu. Da die Palästinenser diese Aktion bereits vorbereitet hatten, entführten sie am 13. Oktober die Lufthansa-Maschine LANDSHUT mit 91 Passagieren auf dem Weg von Mallorca nach Frankfurt. Am 14. Oktober spielten wir unsere Presse-Erklärung zur Entführung der LANDSHUT den Medien zu.

Wir setzten darin die Regierung unter Druck: »Wir haben Helmut Schmidt jetzt genug Zeit gelassen«, schrieben wir, »um sich in seiner Entscheidung zu winden. Zwischen der amerikanischen Strategie der Vernichtung von Befreiungsbewegungen in Westeuropa/Dritte Welt und dem Interesse der Bundesregierung, den zur Zeit für sie wichtigsten Wirtschaftsmagnaten eben für diese imperialistische Strategie nicht zu opfern.«

Wir forderten ultimativ die Freilassung unserer elf Gefangenen bis zum Sonntag, den 16. Oktober. Sollte das nicht geschehen, würden wir Schleyer erschießen.

Doch die Bundesregierung reagierte ganz anders, als wir uns das ausgerechnet hatten. Statt in ernsthafte Verhandlungen mit uns einzutreten, beauftragte sie die Spezialeinheit Grenzschutzgruppe 9 – GSG 9 – damit, die LANDSHUT zu verfolgen. Sie sollte das Flugzeug stürmen, unsere pälästinensischen Kampfgenossen ausschalten und

Passagiere und Besatzung befreien. Davon wussten wir natürlich nichts. Doch wir spürten sehr schnell, dass die Regierung entschlossen war, uns mit unnachgiebiger Härte zu begegnen.

Am 15. Oktober verhinderten Bundesregierung und Bundeskriminalamt die Übergabe des Lösegeldes durch den Sohn von Hanns-Martin Schleyer.

Als unsere palästinensischen Freunde am 16. Oktober mit der LANDSHUT in Aden, der Hauptstadt des Südjemen, landeten, erhoffen sie sich Unterstützung von der jemenitischen Regierung. Doch auf Drängen der Bundesregierung verweigerte ihnen die jemenitische Regierung das Aufenthaltsrecht und forderte den Weiterflug der Maschine. Das war für unsere palästinensischen Mitstreiter ein Schlag ins Gesicht. Wutentbrannt entschlossen sie sich, ein grausames Exempel zu statuieren.

Sie erschossen als Vergeltung den Flugkapitän Jürgen Schumann und warfen ihn auf die Startbahn. Diese schockierende Tat versetzte die Geiselopfer im Flugzeug in Angst und Schrecken, da Kapitän Schumann in dieser bedrückenden Lage ein ruhender und ausgleichender Pol gewesen war. Die Bilder von dieser barbarischen Tat gingen um die ganze Welt.

Wenn jemand von uns bis dahin noch geglaubt hatte, wir könnten dieses eskalierende Szenario zu unseren Gunsten entscheiden, der wurde bald eines Besseren belehrt.

Am 17. Oktober landete die Lufthansa-Maschine im somalischen Mogadischu. In Absprache mit der dortigen Regierung versicherte Jürgen Wischnewski, der Sonderbeauftragte der Bundesregierung, uns glaubhaft, dass der Austausch der Passagiere gegen unsere Gefangenen in Kürze durchgeführt werden könnte. Doch gleichzeitig bereitete die GSG 9 die Stürmung der Maschine vor. Gegen 0.05 Uhr mitteleuropäischer Zeit stürmten sie das Flugzeug, erschossen bis auf eine Frau alle Entführer und befreiten die Geiseln. Die Welt atmete erleichtert auf.

Aber für uns brach eine Welt zusammen. Wir waren auf der ganzen Linie gescheitert. Wir hatten eine entscheidende Schlacht, wenn nicht sogar den Krieg, gegen den imperialistischen Staat verloren. Unsere Führungsriege im Gefängnis reagierte mit selbzerstörerischer Konsequenz.

In der Nacht vom 17. auf den 18. Oktober 1977 begingen Andreas Baader, Gudrun Ensslin und Jan-Carl Raspe Selbstmord. Nur Irmgard Möller überlebte als einzige schwer verletzt ihren Suizidversuch. Mit diesem Fanal der Selbstvernichtung hatten unsere Gefangenen das tragische Schicksal von Hanns-Martin Schleyer besiegelt.

Am 18. Oktober beschlossen wir in Brüssel vom »Kommando Siegfried Hausner« gemeinsam mit den Kampfgenossen in Bagdad einstimmig, Hanns-Martin Schleyer zu erschießen.

Die Umsetzung dieses grausamen Urteil fiel uns viel schwerer als wir geglaubt hatten. Wir schauten uns gegenseitig etwas ratlos an. Die Frage lag in der Luft: »Wer teilt Schleyer das Todesurteil mit?« Niemand fand den Mut, vor diesen außergewöhnlichen Mann hinzutreten und ihm ins Gesicht zu sagen, dass er morgen sterben muss.

Fast sechs Wochen hatten wir ihn in unserer Gewalt gehabt. Unzählige Gespräche führten wir mit ihm in dieser Zeit. Auch wenn wir es voreinander nicht offen zugeben wollten – Hanns-Martin Schleyer hatte uns mit seiner starken Persönlichkeit tief beeindruckt. Er verkörperte eben nicht die Fratze des bösen menschenverachtenden Kapitalismus, sondern er war ein Mensch mit klaren und menschenfreundlichen Überzeugungen.

Trotzdem musste dieser Mann jetzt erschossen werden. Doch wer sollte das Urteil vollstrecken? Keiner von uns rührte sich. Jeder hoffte, dieser bittere Kelch würde an ihm vorübergehen. Die fast unerträgliche Spannung war mit Händen zu greifen. Niemand wollte zum Henker werden. Es mag absurd klingen, aber wir haben das Los entscheiden lassen. Keiner wollte alleine die Verantwortung übernehmen. Deshalb entschieden wir, dass drei von uns gemeinschaftlich die Liquidierung Schleyers vollziehen sollten. Wir legten sechs Zettel in einen Korb und zogen jeder einen heraus. Voller Ensetzen las ich das L für Liquidierung auf meinem gezogenen Stück Papier. Damit war ich einer der drei Henker, ob ich wollte oder nicht. Mir war klar, ein Zurück gibt es für mich nicht mehr. Wenn ich mich weigern würde, das Urteil zu vollstrecken, würde ich selbst dran glauben müssen.

In dieser Nacht belauerten wir uns gegenseitig wie wilde Tiere bei der Beutejagd. Keiner ließ den Anderen aus den Augen. Niemand wollte sich eine Blöße geben. »Das ziehen wir jetzt durch« - diese unausgesprochene Parole beherrschte uns. Als es draußen dämmerte, atmeten wir fast erleichtert auf. Wir weckten Hanns-Martin Schleyer und baten ihn, sich anzuziehen. Ruhig und gefasst bestieg er das Auto, mit dem wir ihn zu einem Waldstück kurz hinter der belgisch-französischen Grenze fuhren. Die Fahrt hatte etwas Gespenstisches. Niemand von uns wagte es, das Wort an ihn zu richten. Auch Hanns-Martin Schleyer schwieg. Er wusste wie wir, was jetzt geschehen würde. Verzweifelt suchte er den Augenkontakt zu mir. Doch ich wagte es nicht, ihn anzuschauen. Als wir das Waldstück erreichten, stiegen wir hastig mit ihm aus. Bevor wir ihm die Augen verbanden, blickte er uns alle noch einmal eindringlich an und sagte voller Bitterkeit: »Ihr wisst nicht, was ihr tut.« Dann kniete er sich mit dem Rücken zu uns nieder und erwartete gefasst die Vollstreckung des Todesurteils. Wir traten an ihn heran. Zitternd hielt ich wie die anderen beiden meine Pistole an seinen Kopf. »Soll ich wirklich abdrücken?« hämmerte es in meinem Gehirn.

Dann hörte ich den ohrenbetäubenden Knall des ersten und zweiten Schusses und drückte reflexartig selbst ab. Hanns-Martin Schleyer sank leblos in sich zusammen und fiel nach vorne auf sein Gesicht. Ich hielt die Pistole wie einen Fremdkörper in meiner Hand. Dann schleuderte ich sie weg. Die anderen starrten mich entgeistert an.

»Bist du wahnsinnig«, schnauzte mich ein Kampfgenosse an. »Stell dir vor, die Bullen finden die Waffe hier!«

»Das ist mir scheißegal«, schrie ich. »Dieses Morden muss ein Ende haben.«

»Beruhige dich, Horst«, versuchten die anderen mich zu beschwichtigen.«

»Ich will mich nicht beruhigen«, polterte ich zurück. »Ich will endlich raus aus dieser Welt des Irrsinns und des Terrors, sonst gehe ich kaputt dabei.«

»Wir fahren jetzt mit dir zurück in die Wohnung«, boten sie mir an. »Dort reden wir noch einmal über alles. In drei Tagen taucht jeder für sich alleine unter, bis sich die Wogen etwas geglättet haben.«

Schleyers Ermordung hatte mir endgültig die Augen dafür geöffnet, dass unser Weg der gnadenlosen Gewalt und des unbarmherzigen Terrors falsch war. Leider sahen das meine sogenannten Kampfgenossen ganz anders. Sie entwarfen unmittelbar nach der Erschießung Schleyers eine letzte martialische Kommandoerklärung, die sie am Nachmittag des 19. Oktobers der französischen Zeitung *Liberation* zuspielten. Dort schrieben sie voller Hass: »Wir haben nach 43 Tagen Hanns-Martin Schleyers klägliche und korrupte Existenz beendet. Herr Schmidt, der in seinem Machtkalkül von Anfang an mit Schleyers Tod spekulierte, kann ihn in der Rue Charles Peguy in Mulhouse in einem grünen Audi 100 mit Bad Homburger Kennzeichen abholen. Für unseren Schmerz und unsere Wut über die Massaker von Mogadischu und Stammheim ist sein Tod bedeutungslos. Andreas, Gudrun, Jan, Irmgard und uns überrascht die faschistische Dramaturgie der Imperialisten zur Vernichtung der Befreiungsbewegungen nicht. Wir werden Schmidt und der daran beteiligten Allianz diese Blutbäder nie vergessen. Der Kampf hat erst begonnen!
Freiheit durch bewaffneten antiimperialistischen Kampf!
Kommando Siegfried Hausner.«

Als ich diese hasserfüllten Worte las, wusste ich, ich will nicht mehr länger Hass predigen, und vor allen Dingen will ich nicht mehr Gewalt und Zerstörung über die Menschen bringen. Die Schuld, die ich in meinem Leben auf mich geladen habe, ist so groß, dass sie mich zu erdrücken droht. Meine Seele ist zutiefst vergiftet von Hass, Gewalt und Zerstörung. Niemand außer Gott selbst kann mir meinen Frieden wiedergeben. Nur er kann mir die furchtbaren Sünden vergeben, die ich begangen habe.

Deshalb bitte ich Sie, Herr Pastor, inständig um die Vergebung meiner Schuld im Namen unseres gütigen und barmherzigen Gottes.«

»Du verlangst etwas nahezu Unmögliches von mir", erwiderte Pfarrer Kleinhaus. „Ich habe dir lange und geduldig zugehört. Ich erkenne durchaus dein ernsthaftes Bemühen, dich deiner riesigen Schuld zu stellen, die du auf dich geladen hast. Aber ich bin mir nicht sicher, ob du für dich wirklich die Güte und Vergebungsbereitschaft Gottes in Anspruch nehmen kannst.«

»Aber Sie haben doch immer gesagt, ich kann mich in jeder Situation Gott anvertrauen, selbst dann, wenn ich ganz tief gefallen bin.«

»Das stimmt auch«, antwortete Pastor Kleinhaus. »Ich vertraue darauf, dass Gottes Bereitschaft, dir zu vergeben und dich als reuigen Sünder anzunehmen, größer ist als all deine Schuld. Deshalb frage ich dich: Bekennst du dich zu deiner übergroßen Schuld, die du begangen hast, bereust sie aus ehrlichem Herzen und begehrst du Vergebung um Jesu Christi willen?«

»Ja, ich bekenne mich zu meiner unsäglichen Schuld, ich bereue sie aus tiefstem Herzen und bitte Gott, er möge mir um Jesu Christi willen die Vergebung schenken.«

»Wenn dies dein aufrichtiges Bekenntnis ist, so spreche dich los von deinen Sünden im Namen des Vaters und des Sohnes und des Heiligen Geistes.«

»Herr Pastor, ich danke Ihnen von Herzen. Sie haben mir eine gewaltige Last von den Schultern genommen.«

»Danke nicht mir, sondern danke Gott für seine grenzenlose Güte und unüberbietbare Vergebungsbereitschaft. Außerdem mach' dir Gedanken darüber, wie du ein deutliches Zeichen der Umkehr von der Gewalt und Zerstörung setzen willst. Das Beste wird sein, du stellst dich der Polizei.«

»Ich glaube nicht, dass ich den Mut dazu habe. Aber ich werde mir ernsthaft überlegen, wie ich meine Abkehr vom Weg der Gewalt zum Ausdruck bringen kann.«

»Möge Gott dich dabei weise leiten und dich behüten und begleiten. Ich wünsche dir jetzt eine gute Nacht. Gott segne dich.«

»Danke, danke", stammelte Horst. „ Sie haben mir mehr geholfen, als ich es für möglich gehalten habe.«

Als Horst den Hörer wieder aufgelegt hatte, starrte er minutenlang wie in Trance auf das Telefon. Er konnte noch gar nicht recht fassen, was gerade passiert war. Mitten in diesen Wahnsinn des Terrors war wie von einem anderen Stern ein Lichtstrahl der Hoffnung in sein verdunkeltes Leben hineingekommen.

»Hiermit sage ich mich von der Gewalt los«, legte er einen Schwur vor sich selbst ab. Mit diesem festen Vorsatz ging er zu Bett und schlief sofort tief und fest ein.

Drei Tage später verließ die Entführertruppe die konspirative Brüsseler Wohnung. Um keine Spuren zu hinterlassen, teilten sie alles untereinander auf und tauchten jeder für sich alleine unter.

Horst hatte in der Wohnung einer alten Bekannten in der Nähe von Düsseldorf einen Unterschlupf gefunden. Glücklicherweise hatte sie ihm einen Schlüssel überlassen, war aber selbst für einen Studienaufenthalt für ein halbes Jahr ins Ausland gegangen. Je länger er in dieser »sauberen Wohnung« saß, desto mehr quälte ihn die Frage, wie er ein Zeichen der Umkehr setzen könnte. Als er den Fernseher einschaltete, wurde gerade eine Messe aus der Beichtkapelle in Kevelear übertragen. Die Gottesdienstbesucher schrieben all das, was sie an Schuld und Versagen begangen hatten, auf Steine. Diese brachten sie nach vorne und legten sie auf den Altar. Dann sprach jeder seine Schuld laut aus und rief: »Herr, erbarme dich über mich!«

»Das ist mein Zeichen!« jubelte Horst innerlich. Er rannte ins Schlafzimmer, holte aus dem Schrank die Maschinenpistole, die er aus Brüssel mitgenommen hatte. Sorgfältig verstaute er sie in seiner kleinen Reisetasche. Zügig verließ er die Wohnung, stieg in das Auto seiner Bekannten und fuhr nach Kevelear. Dort stellte er den Wagen auf dem großen Parkplatz eines Supermarktes ab. Langsam schlenderte er durch die Hauptstraße Richtung Kapellenplatz. Beim Anblick des hochaufragenden Turmes der Basilika durchströmte ihn ein regelrechtes Glücksgefühl. „»Jetzt bin ich wieder zu Haus«, schoss es ihm durch den Kopf. Mit sicheren Schritten strebte er auf die Beichtkapelle zu. Als er sie betrat, war sie menschenleer. Zielstrebig ging er auf den Altar zu, öffnete seine Tasche, nahm die ungeladene Maschinenpistole heraus und legte sie auf die Altardecke. Dann verließ er schnellen Schrittes die Kapelle und suchte die nächstgelegene Telefonzelle auf. Hastig wählte er die Nummer von Pastor Kleinhaus. Leider erreichte er nur die Pfarrsekretärin.

»Bitte sagen Sie dem Pastor, ich habe mein Zeichen gegeben. Er findet es in der Beichtkapelle.«

»Was soll das heißen?« fragte die vollkommen verdutzte Sekretärin. »Wer sind Sie überhaupt? Darf ich Ihren Namen erfahren?«

»Mein Name ist unwichtig«, erwiderte Horst Stelzer. »Was zählt ist das, was ich jetzt getan habe. Bitte grüßen Sie den Pastor herzlich von mir und sagen ihm, der Mann aus Brüssel hat sein Zeichen gesetzt. Dann weiß er Bescheid. Auf Wiederhören.«

Erleichtert verließ Horst die Telefonzelle Richtung Parkplatz. Als er im Auto saß, wusste er, was jetzt noch zu tun war.

Anita Mühlscheid, die Pfarramtssekretärin, wählte aufgeregt die Handynummer von Pastor Kleinhaus, der gerade in sein Auto einsteigen wollte. Frau Mühlscheid schilderte kurz diesen merkwürdigen Anruf, den sie gerade erhalten hatte.

»Bitte gehen sie sofort in die Beichtkapelle«, bat der Pastor. »Falls Sie dort etwas Ungewöhnliches finden, rufen Sie mich wieder an. Ich bin in ungefähr zwanzig Minuten im Priesterhaus.«

Frau Mühlscheid betrat mit bangem Herzen die Beichtkapelle. Zunächst fiel ihr nichts Ungewöhnliches auf. Doch als sie auf den Altar zuging und die Maschinenpistole erblickte, rutschte ihr vor Schreck fast das Herz in die Hose. Sie musste sich sehr beherrschen, um nicht vor Entsetzen laut loszuschreien. Sofort drehte sie auf dem Absatz um, lief ins Priesterhaus zurück und rief Pastor Kleinhaus an. »Herr, Pastor, Herr Pastor«, stammelte sie, »es ist schrecklich, was ich in der Beichtkapelle gesehen habe. Dort liegt eine richtige Maschinenpistole auf der Altardecke. Ich habe sie nicht angerührt. Wissen Sie, was das bedeutet?«

»Ich habe eine Vermutung“, antwortete Pastor Kleinhaus. »Bitte schließen Sie die Kapelle sofort ab. Außerdem informieren Sie bitte die Polizei. Ich bin in Kürze auch da.«

Zeitgleich mit dem Pfarrer trafen die Kommissare Martin Schonert und Ute Sunnus am Priesterhaus ein. Gemeinsam gingen sie zur Beichtkapelle und fanden diesen merkwürdigen »Altarschmuck«.

»Ich habe schon viel gesehen«, kommentierte Martin Schonert, »aber eine Maschinenpistole auf dem Altar ist mir noch nicht untergekommen. Haben Sie, Herr Pastor, eine Erklärung dafür?«

»Damit hat jemand sein Zeichen der Umkehr gesetzt«, sagte Pfarrer Kleinhaus in ruhigem Ton.

»Ist das für Sie nicht fast eine Gotteslästerung«, empörte sich Ute Sunnus. »Eine Maschinenpistole auf dem Altar?«

»Unter normalen Umständen würde ich das so sehen, aber in diesem besonderen Fall sehe ich es eher als eine Form von Bußhandlung. Ich vermute, die Waffe ist nicht geladen.«

»Das werden wir nach der spurentechnischen Untersuchung wissen«, erwiderte Kommissar Schonert. Können wir uns irgendwo ungestört unterhalten?«

»Ja, in meinem Büro. Bitten folgen Sie mir.«

Unter Wahrung seines Beichtgeheinnisses berichtete Pfarrer Kleinhaus vom dem nächtlichen Telefonat vor zwei Wochen mit einem mutmaßlichen RAF-Terroristen. Nach seiner Einschätzung hat der Mann aus Brüssel seine Waffe auf den Altar gelegt, um zu zeigen, dass er sich von der Gewalt losgesagt hat.

Die Untersuchung der ungeladenen Maschinenpistole brachte tatsächlich zu Tage, dass sie bei der Entführung von Hanns-Martin Schleyer verwendet worden war.

Drei Tage später titelte die Rheinische Post: »Topterrorist ließ sich erschießen!«

Neugierig geworden, las Pfarrer Kleinhaus in dem dazugehörigen Artikel, dass der mutmaßliche RAF-Terrorist Horst Stelzer mitten in der Düsseldorfer Altstadt von einer Antiterroreinheit der Polizei umzingelt wurde. Doch anstatt sich zu ergeben, zog Stelzer seine Waffe. Daraufhin eröffneten die Beamten das Feuer. Stelzer brach blutüberströmt zusammen und starb noch am Tatort. Bei der ballistischen Untersuchung stellte sich allerdings heraus, dass Stelzers Waffe überhaupt nicht geladen war.

Ingrid Schmitz

Im Wald, da sind die Räuber

»Guten Morgen. Stadtwerke Krefeld. Uns ist eine Störung im Stromnetz gemeldet worden. Wir sollen die Zähler kontrollieren.«

Gähnend musterte Vera die in graue Overalls gekleideten Männer. Der Jüngere platzte aus allen Nähten. Wenn es keine Kabelrolle war, die er unter seiner Latzhose versteckt hielt, musste es sein Bauch sein. Das Käppi mit dem Schriftzug SWK wirkte wie mit Luftdruck aufgepresst und nie mehr abnehmbar. In der speckigen Hand trug er eine lederne Werkzeugtasche. Sein älterer Kollege sah neben ihm eher wie eine mickrige Trollfigur mit viel zu großen Ohren aus. Er musste sich wohl geweigert haben, diese in eine Mütze zu klemmen, er hielt lediglich eine graue Mappe im Arm.

Eigentlich wollte Vera nach ihren Dienstausweisen fragen, aber da standen die Männer bereits im Wohnflur. Die beiden gingen mit fachmännischer Miene zielstrebig auf den Stromkasten zu.

»Da ist ja das gute Stück. Wir schauen dann mal, ja?«

Vera blieb nur ein Nicken übrig, auch als der Jüngere darum bat, sich kurz die Hände waschen zu dürfen.

Sie führte das Ernährungs-Opfer durch ihr Schlafzimmer, in dem heute Morgen alles sehr schnell gehen musste. Die Spuren des gestrigen Abend lagen peinlich ausgebreitet vor ihnen: Ihr Spitzen-BH hing an der Stuhllehne, auf dem Nachttisch bildeten Schlüssel, Ohrringe und Halskette mit dem Wecker und einigen bunten, noch eingeschweißten Kondomen ein farbenfrohes Gebilde. Dass es eine berauschende Nacht gewesen war, verriet auch der

Sektkübel mit den beiden Gläsern daneben.

Jetzt war es zu spät, um alles wegzuräumen. Vera verfluchte sich und den Architekten, der für sie die Raumaufteilung entworfen hatte, als sie das anzügliche Grinsen des Elektrikers sah, bevor er im Badezimmer verschwand. Sie zwang sich, nicht daran zu denken, was dort alles liegen geblieben war.

»Ach du Schreck! Können Sie bitte mal kommen?«, holte das Ohrenwunder Vera aus ihrer Verlegenheit.

Als sie den Flur betrat, wich sie einen Schritt zurück. Schweigend hielt er ihr zwei Kabel entgegen. Er sah aus wie ein Alien und jetzt sprach *es* auch noch zu ihr.

»So können die Nachtspeicheröfen nicht funktionieren. Schauen Sie hier!«

Vera erkannte das Problem, aus den losen Kabeln stachen blanke Drähte hervor. Sie starrte fassungslos darauf. Ihr war bisher nicht aufgefallen, dass die Öfen nicht funktionierten. Kein Wunder, denn im sonnigen August, bei der Nacht und dem Sekt hatte sie Fernwärme überhaupt nicht benötigt.

»Pitter, wir können einpacken«, rief der Kollege dem Dicken zu, »da müssen wir noch mal wiederkommen.« Er wandte sich an Vera: »Ausgerechnet dieses Kabel habe ich nicht dabei.«

Händerreibend kam Pitter aus dem Schlafzimmer. Vera sah auf die Uhr und erschrak. »Gut, am besten Sie kommen nachmittags, weil ich vormittags Unterricht gebe. Und denken Sie daran, ich zahle nur gegen Rechnung - wenn überhaupt - ich muss erst mit dem Vermieter klären, wer für den Schaden aufzukommen hat. Heutzutage kann man nicht vorsichtig genug sein. Ich habe die Kabel jedenfalls nicht abgerissen.«

Die Männer nickten und verabschiedeten sich höflich. Vera war froh, die beiden wieder los zu sein. Sie schnappte sich den Zweitschlüssel vom Schlüsselbrett und verließ ebenfalls die Wohnung. Es galt, keine Zeit zu verlieren.

Vom furchtbaren Montagmorgen gestresst, hetzte Vera die Treppen zu ihrer Klasse hinauf. Sie riss die Tür auf. Die Kinder erschraken und stürmten zu ihren Plätzen. Es blieb ihnen keine Zeit mehr, das Gekritzel auf der Tafel wegzuwischen. Ein Strichmännchen am Galgen, Ausdrücke von Schlampe bis Penner, waren nur ein Teil davon. Vera sprang das Wort Penner ins Auge.

»Guten Morgen. Diesmal muss *ich* mich entschuldigen.« Es fiel ihr leicht, es vor der Klasse zuzugeben. »Ich habe überraschend die Handwerker im Haus gehabt.«

Sophie, die Jüngste, zweifelte das prompt an: »Die machen doch vorher einen Termin.«

»Haben sie aber nicht.« Vera begann zu schwitzen, zögernd holte sie ihre Mappe hervor. »Ein anderes Thema. Heute behandeln wir die Räuberbanden vom Niederrhein.« Sie sah in die erwartungsvollen Augen der Sechstklässler. »Vor rund zweihundert Jahren trieben – auch hier am Niederrhein – Räuberbanden ihr Unwesen.« Vera legte eine dramatische Pause ein. »Sie überfielen Kutschen und Geldtransporte, drangen in Schlösser und Gutshöfe ein und plünderten sogar die Weinkeller der Kirchen. Danach flüchteten sie in ihre Verstecke, zu den Korbflechtern und Besenbindern auf der Bönninghardt.«

»Waas? Bönninghardt kenn ich, dort gehen wir immer mit den Hunden spazieren.« Kathrin war entsetzt.

»Heutzutage kann man das auch gefahrlos«, beschwichtigte Vera sie lächelnd. Sie musste daran denken, dass sie gestern Nachmittag genau dort eine wunderbare Bekanntschaft gemacht hatte. Sie zwang sich fortzufahren: »Ende des 18. Jahrhunderts wagte sich jedoch niemand in die Wälder vom Niederrhein. Übrigens waren die Korbflechter und Besenbinder Nachkommen der Pfälzer Auswanderer, die den Anschluss nach Amerika verpasst hatten, weil ihnen oft das Geld zur Weiterreise fehlte.«

»Die kannten keine Billigflüge«, rief Kevin in die Klasse.

Gelächter kam auf. Flora wedelte aufgeregt mit ihrem Arm.

»Ja bitte?«

»Anstatt Körbe zu flechten und Besen zu binden, haben die gemeinsam mit den Räubern die Leute überfallen?«

»Nein, das haben sie nicht. Sie lebten wie Aussätzige und hatten sich in sogenannten Plaggenhütten niedergelassen, wo sie dahinvegetierten. Die Räuber, die bei ihnen Unterschlupf fanden, gaben ihnen zum Dank dafür einen Teil der Beute ab. Es sprach sich bei den Räubern schnell herum, dass sich selbst die Gendarmerie, heute würde man Polizei sagen, nicht auf die Bönninghardt traute, und so fanden dort im Laufe der Jahre weitere Räuberbanden ein sicheres Versteck. Sie tauschten auf der Bönninghardt Informationen aus und planten Streifzüge, die von Xanten, Kleve, Moers bis nach Krefeld, Neuss und sogar noch weiter führten.«

In der Klasse war es mucksmäuschenstill. Vera genoss die Aufmerksamkeit der Schüler. »Jede Räuberbande hatte einen Anführer und fast immer nahmen sie den Reichen und gaben den Armen.«

»Robin Hood!« kam es aus unterschiedlichen Richtungen.

»Na, ja, nicht wirklich, denn einige der Räuber waren sehr brutal und kaltblütig.« Was da alles vorgefallen war, schilderte Vera lieber nicht. Dagegen war ein DVD-Gewaltfilm ein milder Abklatsch, wenn sie an die vielen Vergewaltigungen, Misshandlungen, Vierteilungen und Tötungen dachte. Je mehr sie im Internet und in den alten Aufzeichnungen recherchiert hatte, desto menschenunwürdiger war ihr das alles vorgekommen und desto mehr Abgründe hatten sich aufgetan.

Ein relativ harmloses Beispiel nannte sie aber doch: »Der Anführer Stefan Ahlbeck soll einmal ein Bandenmitglied erschossen haben, nur weil dieses sich nicht benehmen konnte.«

Kevin setzte sich gerade hin und legte die Hände auf den Tisch.

»Die meisten Bandenmitglieder wurden allerdings später festgenommen. Sie gestanden ihre Taten unter Folterung und mussten dann den Kopf hinhalten, im wahrsten Sinne des Wortes, ihn nämlich auf die Guillotine legen. Dies geschah meistens auf dem Innenhof der Schwanenburg in Kleve.«

Selbst die größten Unruhestifter der Klasse verstummten vor Spannung.

»Ich will euch jetzt mal eine Geschichte erzählen und ihr sagt mir, ob so etwas heutzutage noch möglich wäre: Auf der Landstraße von Xanten nach Moers, im Jahre 1812, sollen Räuber eine vierspännige Kutsche überfallen haben. Sie erbeuteten reichlich Schmuck, Goldtaler und kostbare Hochzeitsgeschenke, die für den Baron von Lauersfort bestimmt waren. Damit gaben sich die Räuber aber nicht zufrieden. Zwei der Edelmänner mussten sich auf der Stelle entkleiden. Die Räuberbande flüchtete laut grölend, und den feinen Herren blieb nichts anderes übrig, als die zurückgelassenen alten und dreckigen Lumpen der Räuber anzuziehen.«

Alles kicherte. Flora stieß ein lautes »Iiihhh!« aus.

»Währenddessen empfing der Baron von Lauersfort auf seinem Schloss in der Nähe von Moers die geladenen Gäste. Fürsten und Edelmänner, Barone und Geheimsekretäre waren gekommen, um mit ihm und seiner frisch vermählten Frau zu feiern. Die Stimmung war ausgelassen. Es kamen immer wieder neue Ehrengäste hinzu. So auch zwei Edelmänner in besonders feinem Tuch, die wertvolle Geschenke mitbrachten. Man führte sie voller Hochachtung zur Tafelrunde und bat sie mitzufeiern und es sich gutgehen zu lassen. Gegen Abend ließ einer von ihnen auf der Schlossterrasse einen Sektkorken knallen. Auf dieses Zeichen hin stürmten die anderen Räuber, die vor dem Schloss auf der Lauer gelegen hatten . . .«

»Es heißt ja auch Lauersfort . . .«

»Ja, vielleicht auch deswegen. Also, die Räuber stürmten den Festsaal und nahmen den Hochzeitsgästen den Schmuck und das Geld ab. Selbst die Geschenke für das Brautpaar und die Weinvorräte wurden geraubt.«

Vera machte eine Pause. Sie sah in die Runde.

»Meine Mum hätte die Diebe bemerkt. Als sie den Kurt geheiratet hat, hatte sie außer unseren Verwandten nur Freunde und gute Bekannte eingeladen.« Franzi schüttelte den Kopf. »Fremde wären ihr sofort aufgefallen.«

»Nun, vielleicht haben auch die kostbaren Geschenke geblendet, die die Räuber mitgebracht hatten. Dies taten sie aber nur, um sie hinterher wieder einzusammeln«, erklärte Vera. Es kam eine rege Diskussion auf.

»Räuber könnten heutzutage lange warten. Niemand ist mehr unterwegs, weil er auf ein Schloss eingeladen wurde . . .«

»Na, ja, so wörtlich . . .«

Benjamin sprach schnell weiter: ». . . aber keiner führt mehr Gold und jede Menge teure Geschenke mit sich – nicht hier in Alpen und so.« Er zappelte. »Außerdem wird auf den Landstraßen so gebrettert, da werden die höchstens über den Haufen gefahren.« Seine rechte Hand raste mit einem imitierten Reifenquietschen über den Tisch. Ein weiteres Thema, dessen Vera sich annehmen musste: Soziales Verhalten im Straßenverkehr.

Katja meldete sich: »Die heutigen Räuber am Niederrhein könnten höchstens aus parkenden Autos Handys und Laptops klauen.«

»Nee, geht nicht«, sagte Kai, der glaubte, sich mit der Kommunikationstechnik besser auszukennen als so mancher Erwachsene: »Drei Mal die falsche Pin-Nummer ins Handy getippt und die SIM-Karte ist gesperrt, dann muss der PUK-Code eingeben werden und der . . .«

»Ist ja schon gut. Dann eben ein Laptop.« Katja schmollte.

»Auch nicht. Wenn es benutzerdefiniert ist, müssen die Räuber zuerst das Passwort eingeben und beim Homebanking ein Passwort und die TAN-Nummer.«

Kai schlug zufrieden die Arme übereinander. »Und ... und erst einmal müssen sie ins Auto kommen. Da geht nämlich bei den teuren Schlitten sofort die Alarmanlage an.« Endlich konnte er mal etwas zum Unterricht beitragen. Vera freute sich, dass der stille, ängstliche Kai sich gemeldet hatte, und gab ihm ein dickes Plus.

»Um auf die teuren Geschenke zurückzukommen«, sagte Vera, »heutzutage bitten die Leute, die ohnehin schon alles besitzen, oft um eine Spende für einen wohltätigen Zweck oder für die Wissenschaft, zum Beispiel, um Zivilisationskrankheiten zu erforschen. Das geschieht natürlich bargeldlos und ist außerdem sehr vernünftig, anstatt sich sinnlose Geschenke machen zu lassen. Also, wir stellen fest: Räuber hätten auf den Straßen, am heutigen Niederrhein, einen schweren Stand und müssten sich arbeitslos melden.«

Alle lachten.

»Zum Glück haben sie die Äußerung richtig aufgefasst«, dachte Vera, dann schickte sie ihre Klasse nach Hause.

Vera schloss die Haustür auf und ging Richtung Wohnzimmer. Unterwegs warf sie ihren Ballast ab: Schlüssel, Schuhe, Tasche und Jacke. Es war spät geworden. Lange hatte sie mit ihren Lieblingskollegen über ihre Unterrichtsthemen diskutiert und versucht, Zweifel über das eher ungewöhnliche Thema auszuräumen.

Für Vera stand fest, dass Heimatkunde nicht zu kurz kommen durfte. An vielen Schulen wurde darüber viel zu wenig gesprochen. Vielleicht war es möglich, einen Klassenausflug auf die Bönninghardt zu unternehmen – oder zur Schwanenburg nach Kleve.

Sie goss ein Glas Rotwein ein und ließ sich auf die Couch fallen.

Endlich Zeit, den heutigen Tag, nein, lieber die gestrige Nacht, Revue passieren zu lassen. Da klingelte das Telefon. Vera sprang auf.

»Hallo?«

»Mark hier – du bist schon zu Hause?«

»Ja, sicher . . . wie du hörst . . .« Eigentlich freute sie sich über seinen Anruf, nur gegen unsinnige Fragen kam sie schlecht an.

»Ich . . . ich dachte, du wolltest heute zu deiner Freundin fahren, um dich von ihr zu verabschieden.«

»Wir haben umdisponiert. Sie holt mich morgen früh ab und bringt mich zum Flughafen. Wie geht es dir? Wann bist du nach Hause gefahren? Ich habe dich gar nicht gehört.«

»So gegen Sechs. Die Nacht mit dir war schön.«

Vera warf den Kopf in den Nacken und fuhr sich durch die Haare. »Mark, ich möchte nicht, dass du denkst, ich lasse mich einfach so von jedem Mann anquatschen . . . und ich lade erst recht nicht jeden sofort am ersten Abend zu mir nach Hause ein, um mit ihm . . .«

»Ja?«

»Ach, du weißt schon.«

»Es war ja nicht sofort. Wir waren im Kino und anschließend beim Chinesen und in einem Bistro. Andere brauchen dafür drei Tage.«

Vera lachte verkrampft. So richtig ließ das schlechte Gewissen nicht von ihr ab. Sicher, Mark ist durch und durch ein Gentleman, sieht wunderbar aus, kleidet sich gut, ist gepflegt und gebildet – aber mit seinen vierzig Jahren immerhin fast zehn Jahre jünger als sie. Überhaupt, wie konnte sie am gestrigen Abend nur so hemmungslos gewesen sein? Es musste wohl am Sekt gelegen haben.

»Wann sehen wir uns wieder?« Marks Stimme klang noch verführerischer als sie ohnehin schon war.

»Leider erst wenn ich aus Amerika zurück bin, also in drei Wochen.« Diese Zeit brauchte Vera, um sich ihrer Gefühle ihm gegenüber bewusst zu werden.

»Ich werde ununterbrochen an dich denken. Ich wünsche dir einen guten Flug und, Vera, glaube nicht an die Panikmache wegen der Terroristen.«

Vera zuckte zusammen: »Jetzt, wo du es sagst . . . aber danke, Mark. Ich melde mich. Schlaf gut.«

Vera blickte auf das Display, das sich mit einem Signalton verabschiedete. Kurz bevor überhaupt nichts mehr zu sehen war, erschien der Hinweis „Akku leer".

»Ganz meinerseits«, flüsterte Vera.

Vera raffte sich auf. Sie öffnete die Badezimmertür. Die völlige Dunkelheit erschreckte sie immer wieder. Noch so ein Pfusch des Architekten, dass im Bad kein Fenster vorgesehen war. Sie tastete blind nach dem Lichtschalter, als ihr ein greller Lichtstrahl in die Augen stach.

Vera schrie auf.

Sekunden später fand sie sich am Boden liegend wieder. Über ihr stand ein fremder Mann. Der Lichtschein der Taschenlampe glitt über ihren Körper. Schemenhaft konnte Vera seine tief ins Gesicht gezogene Mütze und die verspiegelte Sonnenbrille erkennen, die seine Augen verdeckten. Mit einer Hand langte er zum Alibertschrank und drehte das Licht an.

Vera rang mit den Armen. »Ich habe eine ansteckende Krankheit!«, schrie sie. Er blieb stumm und zog ein dünnes Kabel hervor, mit dem er ihr die Hände auf den Rücken band.

»Außerdem habe ich meine Tage.«

»Ist mir doch egal.«

»Ich bin vor kurzem operiert worden . . .« Panisch zog Vera das komplette Register, das sie sich mit ihrer Freundin für Notfälle ausgedacht hatte.

»Halt die Klappe. Ich will dir nicht an die Wäsche.«

Sie zwang sich, ihm zu glauben, dann fragte sie: »Wie sind Sie hier hereingekommen?«

»Denk mal scharf nach.«

Vera war nicht nach raten zumute. Viel wichtiger erschien es ihr, aus dieser Situation möglichst unbeschadet herauszukommen.

»Wo ist der andere Schmuck?«

»Moment mal . . . wieso *anderer* Schmuck?« Als Lehrerin war sie es gewohnt, Worte präzise aufzunehmen, selbst in Ausnahmesituationen.

»Goldkettchen und Brilli haben wir schon - aber, es gibt noch mehr. Du bist Lehrerin, alleinstehend, verdienst gut.«

»Dafür leiste ich . . .«

»Will ich gar nicht wissen. Also, wo ist dein restlicher Schmuck, dein Urlaubsgeld?«

Vera verstand die Welt nicht mehr. »Bitte . . .«

„Von mir aus sage ich auch BITTE. Hoch . . .« er zerrte an ihrer Schulter, «. . . und her damit, dann bin ich auch schon verschwunden.«

Vera blieb keine andere Wahl. Er wusste bestens über sie Bescheid. Leugnen war zwecklos. Da sie keine Übung darin hatte, sich mit auf dem Rücken gebundenen Händen zu bewegen, torkelte sie beim Aufstehen. Schnell packte der Mann zu. Eine Schraubzwinge hätte nicht schmerzhafter sein können. Erst jetzt sah Vera, dass sie gut einen Kopf größer war als der Einbrecher. Sie staunte, welche Kräfte er besaß.

»Glotz nicht so.«

Vera musste glotzen. Zum einen sah sie flüchtig in seinen verspiegelten Brillengläsern, wie zersaust und käsig sie aussah und zum anderen wollte sie sich unbedingt sein Gesicht merken. Nase, Mund und Kinn hatte sie schon gescannt. Was die Haare anging, so musste er anscheinend Rastalocken oder zumindest längeres Haar haben, denn seine Mütze lag nicht platt am Kopf an, sondern beulte sich an mehreren Stellen. Rabiat schubste er Vera ins Schlafzimmer. »Mach schon. Hol den Kram.«

Die Stimme kam ihr nicht bekannt vor. Sie war weder sonor und samtig, noch dünn oder piepsig. Also nichts mit hohem Wiedererkennungswert. Eher eine Tonart, die ihr mit Sicherheit überall begegnet sein konnte. Veras Gedanken sprangen hin und her, ihre Nerven flatterten. Sie wollte nun alles schnell hinter sich bringen und gab stammelnd das Versteck preis.

»Im Computerzimmer . . .«

»Wenn du mich reinlegst, ist was los.«

Sie gingen wie aneinandergeklebt in ihr Büro. Vera hätte am liebsten schnell eine Verzichtserklärung ausgedruckt, in der der Dieb nach Erhalt ihrer Wertsachen auf alle weiteren Ansprüche verzichten und sie nie wieder aufsuchen würde, aber das war zu naiv gedacht.

Vera zog das Papierfach ihres ausgedienten Laserdruckers heraus und trat einen Schritt zur Seite. Der Mann wühlte in den Kleinoden, die auf blauem Samt fixiert waren und stopfte alles schnell in seine Jackentasche.

»Na, also, geht doch. Jetzt das Geld.«

Vera fielen spontan die Worte ‚Widerstand zwecklos' ein, deren Bedeutung ihr mit einem Mal so richtig bewusst geworden war.

»Küche«, war alles, was sie hervorbrachte. Es war kein Zufall, dass sie soviel Geld im Hause hatte, und es konnte auch kein Zufall sein, dass der Einbrecher davon wusste.

Vera holte die im Küchenregal versteckte Ravioli-Spardose heraus und ließ die 4.000 Dollar ein letztes Mal durch ihre Finger gleiten. Das erste Mal hatte sie die Banknoten beim Anwalt gezählt, der ihr das Erbe im Auftrag seines Mandanten in einem Paket überreicht hatte. Der Mandant war ihr egozentrischer Onkel gewesen, der in Amerika gelebt hatte und den sie nicht hatte leiden können. Für seine Großzügigkeit wollte sie zumindest eine Rose auf sein Grab legen und das Geld für eine Bildungsreise verwenden. Das Super-Sonderangebot des Weezer Flughafens kam ihr sehr gelegen. Sie hatte kurzfristig einen Flug und drei Wochen Aufenthalt in einem Luxushotel in Miami gebucht und angezahlt. Die restlichen Dollar hatte sie als Urlaubsgeld beiseite gelegt.

Nun sollte sie auf alles verzichten? Vera hätte heulen können, aber selbst die Tränen hatten sich vor Angst verkrochen. Hätte sie doch nur auf ihre Freundin Gabriele gehört und Travellerschecks gekauft oder rechtzeitig die American Express Card beantragt. Vera drehte sich langsam um.

»Gib endlich her!« Er riss ihr das Geld aus den Händen. »Was ist das denn? Ich fass es nicht. Sind wir hier in Amerika, oder was?«

Vera ging schlagartig das Licht aus.

Lange Zeit sah sich Vera außerstande, zu unterrichten. Das Erbe war futsch, einen Kredit wollte sie aus Prinzip nicht aufnehmen, und so fiel die Amerikareise logischerweise ins Wasser. Allein von dem angezahlten Geld hätte sie eine Woche Robinson Club - Last Minute - in der Türkei buchen können. Aber ihr war die Lust auf Urlaub und aufs Flirten gründlich vergangen. Der Männerwelt hatte sie vorerst abgeschworen. Von Mark hatte sie nichts mehr gehört. Vera hatte direkt nach dem Überfall bei ihm Trost suchen wollen, aber da war ihr aufgefallen, dass er sie nur einmal angerufen hatte und sie seine Nummer nicht kannte.

Auf ihre Freundin Gabriele hingegen war wie immer Verlass. Sie hatte sich rührend um Vera gekümmert und die ersten beiden Nächte bei ihr übernachtet, denn das schreckliche Ereignis ließ Vera selbst in ihren Träumen nicht los. Gabriele war es auch, die sie überreden wollte, die Eigentumswohnung zu verkaufen und irgendwo anders neu anzufangen.

Aber dann hätte Vera auch ihre Heimat, ihre Wurzeln verloren. Selbst wenn diese angenagt waren, wäre der Verlust sehr schmerzlich gewesen. So stellten sie nach ein paar Tagen erst einmal die Möbel um, kauften großformatige Bilder, leuchtend farbige Vasen und duftende Blumen, um ihr Gemüt aufzuhellen. Zudem beauftragte Gabriele eine Elektrofachfrau, im Badezimmer zwei 60-Watt-Strahler zu installieren. Der dazugehörige Lichtschalter mit Beleuchtung wurde in der richtigen Höhe, direkt außen neben der Tür angebracht.

Zwei Wochen waren vergangen, in denen Vera bereits eine Doppelstunde Therapie hätte haben können, wenn die Therapeutin nicht plötzlich krankheitsbedingt ausgefallen wäre und als Vertretung einen Mann eingesetzt hätte.

Nun war sie wieder probeweise in die Schule gekommen und saß vor ihren Schülerinnen und Schülern. Anstatt der Galgenmännchen und den Schimpfwörtern standen an der Tafel Willkommensgrüße in vier verschiedenen Sprachen.

»Danke, ihr seid so lieb. Meine - äh - Virus-Grippe ist so gut wie auskuriert, und wir können endlich mit dem Unterricht fortfahren. In der ersten Stunde dürft ihr euch etwas wünschen, worüber wir sprechen sollen.«

Ein Drittel der Klasse zeigte auf, der andere Teil rief lieber drauflos. Die lauteste Stimme setzte sich durch. Es war erstaunlicherweise die vom stillen Kai.

»Ich habe Ihnen etwas mitgebracht.« Er bügelte einen gnadenlos zerknüllten Zeitungsausschnitt mit den Händen glatt. »Kurz nachdem Sie krank wurden, erschien dieser Artikel. Das ist der Beweis. Es gibt doch noch Räuber am Niederrhein.« Er las mit immer leiser werdender Stimme stockend vor:

Alpen. Auf der Bönninghardt.

In der Nacht zu Mittwoch wurde in Alpen auf der Bönninghardt eine 54-jährige männliche Leiche gefunden.

Besonders auffällig sind die übergroßen Ohren und das fehlende Gebiss. Ein Sexualverbrechen kann ausgeschlossen werden. Neben und auf dem Toten lagen Dollarscheine, die sich im Nachhinein als Fälschungen erwiesen. Die Spurensicherung stellte außerdem eine dunkle Wollmütze und die Tüte einer bekannten Imbisskette sicher. Auf allen Gegenständen stimmte die DNA mit den Spuren an der Leiche überein und führte direkt zu einer Diebesbande aus Krefeld. Es handelt sich um den 36-jährigen Stefan A. und den 40-jährigen Markus Z., die zusammen mit dem Opfer Armin G. bereits etliche Einbrüche und Überfälle am Niederrhein begangen haben. In der Wohnung des Anführers Markus Z. fand die Polizei eine stattliche Sammlung von Schmuckgegenständen. Beide Täter haben aufgrund der erdrückenden Beweislage die Tat gestanden und als Motiv für die Tötung . . .

»Schluss! Aufhören!«

Vera rannte aus dem Klassenraum.

Der Hammer des Erzengels

An einem Tag im April - das dritte Jahrzehnt des sechzehnten Jahrhunderts lag nicht mehr fern - ereignete sich auf dem Weg zwischen den niederrheinischen Städtchen Jülich und Kleve etwas wahrlich Unerhörtes. Der reisende Prediger Heist vom Brocké, der unter dem Namen Brocius bekannt ist, und die zwei bewaffneten Reiter in seiner Begleitung wurden von einem Blitz aus heiterem Himmel getroffen. Heist vom Brocké, der hatte halten lassen, um sein Wasser an einem Baum abzuschlagen, wurde von der Wucht des Blitzes gegen den Baum geschleudert. Bauern fanden den völlig zerstörten Wagen des Mönchs, die Leichen der beiden Reitersmänner und die Kadaver der Pferde sowie den Mönch selbst. Der kniete vor dem Baum und versprach ihm, er würde ihn auf den Scheiterhaufen stellen, weil er vom Teufel besessen sei.

»Heiligkeit«, meldete Kardinal Kajetan einige Wochen später, »Heist vom Brocké - Brocius - ist eingetroffen!«

Papst Leo X. nickte. Kajetan trat ein paar Schritte zurück. Der Papst und sein Vertrauter waren so unterschiedlich wie zwei Männer nur sein konnten. Kajetan war schlank, hochgewachsen und wirkte jugendlich, obwohl seine langen Haare bereits weiß waren. Leo X. war untersetzt, ein passionierter Jäger und von der groben Gestalt eines Ochsenknechts. Eigentlich hatte er andere Sorgen als diesen fanatischen Prediger Brocius. Die Wiedergründung der römischen Universität verschlang Unsummen. Desgleichen der Krieg, den er führte, um seinen Neffen Lorenzo di Medici zum Herzog von Urbino zu machen.

Der expensive Waffengang drohte in ein militärisches Fiasko zu münden. Und nun das! Ungute Entwicklungen am Niederrhein!

Zwei Schweizer Gardisten führten Heist vom Brocké herein und zwangen ihn, sich vor dem Papst auf den Bauch fallen zu lassen. Dann salutierten sie, zogen sich rückwärts gehend zurück und schlossen die Tür von draußen.

Als die beiden Türflügel ins Schloss gefallen waren, hielt Leo dem liegenden Mönch seinen Fuß zum Kuss hin. Weil der keine Anstalten machte, den päpstlichen Schuh zu küssen, trat Leo zurück und setzte sich wieder auf seinen Thron. Schade! Aber er bestand nicht auf Formalien.

»Sprich, mein Sohn«, forderte er stattdessen den Liegenden auf.

»Der Hammer des Erzengels hat mich getroffen. Und du wirst brennen, Schlange!«, stieß der Mönch hervor. »Brennen! Der Hammer des Erzengels! Brennen wirst du!«

»Aber warum?« fragte Leo mit gespielter Arglosigkeit.

»Brennen! Der Hammer! Brennen!« Dann brach der Mönch in ein irres Lachen aus. Kein Zweifel, er war verrückt geworden! Leo schaute etwas ratlos auf Kajetan. Der Mönch hörte nicht auf zu lachen.

Der weißhaarige Kardinal machte Leo ein Zeichen. »Es hat keinen Sinn, Heiligkeit«, sollte das heißen, »aus dem Mann ist nichts herauszubekommen. Ich habe es ja gleich gesagt.«

»Cloaca maxima«, sagte Leo nur und wandte sich angewidert ab.

Kajetan nickte. Die Schweizer erschienen in der Tür, salutierten, griffen den Mönch unter den Armen und schleiften ihn hinaus.

»Brennen wirst du«, schrie Heist vom Brocké ein um das andere Mal. Niemand hörte je wieder von ihm.

*

Es war schon spät in der Nacht. Die letzten Gäste hatten die Schenke *„Zum Goldenen Schwert"* in Jülich verlassen und waren durch den Regen nach Hause geschwankt. Auch das Schankmädchen war schlafen gegangen, nur der Wirt war noch wach. Sein Alter zu schätzen war schwer. Seine Haut war dunkel und wettergegerbt, weil er fast sein ganzes Leben im Freien verbracht hatte, aber Haar und Vollbart waren bereits eisgrau. Die Haare waren im Nacken zu einem Schwanz gebunden, in die Stirn hingen zerzauste Kunkeln. Die breite Narbe, die sich quer über die Wange zog, verlieh seinem Aussehen etwas Verwegenes. Seine blauen Augen dagegen schauten klug, ruhig und heiter in die Welt. Das ließ ihn jünger erscheinen als er in Wirklichkeit war.

Er hatte seine Schenke abgeschlossen und bediente im Lichte zweier Kerzen den betrunkenen Henker, der wie angenagelt an seinem Extratisch saß. Morgen stand keine Hinrichtung an, aber das wäre ihm ohnehin egal gewesen. Noch nie hatte sich ein Delinquent beschwert, weil vor lauter Zittern der erste Schlag danebengegangen wäre und der Henker noch einmal ansetzen musste. Er hob seinen leeren Zinnbecher, der mit einer Kette an der Wand befestigt war, damit niemand aus dem unreinen Gefäß trank. »Noch mehr Bier, Wirt!«

Der Wirt hieß Piet van Blankenbourg, kam aus Flandern und braute sein Bier selbst. Noch einmal füllte er seine Kanne und kam mit leichtem Humpeln an den Tisch, um dem Henker einzuschenken.

Obwohl ihm die Feldscher das eine Bein abgeschnitten hatten, nachdem es von einer Kanonenkugel zerschmettert worden war, konnte Piet van Blankenbourg auf zwei Beinen gehen. Er war ein äußerst kunstfertiger Mann und hatte sich beim Plattner ein künstliches Bein mit einem Kniegelenk anfertigen lassen. Durch einen kunstreichen inneren Mechanismus aus Kugeln, Seilzügen und Schienen, den er selbst erdacht hatte, bewegten sich das Knie und der Fuß so, dass man beim Laufen kaum mehr als ein deutliches Hinken bemerkte.

Der Henker rülpste statt eines Dankeschöns in seinen vollen Zinnbecher hinein. »Wirt, hol deine Laute und sing mir mein Lied!«

Der Wirt schlug zum Zeitvertreib gerne die Laute und sang dazu Verse, die er selber schmiedete. Und der Henker war – aber das durfte man nicht laut sagen – der Henker war sein Freund. Der Wirt nahm die Laute aus Perlmutt und Elfenbein, stimmte sie und sang.

»Ich wohne ausgestoßen dort«, begann er,
»am Waldrand vor der Stadt
und jeder wünscht mich weit, weit fort,
weil er Angst vorm Henker hat.
Mein Vater war schon Henkerssohn,
mein Kind ist längst geweiht,
auf dass die alte Tradition
in der Familie bleibt«.

Der Henker rülpste noch einmal und sang laut mit:
»Ich hacke wohl auch schon einmal
mit meinem Richtschwert Holz
(entgegen jede Richtmoral),
doch auf meine Arbeit bin ich stolz.
Ein andres Handwerk kenn' ich nicht,
ich seh zwar nicht gern Blut,
doch tu ich meine Schuld und Pflicht
wie kein anderer so gut.«

»In manchem bin ich ziemlich stur,
doch niemals plump und roh:
den schlimmsten Mörder nenn' ich nur
‚Exzellenz', oho!
Das Henken macht mich frisch und froh,
obwohl man mich nicht leiden kann;
mein schwarzer Henkerspaletot
ist eh' nicht schuld daran.«

»Wirt, du Halunke«, dröhnte der Scharfrichter, »morgen schlage ich dir den Kopf ab! Du hast meine Lieblingsverse vergessen!«

Der Wirt grinste und sang weiter:

„Ein reicher Mann erbot sein Geld
und eine Hexe gar ihr Herz.
Ein Gaukler bot mir seine Welt
aus Lüge, Schein und Scherz.
Ein Mörder bot sein Messer an,
es war ihm alles wert.
Ich nahm den Bettel gern und dann
wetzte ich mein Schwert«.

Bei dieser Strophe kamen dem Henker immer die Tränen, deshalb sang der Wirt die Strophe immer extra. Er hatte kaum geendet, als es leise klopfte.

»Geschlossen!« riefen der Wirt und Henker unisono. Aber es klopfte wieder. Nachdrücklicher. Womöglich waren das Soldaten des Herzogs.

Mit seinem Stelzschritt ging der Wirt zur Tür, drehte den Schlüssel und öffnete. Draußen stand eine verschleierte Frau.

»Ihr?« fragte der Wirt erstaunt.

Die Frau drängte sich herein und erstarrte, als sie die Gestalt am Tisch des Henkers sah.

Der Henker, der sich rasch die Tränen abgewischt hatte, stand auf. Er machte eine obszöne Geste und sagte mit seiner tiefen Stimme: »Versteh' schon!«

Dann ging er mit einer tiefen Verneigung an der angewidert blickenden Frau vorbei und verließ die Schenke. »Ich habe keine Groschen dabei, Wirt. Dafür schlage ich dir morgen den Kopf auch schön sanft ab, du wirst zufrieden sein.«

»Schon recht! Gott mit dir!«

Nachdem der Wirt hinter dem Henker abgeschlossen hatte, bat er die Frau mit einer einladenden Geste in den Schankraum. »Hohe Frau!«

»Herr Oberst! Es steht schlecht!«

»Ich bin kein Oberst mehr und längst nicht mehr der, der ich dereinst war!« Er schlug sich auf sein Bein, das einen metallischen Ton von sich gab.

»Für mich bleibt ihr immer noch der Herr Oberst. Auch wenn ihr nicht mehr Piet für mich sein dürft!«

»Ich höre, Hohe Frau!« antwortete der Oberst, der sich keine Erinnerung daran gestatten wollte an die Zeit, als er für die Hohe Frau noch der Piet aus Flandern gewesen war. »Um was steht es schlecht?«

»Eure Liebste, Oberst - ich fürchte um ihr Leben!«

Mit der Liebsten war niemand anderes als Ulant Dammartz gemeint. Vor einigen Jahren hatte sie den Oberst geliebt, ihn aber nicht heiraten dürfen. Daraufhin war sie in das Birgittenkloster Marienbaum bei Xanten eingetreten, wo es zu allerlei merkwürdigen Geschehnissen gekommen war. Sie schien vom Teufel besessen, und dies übertrug sich wie eine ansteckende Krankheit auf andere Nonnen. Ulant selbst war zu ihren Eltern geflohen. Dort hatte man sie verhaftet und in den Kerker geschafft. Im Verhör hatte sie angegeben, sie habe in ihrem Jammer darüber, dass sie dem Geliebten hatte entsagen müssen, den Teufel angerufen. Dieser habe sie Gott und der heiligen Jungfrau abschwören lassen. So oft sie es nun wünschte, sei er zu ihr gekommen, zuweilen mit anderen frischen Gesellen und Jungfern, lauter Dämonen, die alle wie ihr eigener Buhlteufel irgendein Gebrechen an sich trugen. Dann hätten sie getanzt, ohne dass es von anderen Menschen gesehen werden konnte, indem sie ganz still zu stehen schienen. Auch fleischliche Vermischungen seien vorgekommen. Sie habe die in der Kommunion empfangene Hostie geschändet, blasphemische Eintragungen in das Gebetbuch gemacht und die Nonnen durch verwunschene Äpfel, Feigen und Kuchen geschädigt.

Ihr Geliebter, ohnehin schwer versehrt, hatte dem Militärberuf daraufhin gänzlich entsagt und eine Schankwirtschaft eröffnet, wo er wenigstens gelegentlich etwas über die eingekerkerte Ulant erfahren konnte, die er nicht mehr sehen durfte. Seine Ulant!

»Mein Gemahl hatte einen Gast, Herr Oberst, einen reisenden Mönch namens Brocius. Er fährt mit einem Planwagen umher und predigt wider das Hexenunwesen, und dass jede Hexe brennen müsse.«

Die Hohe Frau erzählte von dem, was sie bei den Herren am Tisch belauscht hatte, von dem fürchterlichen Buch *„Malleus Maleficarum"*, das zwei Dominikaner vor einigen Jahren in Köln herausgebracht hätten und das sich auch beim Klerus am Niederrhein allergrößter Beliebtheit erfreue. Der Berater ihres Mannes, des Herzogs, sei aufs Höchste besorgt. Zwar wolle sich niemand gegen die heilige Mutter Kirche stellen, aber die Entwicklung gebe doch zu höchster Sorge Anlass.

»Mein Gemahl sieht in den Predigten dieses Mönchs eine Gefahr für die Festigkeit der Ordnung hier im Land. Und der Mönch will Ulant auf dem Scheiterhaufen sehen. Unbedingt. Ich dachte, das solltet ihr wissen, Oberst«.

»Dann wäre es das beste«, erwiderte der Oberst hitzig, »ich nähme meinen Beidhänder, ginge hin und haute diesen Mönch nieder!«

»Dass der ‚Gute Mann' euch morgen wirklich das Haupt abschlägt? Nein, Oberst Blankenbourg, Ihr müsst es klüger anstellen. Ihr seid ohnehin in Gefahr, denn Ihr hinkt, wie nur der Teufel selber hinkt. Wenn Euch jemand übel will, wird er behaupten, Ihr wäret der Beelzebub, und nicht einmal mein Gemahl würde dann noch etwas für Euch tun können, obwohl er Euch so viel verdankt. Nein, Ihr müsst es anders anfangen, ohne dass man Euch auf die Schliche kommt. Ich weiß, Ihr seid ein listiger Mann. Bedient Euch der List!«

»Der List?«

»Der List! So, wie eine schwache Frau sich der List bedienen würde. Euch wird schon etwas einfallen, ich kenne Euch gut genug! Aber da ist noch etwas!«

»Nun?«

»Ich weiß, dass Ulant schon wieder ein Kind erwartet. Wieder einen Henkersbalg. Der ‚Gute Mann' hat . . .«

»Noch ein Kind? Sagt, dass das nicht wahr ist!«

»Vertraut mir, Oberst, es ist wahr! Ich weiß es vom Hauptmann der Gefängniswache, der mit meinem Gatten gesprochen hat.«

Sie stand auf, zum Zeichen, dass sie das Gespräch beenden müsse. Oberst van Blankenbourg öffnete ihr wie betäubt die Tür. Beim Hinausgehen drückte die Frau ihm einen Beutel in die Hand und nickte. »Ihr wisst schon, wofür«, sollte das heißen. Dann war sie in der Nacht verschwunden. Gleich darauf fuhr eine Kutsche an, die in der Dunkelheit gewartet hatte.

‚Mit List', dachte der Oberst und stieg die Treppe zu seinem Schlafgemach hinauf, wo schon das Schankmädchen auf ihn wartete. Er kleidete sich aus, nahm sein Bein ab und stellte es neben das Bett. Das Schankmädchen, das ihn umarmen wollte, schob er sacht zurück und legte sich, die Arme unter dem Kopf verschränkt, auf den Rücken. Er musste nachdenken. Auch über den zweiten Henkersbalg, den Ulant unter dem Herzen trug. Und über den Verrat seines Freundes, des Henkers. Der die Gefangene erneut geschwängert hatte. Wenn es nicht einer seiner Knechte gewesen war.

»Mit List . . .«

Am nächsten Tag schickte er den Jungen, der ihm beim Bierbrauen half, mit einer Botschaft zu einem bestimmten Haus, wo er nach Einbruch der Nacht erwartet werden wollte.

Auch am nächsten Abend musste er das Schankmädchen wieder sachte zurückweisen, denn der Besuch in dem besagten Haus stand bevor. Wenig später saß er bei dem Juden Baruch am Tisch. Baruch war ebenfalls sein Freund. Er war vor ein paar Jahren aus Portugal gekommen, wo sein Volk nicht geduldet wurde, und hatte sich hier im Lande des toleranten Herzogs niedergelassen.

Mit Baruch besprach der Oberst, was er von der Hohen Frau gehört hatte. Baruch zeigte sich sehr besorgt.

»Wenn man hier Hexen brennen will, wird man hier bald auch Juden brennen, Pedro. Aber ich habe gefunden und besorgt, was du wünschtest. Schau her!«

Und er holte aus einer Truhe einen Kasten, stellte ihn auf den Tisch und öffnete ihn. Im Kasten lag ein kleines eiförmiges Ding aus Eisen mit einem Zeiger in der Mitte. Es gab ein tickendes Geräusch von sich.

»Man nennt diesen *chronometro* das Nürnberger Ei«, erklärte Baruch. »Der Meister, der es gebaut hat, heißt Henlein. Man kann es in der Tat in der Tasche tragen oder um den Hals gehängt, aber ich verwahre es lieber im Kasten. Es würde gar zu leicht Begehrlichkeiten wecken, gegen die ein armer Jud' nichts machen kann.«

Piet schob dem Juden den Beutel über den Tisch, den ihm die Hohe Frau gegeben hatte. »Ich brauche noch eines von diesen Eiern!«

»Du verlangst viel, Pedro, doch es gibt so wenige von ihnen. Sie wurden erst vor einem Jahrzehnt erfunden. Und sie sind teuer!«

»Ich weiß, aber ich brauche noch eines. Und sprich mit niemandem darüber!«

»Wie soll ich mit jemandem sprechen? Ich verstehe doch hier am *rheno bacho* ohnehin kaum jemanden! Aber wenn ich dir einen Rat geben darf: Der Mechanismus des *chronometro* ist recht einfach. Einfacher als der in deinem Bein. Ich glaube, du wirst ihn selbst nachbauen können.«

Der Oberst nickte. Nachdem sie sich noch über dies und jenes andere unterhalten hatten, ging der Oberst zu seinem Wirtshaus zurück.

Im hinteren Teil seines Kellers hatte er sich in einem Verschlag eine kleine Werkstatt eingerichtet, von der nicht einmal das Schankmädchen Genaueres wusste. Dort schloss er sich ein. Nach ein paar durchwachten Nächten war seine Arbeit beendet.

Einige Tage später wollte der Henker wieder einmal lange nach Mitternacht das Wirtshaus *„Zum Goldenen Schwert“* als letzter Gast verlassen, als ihn der Wirt zurückhielt, um ihm ein Geschenk zu überreichen.

»Ein Geschenk? Mir?« fragte der Henker, als der Wirt ihm ein Fässchen überreichte.

»Ein Geschenk«, bejahte der Wirt. »Amontillado aus den spanischen Landen.«

»Dafür schlage ich dir morgen den Kopf besonders sanft ab«, versprach der Henker und wankte, das Fässchen unterm Arm, in die Nacht hinaus.

»Gott mit dir, ‚Guter Mann'.«

Am nächsten Morgen näherte sich ein Junge Heist vom Brocké, der sich Brocius nannte, und der gerade seinen Pferdewagen besteigen wollte, um Jülich endgültig zu verlassen. Seine Mission war erfüllt, und er hatte, so glaubte er, alle wichtigen Herren davon überzeugt, dass möglichst viele Hexen gefunden und verbrannt werden müssten. Der Junge trug schwer an einem kleinen Fass.

»Mein Herr bittet Euch untertänigst, dieses Fässchen Amontillado aus den spanischen Ländern als Geschenk entgegennehmen zu wollen, Herr!«

»Wer ist denn dein Herr, mein Sohn?« fragte der Mönch.

»Der Graf von Monte Christo«, antwortete der Junge etwas verlegen, weil das nicht die Wahrheit war.

Von einem Grafen von Monte Christo hatte der Mönch noch nie etwas gehört. Aber Monte Christo, Christus-Berg, das gefiel ihm.

»Gott segne dich, mein Sohn«, sagte Heist vom Brocké und schlug das Kreuz über den Jungen.

»Amen!«, dankte dieser gehorsam. Einer der Begleiter des Mönchs stellte das Fass auf den Wagen. Der rollte rumpelnd an und verschwand rasch zwischen den Häusern.

Am Mittag trat der Wirt, ein schmuckes Barett auf dem Kopf, ein letztes Mal durch die Tür seines Wirtshauses und übergab den Schlüssel dem neuen Besitzer, der schon draußen wartete. Baruch hatte ihn über einen christlichen Mittelsmann ausfindig gemacht. Das Schankmädchen behielt der neue Wirt nicht, denn er war verheiratet und seine Frau eifersüchtig. Es würde von nun an auf der Straße arbeiten und jedem gefällig sein müssen, der für sein Vergnügen bezahlen konnte. Noch Jahre später würde sie sich nach dem Oberst zurücksehnen, bis ein betrunkener Freier ihr seine Hände um den mageren Hals legen und ihr mageres kleines Leben ausdrücken würde.

Der alte Wirt trug außer seinem Umhang nur einen Sack mit Werkzeugen und ein paar Kleidungsstücken in der Hand. Auf seinem breiten Rücken hingen über Kreuz das beidhändige Schwert und die Laute aus Perlmutt und Elfenbein. Er stieg auf sein Pferd, wobei er sein eisernes Bein wie ein gesundes über den Pferderücken schwang, und ritt eilig davon, ohne sich noch einmal umzusehen.

Bis zu dem von ihm berechneten Zeitpunkt hatte er etwa zehn Stunden Zeit.

Er hatte in zwei kleine Fässchen je ein Nürnberger Ei eingebaut - das von Baruch erworbene und eines, das er selber gebaut hatte. Jedes dieser Eier lief vierzig Stunden, und irgendwann innerhalb dieser vierzig Stunden, so hatte er das bestimmt, würde der Mechanismus der Eier ein selbstkonstruiertes Schlagwerk in Bewegung setzen. Die beiden Fässchen waren verschlossen und wasserdicht mit Teer versiegelt und in zwei größere Fässer eingebaut, die mit Amontillado gefüllt waren. Niemand konnte ihren wahren Inhalt kennenlernen, bevor es zu spät war.

Der Oberst befand sich bereits weit jenseits der Grenzen des Herzogtums, als in den beiden geteerten Fässchen die Nürnberger Eier die beiden Schlagwerke fast lautlos in Bewegung setzten. Zwei Hämmerchen trafen auf das sie umgebende Schwarzpulver und entzündeten es. Mit einem teuflischen Knall zersprengte das Pulver die geteerten Fässchen und diese wiederum die Fässer, in die die kleineren Fässchen eingebaut waren.

Weil Heist vom Brocké nicht auf seinem Wagen saß, überlebte er die Explosion. Dem Henker dagegen, der sich gerade über den Amontillado hermachen wollte, riss die Wucht des explodierenden Schwarzpulvers beide Hände ab. Er würde nie mehr ein Schwert über den Hals eines Delinquenten führen können. Auch zum Schwängern von Gefangenen fehlten ihm fürderhin die Mittel. Dass das Unglück des Henkers dieselbe Ursache haben könnte wie das des Mönches, darauf kam niemand. Die Menschen des Herzogtums glaubten, dass Gott dem fanatischen Hexenjäger aus Missbilligung einen Blitz vom Himmel geschickt habe, und es verging ihnen aufs Gründlichste die Lust, Hexen zu jagen und auf dem Scheiterhaufen zu verbrennen.

Der Oberst, der nahezu ohne Pause geritten war, hatte sich bereits einen neuen Namen ausgedacht. Von Piet van Blankenbourg jedenfalls würde niemand je wieder etwas hören. An diesem Tag dachte er ein letztes Mal an seine Geliebte Ulant, der er nicht hatte helfen können. Sie war untergegangen wie so vieles, was stark war und gut. In den deutschen Landen, das spürte er, gärte es. Es gab Menschen, die Hexen verbrennen wollten, und andere, die das nicht wollten. Es gab Menschen, die sich gegen den Handel mit Ablasszetteln wandten. Es gab sogar Menschen, die den heiligen christlichen Glauben ganz und gar verändern wollten.

Er wusste nicht, welche Ereignisse noch vor ihm lagen, aber eins wusste er genau: Männer wie er, die Festungen bauen, Heere lenken und Schlachten schlagen oder kunstfertige Höllenmaschinen ersinnen konnten, die würden auch in Zukunft immer gebraucht werden. Egal wo und unter welchem Namen auch immer.

Erwin Kohl

Der Mottenkeller

Wim nahm sich noch ein Diebels aus dem Kasten. Er musste jetzt nachdenken. Hätte er doch bloß nicht seinen Schwager gebeten, ihm beim Ausbau seines neuen Partykellers behilflich zu sein, wünschte sich Wim und nahm einen kräftigen Schluck aus der Flasche. Er brauchte einen Heizkörper in seinem Partykeller und sein Schwager hatte eine Heizungsbau- und Sanitärfirma. Außerdem war Heinz-Wilhelm im Gemeinderat.

'Man hätte den Heizkörper an der gegenüberliegenden Wand anbringen sollen und die Theke hier drüben', dachte Wim und sah auf das schmale weiße Objekt, das jetzt so viel Ärger verursachte. Wim sah noch das Funkeln in den Augen seines Schwagers vor sich, als dieser den Hohlraum hinter der vermeintlichen Außenwand aufgespürt hatte. Sofort hatte Heinz-Wilhelm ein zweites und ein drittes Loch durch die Wand gebohrt und mit der Taschenlampe hinein geleuchtet. Er war ganz außer sich vor Neugierde und Abenteuerlust gewesen. Wäre es nach ihm gegangen, hätten sie gleich an jenem Abend die halbe Kellerwand eingerissen. Aber es war nicht nach ihm gegangen. Zum Glück war Wim das Zauberwort eingefallen: die Statik. Heinz-Wilhelm hatte sich das Kinn gerieben und seinen Bohrhammer resigniert sinken lassen.

Der Samstagabend neigte sich dem Ende entgegen wie auch der Inhalt seiner Flasche. Wim wollte gerade in den Bierkasten greifen, als er das Klingeln an der Haustür vernahm. Sofort erkannte er die Stimme seines Schwagers. Wim sah auf die Uhr, es war kurz vor Mitternacht. Schon betraten seine Frau Klärchen und sein Schwager den Partykeller, beziehungsweise die Baustelle, aus der mal ein Partykeller werden sollte. Klärchen war ganz aufgeregt und fuchtelte mit den Armen, als wolle sie Fliegen von einem Kuchen vertreiben.

»Sag mal, stimmt das, Wim? Ihr habt einen geheimen Raum oder Gang entdeckt? Davon hast du mir ja gar nichts gesagt.«

Wim druckste herum. Er mochte gar nicht daran denken, wenn die Gerüchte im Ort herumgingen.

»Also«, begann sein Schwager, »ich komme gerade von Rudi. Der war völlig aus dem Häuschen, als ich ihm von unserer Entdeckung erzählt habe.«

Das konnte Wim sich lebhaft vorstellen. Rudi Oppermann war der Vorsitzende des Vereins für Denkmal- und Brauchtumspflege und schwadronierte bei jeder Gelegenheit - und besonders nach ein paar Bierchen - von geheimen Gängen unterhalb der Motte. Oppermann war damals dabei gewesen, als die Grundmauern der alten Vorburg mit Erde zugeschüttet worden waren. Seitdem behauptete Rudi, an der ortszugewandten Seite der Motte, wie die Alpener den ehemaligen Wohnsitz der Kurfürstin Amalie nannten, habe er eine Stelle in den Grundmauern entdeckt, die nachträglich eingefügt worden sein müsste.

Fortan hielten sich wilde Gerüchte von geheimen Gängen und Verliesen oder Schatzkammern und wurden bei jedem Schützenfest wieder aufgefrischt. Meistens war Rudi beteiligt. Die Gemeindekasse war damals wie heute leer und an aufwändiger Denkmalpflege hatte keiner der Ratsherren Interesse. Man hatte die Ruine einfach unter einem riesigen Erdwall begraben. Unter der Erde war die Motte bestens konserviert und verursachte keine weiteren Kosten.

Immer mal wieder brachte Rudi Oppermann bei Gemeinderatssitzungen die Restaurierung der alten Burg unter dem Punkt »Verschiedenes« auf die Tagesordnung.

Kämmerer Gerd Kiwitt hatte bei einer der letzten Sitzungen Rudis Vorschlag zugestimmt, allerdings unter der Bedingung, dass Rudi die geheime Schatzkammer ausgraben und deren Inhalt der Gemeinde spenden solle.

Wim wunderte sich, das Rudi Oppermann nicht direkt mitgekommen war, denn die Entdeckung eines vermeintlichen Geheimganges in Wim Jansens Keller musste Wasser auf Rudis Mühlen sein.

»Rudi will gleich auch noch auf einen Sprung vorbeikommen. Der ist noch eben auf ein Bierchen bei Maria.«

Dass es bei einem Bierchen bleiben würde, bezweifelte Wim. Rudi würde die Neuigkeit brühwarm bei Maria am Tresen verbreiten. Wim wurde nervös. Morgen würden sie alle bei ihm klingeln, nur mal so, Guten Tag sagen, und dann würde unweigerlich der Satz kommen: »Sach ma, watt hebb ick da gehört?«

Im Geiste sah er schon die halbe Gemeinde durch seinen Keller marschieren. Aber es durfte auf keinen Fall ein Mensch diesen Raum sehen, den er damals mitten in der Nacht zugemauert hatte. Sein Schwager begann mit einem Zollstock besagte Wand zu vermessen. Ständig murmelte er Zahlen vor sich hin und vermaß den Heizkörper und die Wand erneut.

»Sag mal, was wird das eigentlich, wenn es fertig ist?« fragte Wim säuerlich.

Sein Schwager sah ihn nur flüchtig an und kritzelte mit dem Bleistift Zahlen auf einen Bierdeckel. »Was wird das? Na was wohl? Die Heizung kann ja schlecht mitten im Eingang stehen, oder?«

»Was für ein Eingang?«

Wim beschlich eine dunkle Ahnung, er zog es jedoch vor, sich zunächst dumm zu stellen. Heinz nahm ungefragt eine Flasche Bier aus dem Kasten und setzte sich auf einen Stapel Gipskartonplatten. Klärchen suchte hektisch nach einem Flaschenöffner, während ihr Bruder bereits den Zollstock dafür missbrauchte.

»Wim, du scheinst noch gar nicht begriffen zu haben, was wir hier entdeckt haben«. Er deutete dabei mit einer ausladenden Armbewegung auf die Wand. »Wenn das tatsächlich der Geheimgang zur Motte ist, wie Rudi vermutet, dann hat Alpen demnächst eine Touristenattraktion mehr!«

»Nicht in meinem Keller!« Wim sah Heinz-Wilhelm zornig an.

Sein Schwager rieb sich nachdenklich das Kinn. »Na ja, da müssen wir uns natürlich etwas einfallen lassen. Vielleicht einen separaten Eingang vom Hof aus.«

Er setzte die Flasche an den Hals und verschluckte sich prompt. Mit großen Augen sah er Wim an. »Dein Vater hat doch damals den Keller eigenhändig ausgeschachtet. Hat der denn nie was erzählt. Ich meine, die müssen doch damals was gewusst haben«. Sein Blick fiel in die Ecke des Kellers, in der ein altes, verstaubtes Spinnrad stand. Er stand auf und hob es hoch. Mit gespieltem Kennerblick begutachtete er das alte Stück von allen Seiten.

»Heinz, lass das stehen. Das ist ein Erbstück von meiner Mutter«, sagte Wim. Heinz-Wilhelm sah ihn ungläubig an.

Dann nahm Wim den Gedanken mit seinem Vater dankbar auf: »Jetzt, wo du es sagst, Heinz. Mein Vater hat immer erzählt, es hätte früher eine Speisekammer im Keller gegeben. Als er und Jan noch selber geschlachtet haben. Irgendwann hörte das auf und sie brauchten den Raum nicht mehr. Das wird die Speisekammer sein, die du da entdeckt hast.«

Zufrieden mit dieser Geschichte blickte er in die Runde. Klärchen und Heinz stand die Enttäuschung ins Gesicht geschrieben.

»Wieso weiß ich denn nichts davon?« Seine Frau sah ihn misstrauisch an. So schnell wollte sie die Gelegenheit, Mittelpunkt der Gemeinde zu sein, nicht ziehen lassen.

»Das war vor deiner Zeit«, antwortete Wim und machte eine wegwerfende Handbewegung.

»Aber . . .«, Heinz-Wilhelm knibbelte nervös am Etikett seiner Bierflasche, »warum hat dein Vater den Raum denn zugemauert? Ich meine, den hätte man doch für etwas anderes nutzen können.«

Wim zögerte. Das war klar, dass die beiden nicht so schnell auf ihre Sensation verzichten wollten.

»Für was denn? Der war doch nur Einssechzig hoch. Außerdem ist doch Platz satt im Haus. Obwohl, so einen zusätzlichen Raum kann man immer gebrauchen.«

»Genau«, Klärchen sprang von dem verstaubten Barhocker, »den machen wir wieder auf. In dem Raum können wir prima die Getränke und das ganze Gedöns unterbringen.«

Wim biss sich auf die Lippen. Hätte er doch bloß den letzten Satz verschluckt. »Och nee, das ist jetzt Blödsinn. Ich meine, extra deswegen die Heizung wieder versetzen und dann der ganze Dreck und alles. Das muss ja nicht sein.«

»Die Heizung ist kein Problem, mache ich dir Montagabend eben fertig. Den Rest machen wir dann zusammen und ratzfatz haste einen Bierkeller.«

Wim begann zu schwitzen. Seit zweiunddreißig Jahren hatte kein Mensch mehr diesen Raum betreten und so sollte es auch bleiben. Entschieden verabschiedete er Heinz-Wilhelm und brachte ihn zur Tür, als Rudi auftauchte. Sein Gang sah nach mehr als einem Bierchen bei Maria aus. Wenige Sekunden später torkelte Hannes Schmitz um die Hausecke und zog sich im Laufen den Reißverschluss seiner Hose hoch.

»Tach ihr zwei«, begann Rudi. Als er Klärchen sah, schwang er den linken Arm auf den Rücken und verbeugte sich, »Gnädigste, Versseiung. Wir sind hierhin gekommen, äh, zusammengekommen . . . äh, wir wollten mal durch euren Keller zur Motte latschen.«

Klärchen reichte es nun. »Nix da, meine Herren. Für heute ist Feierabend. Wir brauchen unseren Schlaf.« Energisch schob sie ihren Mann in den Hausflur. Hannes Schmitz trat ganz dicht an sie heran, als wolle er ihr ein Geheimnis verraten. »Gute Nacht, Gnä . . .« Gnädige Frau, wollte Hannes vermutlich sagen, leider musste er ganz fürchterlich aufstoßen. Angewidert sprang Klärchen einen Schritt zurück, stieß mit ihrem Mann zusammen und knallte dann die Haustür unsanft zu.

Wim nutzte die Gunst der Stunde. »Klärchen, ich habe gar keine Lust mehr auf einen Partykeller. Dauernd besoffenen Nachbarn im Haus, und wenn wir dann noch einen Bierkeller-Vorratsraum da unten hätten, meine Güte. So könnten wir mal einen Kasten hinter der Theke stehen haben und wenn der leer ist, ist Schluss. Aber mit Vorratsraum . . .«

Sie saßen nebeneinander auf dem Sofa im Wohnzimmer. Klärchen nickte. »Hast Recht, Wim. Lass uns das noch mal gründlich überlegen.«

Als Wim und Klärchen am Sonntag nach dem Mittagessen einen Spaziergang durch den Ort machten, mussten sie feststellen, wie gut die ortsinterne Nachrichtenverbreitung funktionierte. Alle paar Meter wurden sie angesprochen. War anfänglich noch von einem Geheimgang zur Motte die Rede gewesen, so sprach man jetzt schon davon, Jansen von der Burgstrasse hätten die geheime Schatzkammer der Kurfürstin Amalie entdeckt. Das fürstliche Spinnrad diente dabei als Beweisstück. Schwager Heinz-Wilhelm hatte offensichtlich sein Klatschmaul nicht unter Kontrolle halten können, ärgerte sich Wim.

Kurz vor dem Adenauerplatz trafen sie Gerd Kiwitt mit Gattin. Dem Kämmerer war die Neuigkeit natürlich auch nicht vorenthalten worden. Eifrig begann er, die politischen Entscheidungen der Gemeinde hinsichtlich der Denkmalpflege zu überdenken: » . . . das wäre natürlich eine Riesenchance für die Gemeinde Alpen. Touristen bringen immer Geld. Man muss natürlich auch investieren.

Aber stellt euch das mal vor«, er streckte die Arme in Richtung Himmel und zeichnete mit den Händen ein undefinierbares Gebilde, »eine richtige alte Burg als Wahrzeichen der Gemeinde.«

‚Nanu' - dachte Wim - ‚dieses Gerücht hat aber eine gewaltige Sinneswandlung beim Gemeindekämmerer bewirkt'. Er nahm die Fantastereien von Kiwitt zunächst nicht ernst.

»Nur damit ihr Bescheid wisst, im Laufe der Woche kommen ein paar Leute von der Bodendenkmalpflege. Sie wollen sich das mal genau ansehen bei euch im Keller.«

»Aber«, Wim wurde verlegen, «das war doch nur die alte Vorratskammer von meinem Vater. Was soll denn jetzt der Aufstand?«

Kiwitt runzelte die Stirn, «Eine Vorratskammer außerhalb der Grundmauer des Kellers. Da hat dein Vater dir aber einen Bären aufgebunden.«

Wim spürte, wie seine Knie anfingen zu zittern. Kiwitt ließ sich nicht so leicht austricksen wie sein Schwager. Aber Wim gab nicht auf. »Sag mal Gerd, muss ich das eigentlich? Ich meine, mir von fremden Leuten den Keller umgraben lassen. Nachher fällt uns das ganze Haus ein?«

Kiwitt lachte. Kumpelhaft legte er Wim den Arm auf die Schulter. »Keine Sorge, die werden einen Statiker dabei haben. Dein Häuschen wird schon stehen bleiben. Aber was muss, das muss. Öffentliches Interesse, verstehst du. Ich meine, du kannst dich natürlich weigern, aber«, Kiwitt rückte seine Brille langsam zurecht, »warum solltest du?«

Wim wurde immer nervöser, erst recht, als Klärchen sagte: »Aber, Herr Kiwitt, das ist doch eine Ehre für uns. Nur den Dreck, den machen die schon wieder weg, oder?«

»Keine Sorge, Frau Jansen. Sie werden überhaupt keine Arbeit damit haben. Das wird vielleicht ein paar Wochen dauern, aber Archäologen arbeiten ja nicht mit dem Presslufthammer.« Kiwitt unterbrach sich, um über diesen Witz zu lachen. Wim stand mit todernster Miene dabei. Dann verabschiedeten sie sich von den Eheleuten Kiwitt und kehrten um. Normalerweise liefen sie sonntags immer eine große Runde über den Dahlacker und durch das Neubaugebiet an der Rathausstraße. Aber für heute reichte es Wim und er drängte seine Frau nach Hause. Klärchen hätte ihre plötzliche Wichtigkeit am liebsten weiter ausgekostet und ging nur widerwillig mit.

Klärchen hatte das Telefon auf den Tisch zwischen dem Stövchen mit der Kaffeekanne und dem Teller Streuselkuchen gestellt. Vier Anrufe waren in der letzten halben Stunde gekommen. Diese Anzahl an Telefonaten hätte normalerweise ausgereicht, um Wims Frau den ganzen Sonntag zu beschäftigen. Heute beendete sie die Gespräche aber in persönlicher Rekordzeit. Seit wenigen Minuten wusste Wim auch, warum. Sie sprach inzwischen mit ihrer Schwester Hilde aus Xanten. Klärchen berichtete, sie hätten jetzt praktisch auch so eine Art archäologischen Park und zwar genau in ihrem Keller.

Wim zog es vor, in den Keller zu gehen und einen verspäteten Frühschoppen einzuleiten. Als Grundlage schüttete er sich zum Bier noch einen doppelten Schnaps ein. Er kam zu dem Schluss, dass es nur eine Möglichkeit gäbe, er müsste zuerst in den Raum. Es wäre seine einzige Chance. Mit dem Flaschenöffner porkelte Wim in dem Loch in der Wand. Keiner außer ihm durfte diesen Raum betreten. Jedenfalls nicht, bevor er dort nach dem Rechten gesehen hätte. Und Klärchen schon gar nicht. Das könnte natürlich ein Problem werden. Nachdem er sich noch einmal einen doppelten Korn eingeschüttet hatte, inspizierte Wim sein Werkzeug. Vorschlaghammer, Meißel, Bohrhammer, alles da. Aber er durfte er keinen Krach machen. Der Bohrhammer kam also nicht in Frage. Hammer und Meißel mussten genügen. Montagmorgen sollte die Mauer fallen, denn Klärchen half montags immer von sieben bis zwölf in der Bäckerei. Das müsste zu schaffen sein. Wim legte sich Werkzeug und einen großen Sack zurecht und ging zufrieden nach oben.

Seine Frau und ihre Schwester zogen gerade die Anschaffung eines Imbisswagens in Betracht, schließlich müsste den Touristen auch kulinarisch etwas geboten werden. Wim, so hörte er seine Frau vorschlagen, würde sich prima als Wirt eines Bierstandes eignen. Er verzog sein Gesicht zu einem müden Lächeln und legte sich auf die Couch. Minuten später musste seine Frau lauter sprechen, um sein Schnarchen zu übertönen.

Am nächsten Morgen wunderte Klärchen sich, dass ihr Mann bereits vor ihr aufgestanden war. Normalerweise ließ Wim sich erst wecken, wenn sie den Frühstückstisch gedeckt hatte. Klärchen ging auf den Hof, um ihren Mann zum Frühstück zu holen. Wim hatte den Anhänger von seinem Moped aus der Garage geholt und breitete gerade eine Plastikplane darin aus.

»Wofür brauchst du den denn?« fragte Klärchen.

»Ich wollte nachher mal zur Genossenschaft nach Menzelen, Torf holen. Letztes Mal ist mir ein Sack geplatzt und ich hatte alles im Hänger liegen.«

Seine Frau sah mit gerunzelter Stirn auf die Folie. ‚Wim ist doch sonst nicht so penibel', dachte sie.

Beim Frühstück erschien ihr Wim sichtlich nervös, denn er sah dauernd auf die Uhr. »Sei mir nicht böse, aber ich gehe schon mal in den Keller. Ich will mit dem Durchbruch anfangen, dann haben wir heute Abend, wenn Heinz-Wilhelm kommt, nicht so viel Arbeit.«

Jetzt wurde Klärchen nervös. Der große Augenblick sollte ohne sie statt finden? Halb Alpen würde den Geheimgang womöglich schon gesehen haben, bevor sie wieder zurück war. Unmöglich! »Da möchte ich aber dabei sein. Ich werde gleich mal die Mia anrufen und fragen, ob sie mich in der Bäckerei vertritt.«

Wim verschluckte sich fast an seinem letzten Rest Kaffee. »Das ist nicht nötig, ich werde sicher den ganzen Tag brauchen. Die Wand ist sehr stabil. Außerdem muss ich zwischendurch noch zur Genossenschaft, und . . .«, er nahm Klärchen in den Arm, »glaubst du etwa, ich würde ohne dich da rein gehen?«

Sie sah ihn skeptisch an. Mia so kurzfristig anzurufen und womöglich zu wecken, wäre ihr ohnehin äußerst peinlich gewesen.

Klärchen zog sich einen Mantel über und verabschiedete sich von ihrem Mann mit einem flüchtigen Kuss auf seine Wange. Sekunden später stand Wim mit Hammer und Meißel bewaffnet vor der Wand. Die ersten Schläge waren noch zaghaft, um Lärm zu vermeiden. Als jedoch nur kleinere Steine und Mörtelstaub aus der Wand platzten, forcierte Wim Tempo und Schlagkraft. Und endlich fielen die ersten Ziegel aus der Wand.

Fast zehn Minuten lief Rudi Oppermann unruhig vor der Treppe des Rathauses hin und her. Dabei sah er ständig auf seine Uhr. Pünktlich auf die Minute wurde die Rathaustür aufgeschlossen und Rudi stürmte hinein. Sein Ziel war das Zimmer des Kämmerers. Dieser war, was die Zuständigkeit betraf, nicht der ideale Ansprechpartner, aber Rudi kannte ihn gut. Ohne sich von der Vorzimmerdame aufhalten zu lassen, stürmte Oppermann an den Schreibtisch von Gerd Kiwitt. Dieser sah ihn erstaunt an.

»Gerd, wir müssen über die Schatzkammer, ich meine, den Geheimgang reden, den die Jansens entdeckt haben.«

»Moment«, Kiwitt hob abwehrend die Hand. »Ganz ruhig, Rudi. Jetzt setz dich doch erst mal hin. Von einem Geheimgang wissen wir noch gar nichts. Wir wissen eigentlich überhaupt noch nichts. Wenn es dich beruhigt, ich habe gestern noch den Gunther in Xanten angerufen. Die schicken im Laufe der Woche ein paar Leute raus, die sehen sich das mal an.«

Rudi schluckte hastig. »Im Laufe der Woche? Mensch, Gerd. Der Wim ist bestimmt schon am buddeln. Wenn der was findet, meinst du, das bringt der dir zum Rathaus? Und dann die ganzen Spuren von den . . . von den alten Fürsten und so. Womöglich trampelt der doch alles kaputt und seine Frau verhökert die Klamotten auf dem Trödelmarkt. Du weißt doch, wie schrappig die ist.«

Der Kämmerer sah ihn nachdenklich an. Ihm fehlte zwar die gesicherte Kenntnis über die Existenz einer Schatzkammer, aber der bloße Gedanke, Rudi könnte Recht haben, machte ihm Sorgen. »Das Haus ist Eigentum der Jansens. Wenn die sich querstellen, kommen wir da nicht so ohne Weiteres rein.«

Rudi hatte eine Idee. »Medien, Gerd, das ist es. Wir müssen die Medien verständigen. Wenn die hören, die können live dabei sein bei so einem historischen Ereignis, das lassen die sich doch nicht entgehen. Dann ist Schluss mit der Heimlichtuerei. Und das Image für Alpen. Gerd, denk doch mal daran. Die Gemeinde Alpen steht plötzlich im Mittelpunkt des Medieninteresses. Bundesweit natürlich. Vielleicht sogar weltweit. Je nachdem, was da drin ist in den Gängen und Kammern.«

Gerd nickte zustimmend. Der Kämmerer von Alpen befand sich nun ebenfalls im Goldrausch.

Aus dem alten Haus an der Burgstraße war monotones Klopfen zu hören. Rudi hatte mehrfach vergeblich geklingelt. Keiner hörte den selbsternannten Schutzpatron der heimischen Denkmäler. Er stellte sich in Position, um die eintreffenden Medienvertreter zu dirigieren. Natürlich auch, um sozusagen als Pressesprecher der Motte Auskünfte zu erteilen.

Wim hämmerte derweil unablässig weiter. Das Loch hatte bereits einen Durchmesser von knapp einem Meter. Er hätte fast hindurchkriechen können. Zum wiederholten Mal griff er sich die Bierflasche und setzte zu einem kräftigen Schluck an. Dabei sah er auf sein morgendliches Missgeschick. Bei dem Versuch, den nagelneuen Heizkörper von der Wand zu nehmen, war er eine Spur zu hektisch vorgegangen. Vielleicht war das Stemmeisen auch nicht das richtige Werkzeug dafür gewesen. Filigrane Arbeiten waren eben nichts für einen Grobmotoriker wie ihn. Der Heizkörper hatte nur noch Schrottwert. Das würde ihm heute Abend so einige Vorhaltungen von Klärchen und seinem Schwager einbringen. Wim genehmigte sich noch einen doppelten Korn und hämmerte weiter. Plötzlich löste sich ein Klumpen mit fünf Ziegeln aus der Wand und gab den Eingang endgültig frei. Wim stockte der Atem. Er begann zu zittern. Noch einmal griff er zur Schnapsflasche. Dieses mal verzichtete er auf ein Glas und setzte sich die Pulle an den Hals. Er war zu intensiv mit der Bewältigung seiner Vergangenheit beschäftigt, um seine Umwelt auch nur ansatzweise wahrzunehmen. Ein Blick auf die Uhr hätte ihm verraten, das Klärchen jeden Moment nach Hause kommen würde. Auch der Rummel, den die Medienvertreter vor der Tür veranstalteten, entging ihm. Die Aufregung des Fernsehteams, die neugierige Nachbarschaft, der versammelte Gemeinderat, von all dem ahnte Wim Jansen nichts. Mit dem großen braunen Jutesack betrat er den frisch geöffneten Kellerraum. In seiner rechten Hand hielt er eine Taschenlampe, deren Schein wie die Flamme einer Kerze flackerte.

Zu diesem Zeitpunkt kam Klärchen nach Hause. Nachdem sich die erste Überraschung gelegt hatte, lächelte sie in die Kamera, plauderte bereitwillig von der großen Entdeckung und ließ die Medienmeute zur Besichtigung der Lokalität ins Haus.

Mit spitzen Fingern füllte er den Jutesack. Immer wieder musste er würgen. Er nahm gar nicht wahr, dass er seine Handschuhe noch in der Gesäßtasche hatte. Während er mit der linken Hand weiter den Jutesack füllte, sah er an die Decke. Dicke Eichenbalken waren nur wenige Zentimeter über ihm seitlich in die Wände eingelassen. An der

Steinmauer neben ihm befand sich ein alter Kerzenhalter. Auf dem Boden lagen Stoffreste und Teile eines Seiles verteilt. Wim nahm noch einmal einen kräftigen Schluck aus der Schnapsflasche. Dabei musste er ein wenig in die Hocke gehen. Er dachte daran zurück, wie er damals mitten in der Nacht heimlich diesen Raum zugemauert hatte. Klärchen lag zu der Zeit im Krankenhaus. Gallensteine. Damals gab es noch ein Krankenhaus in Alpen. Hätte er sich nur nicht mit dieser polnische Landarbeiterin eingelassen. Während Klärchen im Krankenhaus lag, gestand sie ihm, dass sie schwanger war.

Er war in Panik gewesen, hatte keinen Ausweg gewusst. Er hielt ihren zertrümmerten Schädel in der einen, die fast leere Flasche mit dem Korn in der anderen Hand, als grelles Licht den Raum erfüllte. Immer wieder blitzte es. Rund zwanzig Menschen standen im Halbkreis vor ihm, als es auf einmal ruhig wurde. Klärchen fasste sich als Erste.

»Wim . . . was, was . . . hast du da in der Hand?«

Wie in Trance sah er seine Frau mit kleinen, glasigen Augen an und antwortete: »Das ist Rosi.«

Juliane Göttinger

Kaninchenbraten vom Zaunkönig

Es ist eine ruhige Gegend. Alte Villen aus dem neunzehnten Jahrhundert stehen liebevoll restauriert in großen Gärten mit altem Baumbestand. Diese Idylle lässt Erwin Krüsemann an Haus Nummer sieben klingeln. Hier soll eine Wohnung zu vermieten sein. Eine nette kleine Anzeige in der Westdeutschen Zeitung hat ihn darauf aufmerksam gemacht.

Er muss unbedingt raus aus diesem Hochhausdschungel! Das ewige Geschrei von oben. Wie oft hat er sich gewünscht, dass der Alten endlich der Hals nach hinten gedreht wird. Diese Schlampe! Im Bademantel stand sie vor seiner Tür, schwankend, die roten Fingernägel der linken Hand in den Türrahmen gekrallt, die rechte in die Hüfte gestemmt. Ihre rosigen Schenkel lagen frei und noch ein bisschen mehr. »Haben sie vielleicht ein Ei'chen für mich?« Der hat er es aber gezeigt, die Finger waren gequetscht.

Die Familie aus dem fünften Stock war auch nicht besser. Vier Blagen auf 72 qm, und das nächste schon angesetzt. Asozial!

Oder das Pärchen nebenan, die kamen an den Wochenenden nicht von der Matratze. Das Gestöhne hat ihn geil gemacht, obwohl er nicht auf Frauen steht.

Die Anonymität wird ihm fehlen.

Eine rundliche Frau um die sechzig öffnet und mustert ihn ohne Hemmungen. Ihr geblümter Kittel zeigt dunkle Verfärbungen an der Stelle, an der sie immer die Hände abwischt. Sofort muss er an seine Mutter denken. Sie hatte diverse »Hauskleider« im Schlafzimmerschrank. Uni oder geblümt, und sonntags trug sie eine gestärkte weiße Schürze. Immer noch hat er ihre Stimme im Ohr: »Bubi, kannst du mir helfen?« Ekel kriecht an ihm hoch, wie das sich windende Efeu an der Hausfassade. Er riecht den abgestandenen Mief vergangener Jahre. Sieht die Stützstrümpfe, die er seiner Mutter langsam über die krummen Fußnägel stülpen musste. Er gibt sich einen Ruck. Die ältere Dame vor ihm hat einen scheußlichen Kittel an, aber ihr Gesicht ist freundlich. Die Haare sind ordentlich in eine modische Frisur gelegt. Bestimmt geht sie regelmäßig zur Fußpflege und wird ihn auch nicht »Bubi« nennen.

Wie lange will sie ihn noch begutachten? Eine stattliche Erscheinung ist er nun wirklich nicht. Ein kleiner grauer Mann, unauffällig wie sein Anzug, aber schließlich steht er hier nicht als Heiratskandidat.

Endlich reicht sie ihm die wurstige Hand, in der seine völlig verschwindet. Etwas in ihm schreit »lauf weg!«, aber er ist kein kleiner Junge mehr, der sich vor seiner Mutter im Kleiderschrank verstecken muss.

»Herr Krüsemann! Sie sind ja überpünktlich, das mag ich, so etwas gehört sich. Gestern war hier so ein junges Ding, furchtbare Klamotten, die Haare grauslich gefärbt und dann hatte sie dieses Monster dabei. Sah aus wie ein Wolf. Mein armes Peterle! Sie sagt zu mir, ach, Frau Wiesebecker, der tut nichts, sagt sie, aber mir stand der Schock im Gesicht. Ich hab schnell die Tür zugemacht, obwohl der Tee schon fertig war. Aber mit dem Monster kommt die mir nicht hier rein. Das muss ich nicht haben, oder, Herr Krüsemann? Und zwanzig Minuten zu spät.«

Das Gesicht verschwimmt vor seinen Augen, wird wieder größer, klarer, kleiner, größer. Er muss sich zusammenreißen.

»Oh, Herr Krüsemann, sie sind ja ganz blass, bestimmt kommen sie gerade von der Arbeit. Ist ja auch nicht einfach, wenn man alleinstehend ist. Ich werde schon für sie sorgen. Essen hält Leib und Seele zusammen, sie wissen schon. Aber jetzt kommen sie doch einfach rein, der Tee wartet . . .«

Erwin Krüsemann steht in einem völlig überladenen Wohnzimmer, überhitzt, saunagleich. Schweiß fängt sich in seinen Augenbrauen. Sie führt ihn zu einem Sofa, die Kissen sind mit einem Handkantenschlag in Positur gebracht. An der Wand gegenüber hängt ein Ölbildnis. Eine Zigeunerin in einem abschabten Holzrahmen mit Zierleiste, umrandet von Familienfotos. Weitere Schnappschüsse stehen auf der Anrichte neben einer Vase mit künstlichen Tulpen. Seine Füße scharren auf einem abgelaufenen Perser, der schon bessere Zeiten gesehen hat.

»Erwin, ich darf sie doch so nennen? Fühlen sie sich wie zu Hause. Soll ich vielleicht ein Fenster öffnen? Sie sehen so müde aus. Aber eine Tasse Tee ist auch gut, vielleicht einen Bees dazu? Das ist ein niederrheinischer Damenlikör, ein Johannisbeerschnaps mit Sauerkirschen. Aber das stört sie doch nicht? Ich meine, dass es ein Damenlikör ist? Erwin, probieren sie doch mal meine Ballebaeuschen, das ist unser Familienrezept. Sind sie auch gebürtig vom Niederrhein? Ich persönlich kann mir gar nicht vorstellen, an einem anderen Platz auf unserer Erde zu leben. Heinrich, mein verstorbener Mann, wollte immer in den Schwarzwald oder in die Eifel. Da hab ich zu ihm gesagt, ich sag, wir haben es doch hier so schön, können an den Rhein, Schiffe gucken und durch die Landschaft radeln, sag ich zu ihm. Ja, schön haben wir es hier.«

Sie beißt genüsslich in das Fettgebackene und spült mit Tee nach. Ein winziges Rinnsal läuft über ihr Kinn und er muss angewidert weg sehen.

»Gucken sie doch mal in den Garten.« Erwin mustert die quirlige Frau, deren Mundwerk kaum still steht.

»Ja, schauen sie doch mal in den Garten. Ich hol uns in der Zwischenzeit einen Bees. Und wir stoßen auf gute

Nachbarschaft an.« Erwin muss grinsen. Dann ist er wohl als der neue Mieter akzeptiert.

Was ihn dann erwartet, hätte er sich nicht in den kühnsten Träumen ausgemalt. Das ist ein Garten, ein richtiger Garten! Von einer kleinen Terrasse mit Kopfsteinpflaster, zwischen den Fugen wächst Gras und Unkraut, führen zwei Stufen in einen kleinen verwilderten Park. Das Gras ist hoch und hat nichts mit einem englischen Rasen gemeinsam. Viele verschiedene Arten von Wildblumen dürfen ungehindert wachsen. Unter einer knorrigen Eiche steht eine verwitterte Bank. Am Ende der Wildnis, hinten rechts, ist eine alte Steinmauer hinter dichtem Unterholz. Hier wird er wohnen, sein Freund, der Zaunkönig.

Vogelkunde ist sein Hobby, schon seit er ein kleiner Junge war. Stundenlang saß er über den Büchern, die er sich in der Bücherei ausgeliehen hatte. Er wusste alles über die heimische Vogelwelt und konnte sie alle unterscheiden, an ihrem Gesang, ihrem Gefieder, an ihren Gewohnheiten. Von seinen Kumpels wurde er ausgelacht. Die schossen lieber mit dem Luftgewehr auf unschuldige Spatzen.

Er hört die schnatternde Alte nicht mehr, denn der schmetternde Gesang des Zaunkönigs erklingt – eine anhaltende, schwirrende Strophe mit Endschnörkel – das ist Musik in seinen Ohren. Welch ein Glück! Hier scheint es die besten Bedingungen für seinen Freund zu geben. Vielleicht hat sich gleich eine ganze Gruppe in einem Nest zusammengefunden.

Unerwartet steht Frau Wiesebecker hinter ihm und legt ihre rechte Hand auf seinen Jackenärmel. »Ich weiß, hier verkommt alles.«

Erwins Stimme piepst in hohem Falsett: »Aber im Gegenteil. So einen prachtvollen Garten habe ich noch nie gesehen. Und diese Steinmauer. Ein Schmuckstück.«

»Ich sollte sie abreißen lassen. Sie fällt ja schon fast auseinander.«

Erwin spürt seine innere Aufregung und mahnt sich zur Ruhe. Die Mauer muss bleiben. »Frau Wiesebecker, das kriegen wir schon in den Griff. Ich kümmere mich darum. Lassen sie mich erst einmal einziehen.«

Endlich nimmt sie ihre Hand von seinem Arm. »Jetzt trinken wir noch ein Likörchen. Habe ich selbst gemacht.«

Plötzlich steht ein Ungeheuer vor ihm. Rotweiß, der Schwanz steht fast steil nach oben, bedrohlich. Die grünen Augen starren ihn hasserfüllt an. Eine hastige Bewegung mit seinem Fuß lässt das Tier fauchen und eine Tatze verewigt sich auf seinem frisch geputzten Lederschuh. Eindeutig ein tiefer Riss! Er mag sich nicht ausmalen, wie es gewesen wäre, wenn er seine Schuhe vor der »Teestube« hätte ausziehen müssen.

»Aber Peterle, was hast du denn mit Erwins Schuh gemacht? Das gehört sich aber nicht! Du bist ein böser Junge! Du bist ein böser Junge, du bist ein böser Junge, du bist ein böser Junge! Aber Erwin, warum halten sie sich denn die Ohren zu?«

Der böse Junge hat einen Spitzen-BH seiner Schwester geklaut und sich im Schrank versteckt. Später ist er damit rüber zu Arne. Sie haben ein bisschen rumprobiert. Ein bisschen gescherzt, Mann und Frau gespielt eben. Erwin hat bei seiner Schwester gesehen, wie es geht. Genau da kam Arnes Mutter ins Zimmer, hat fürchterlich geschrieen und gezetert. Arne ist weggezogen, von heute auf morgen, sie konnten sich noch nicht einmal verabschieden. Nur die Mutter von Arne ist gekommen und hat seiner Alten vor die Füße gespuckt. Du bist ein böser Junge! Zur Strafe hat sie ihn in die Badewanne gesteckt. Das tat sie immer, wenn er etwas ausgefressen hatte. Ab ins Wasser und dann wurde seine Haut fast von den Knochen geschrubbt. Seine Tränen vermischten sich mit der Kernseife. Der Schmerz und die Scham – sich waschen lassen in seinem Alter – haben seinem Hass Nahrung gegeben. In seinen Träumen sieht er immer noch ihre dicken Brüste, wie sie vor seinem Gesicht schaukelten.

Der Schlüssel in seiner Hand fühlt sich verdammt gut an. Er ist der neue Mieter. Die zwei Zimmer sind gemütlich. Vor dem großen Erker steht ein Apfelbaum. Wenn er wollte, könnte er die dicken, rotbackigen Äpfel vom Fenster aus pflücken. Dieser wunderschöne Garten gehört jetzt ihm und seinen gefiederten Freunden.

»Ein unscheinbarer kleiner Vogel!
Er gilt als Glücksbringer,
nistet er am Haus,
bringt er den Bewohnern Segen,
zerstört man sein Nest, gibt es die Pest,
ausgestorben,
zerstört man sein Nest, so zieht das Haus den Blitz!«

Es stört ihn nicht, dass Frau Wiesebecker ihn beim Einzug die ganze Zeit über beobachtet. Schließlich hat er nichts zu verbergen. Er muss ihr ja nicht sagen, dass er gar nicht verheiratet war. Ihr Problem, wenn sie glaubt, er sei der trauernde Witwer.

Es war seine Mutter, von der er sich getrennt hat. Sie wollte ihn immer noch waschen, etwas verwirrt, die Frau. Dabei hat sie zu tief ins Wasser geschaut. Der alte Hausarzt bescheinigte einen natürlichen Tod.

Ein Gewitter ist deutlich zu hören, noch ist es weit entfernt.

»Zerstört man sein Nest, so zieht das Haus den Blitz!«

Erwin Krüsemann schaut aus dem Fenster. Es ist ein herrlicher Spätsommertag, die ersten bunten Blätter fallen auf den Boden. Er denkt an seine Könige, fünf hat er mittlerweile gezählt. Sie werden es warm und gut haben.

Auf einmal sieht er den Schatten. Er bewegt sich langsam zum Reisighaufen an der alten Mauer. Das Nest! Eine unsichtbare Hand fasst an seine Kehle. Das Fenster klemmt und er sieht nur noch einen roten Hauch, der sich langsam in der Dunkelheit auflöst. Da zappelte etwas in dem Maul dieses roten Ungeheuers. Der Schwanz seines Freundes ist gebrochen. Der Schwanz, sein Erkennungsmerkmal! Er müsste steil aufgerichtet sein, aber er hängt schlapp aus dem Monstergebiss mit Reißzähnen. Die verdammte Katze von dieser verdammten Alten! Er fegt die Ballebaeuschen vom Tisch, die ihm seine Vermieterin häufig vor die Tür stellt. Er hasst es, wenn die Rosinen an seinen Zähnen kleben und schmeisst das klebrige Gebäck heimlich in den Müll. Ersticken soll sie daran! Ihm kommt eine bessere Idee, beflügelt ihn regelrecht. Ja er spürt richtig, wie ihm Flügel wachsen, sein kleiner Schwanz richtet sich steil auf.

»Peterle, was hast du denn da? Das arme Tierchen. Jetzt blutet es. Was machen wir denn da? Beschmutz mir nicht den Teppich.«

Eiligen Schrittes, mit dem König in der Hand, läuft Frau Wiesebecker in den Hof und will ihn in der Mülltonne entsorgen. Da sieht sie ihre Ballebaeuschen zermatscht zwischen Unrat in der Tonne. Sie schaut nach oben, dort steht Erwin Krüsemann mit ausgebreiteten Armen am offenen Fenster. Sein Blick ist etwas irre, aber die Geräusche erschrecken sie noch mehr: eine anhaltend schwirrende Strophe mit einem Endschnörkel!

»Ich möchte mich für das Gebäck bedanken. Darf ich sie heute zum Essen einladen?«

Schüchtern wie ein kleiner Bub, der etwas ausgefressen hat, steht er vor ihrer Tür.

»Ja, ich weiß nicht recht. Das finde ich ganz reizend von ihnen. Ehrlich, aber ... Entschuldigung, einen kleinen Moment bitte.« Frau Wiesebecker verschwindet kurz in ihre

Wohnung. Schnell wirft sie einen Blick in das Fernsehprogramm. Fußball! Nein, da verpasst sie nichts. Erwin Krüsemann wartet nervös im Flur. Die will doch wohl jetzt nicht kneifen? Warum hat er nicht vorher nachgefragt, schließlich kommt er nicht alle Tage an so einen zarten Braten. Vielleicht hätte er ihn doch besser einfrieren sollen. Aber seine Gedanken sind unnötig. Kurze Zeit später steht seine Vermieterin vor ihm und sie gehen rauf in seine Wohnung.

»Schön haben sie es sich gemacht, Erwin.«

»Na ja, es fehlen noch ein paar Sachen.«

Frau Wiesebecker schaut sich neugierig um. Auf dem Fernseher liegt nur eine Fernbedienung. Vielleicht sollte sie ihm ein paar Häkeldeckchen schenken, das würde dem Raum etwas Wärme geben. Dann entdeckt sie doch ein paar Bilder. »Haben sie denn keine Fotos von ihrer verstorbenen Frau? Oh, das ist aber nett. Der Spatz ist ja ganz entzückend. Apropos Spatz. Haben sie keine Kinder?«

Erwin muss seine Wut zügeln. Das ist der Zaunkönig, kein anderer Vogel ist abgebildet. Auf eine Ahnentafel kann er auch verzichten. Kinder? Für Kinder braucht man eine Frau.

»Das riecht aber lecker.« Frau Wiesebecker läuft das Wasser im Mund zusammen.

‚Wie gut er es doch meint', denkt sie, ‚sogar Knödel, wahrscheinlich aus der Tüte, aber der Braten sieht verdammt appetitlich aus'. Sie rückt sich den Stuhl zurecht. Wann hatte sie den letzten Kaninchenbraten? Ewig lange her! Ihr Heinrich hatte Kaninchen im Stall.

»Mein Mann hat die immer in Buttermilch eingelegt. Wahrscheinlich hat ihre liebe Frau das auch immer gemacht. Es schmeckt etwas, na ja . . . warum essen sie nichts?«

Die Pausbacken voll, schmatzt sie vor sich hin und hat für einen Moment das Gefühl, ihr Kater blitzt sie an.

»Ich bin momentan auf Diät. Ich habe erhöhte Blutfettwerte und darf eigentlich kein Fleisch essen, aber da habe ich schon den schönen Braten geschenkt bekommen, vom König, ich meine . . .« Er räuspert sich.

‚Ist es ihm peinlich? Wir werden alle nicht jünger'. Sie isst unbeirrt weiter, versucht die Gewürze rauszuschmecken, was ihr aber nicht gelingt. Sie will ihren guten Willen zeigen, auch wenn die Knödel zu lang im Wasser gelegen haben. Auch wenn Erwin etwas sonderbar scheint, ist er doch ganz nett. Obwohl er ihr Gebäck in die Mülltonne schmeißt. Nach der Diagnose des Arztes darf er die Ballebaeuschen bestimmt nicht mehr essen. Vielleicht hat er sich nicht getraut, ihr das zu sagen. Ein so schüchterner Mann. Wahrscheinlich hat er sich geschämt.

»Wer gar den Vogel fängt
Hat sich auf den eigenen
Tod einzustellen.«

Frau Wiesebecker wird es mulmig. Ihr ist schwindelig, Schweiß bildet sich auf ihrer Stirn. Sie verabschiedet sich schnell. Der Bluthochdruck. Vielleicht sollte sie auch einen Arzt konsultieren.

Ob mit dem Kaninchen etwas nicht in Ordnung war?

»Danke Herr . . . ach, ich bin jetzt etwas . . . tschuldigung, ich muss jetzt nach meiner Katze suchen, sie ist seit zwei Tagen verschwunden.«

Sie fühlt Erwins Arm. Er schließt ihre Wohnungstür auf, lässt sie aber dann taktvoll allein. Was für ein netter Mensch. Irgendetwas riecht komisch. ‚Bin ich das?' Sie schafft es gerade noch ins Badezimmer, bevor sie sich erbricht.

Ein dunkler Verdacht beschleicht sie. Sie möchte es aus ihrem Bewusstsein verbannen. Nein, das darf nicht wahr sein.

Sie schleicht in den Hof und hebt vorsichtig den Deckel der Mülltonne. Da liegt er. Eigentlich nur sein Kopf. Das rote Fell glänzt noch, die Augen gebrochen.

Schwerfällig geht sie in den Keller. Der gute Heinrich

hatte immer Rattengift auf Vorrat. Das Rezept für die Ballebaeuschen wird sie etwas abwandeln. Aber die wird er essen, wenn nicht freiwillig, dann mit Gewalt! Heinrichs alte Armeepistole liegt noch ganz hinten im Küchenschrank, unter Liebesbriefen von der Front und »Mein Kampf«. Wenn sie ihm die an den Kopf hält, kann er nicht mehr ablehnen. Cholesterin hin und Cholesterin her. Erwin muss ja nicht unbedingt wissen, dass sie mit dem »Ding« gar nicht umgehen kann.

Wer würde der armen Witwe Wiesebecker schon einen Mord zutrauen? Der Kripo und dem Polizeiarzt wird sie dann erzählen, wie schlimm es um Erwins Cholesterinwerte stand. Wie ungesund ihr Mieter gelebt hat. ‚Jeden Tag ist er zum Bäcker und hat sich Teilchen geholt' – das wird sie den Beamten erzählen.

Es ist ein wunderschöner Abend, obwohl es regnet. Vom Bauern hat sie das neue Kätzchen, es ist noch scheu und hat sich verkrochen. Bald schon wird sie eine Annonce aufgeben, schließlich muss die Wohnung wieder vermietet werden.

Sie hört einen Vogel singen, laut und schmetternd, mit einem Endschnörkel. Ein Spatz?

Plötzlich wird es still und ein heftiges Gewitter zieht auf.

»Zerstört man sein Nest, so zieht das Haus den Blitz!«

Brigitte Parker

Das Geheimnis der Gräfin von Bergh

Die Gräfin sprang so heftig von der Tafel auf, dass ihr Stuhl mit einem dumpfen Knall hintenüber fiel. Sie raffte ihre Röcke und rauschte mit einem zornigen Blick auf ihren Gemahl aus dem Speisesaal. Mit wild klopfendem Herzen und zitternd vor Wut rannte sie die steinerne Wendeltreppe hinauf, so schnell ihr pantoffelähnliches Schuhwerk es zuließ. Sie zuckte zusammen, als sie an der Nische vorbeischlüpfte, in der die alte Ritterrüstung aufgestellt war. Vermutlich stand sie dort schon seit ewigen Zeiten - doch die Gräfin erschrak jedes Mal, als hätte man ihr aufgelauert. Dann versuchte sie mit aller Kraft die schwere Holztür zu ihrem Gemach zuzuschlagen, aber die Tür bewegte sich nur schwerfällig. Margareta, ihre Zofe kam sofort herbeigeeilt und versetzte der Tür einen ordentlichen Tritt, so dass sie dröhnend zufiel. Die Zofe war mit ihren zweiundzwanzig Jahren etwas jünger als ihre Herrin. Die blonden Zöpfe trug sie am Kopf hoch gesteckt und viele hundert Sommersprossen waren über ihr blasses Gesicht verteilt. Sie sah die Gräfin fragend an und als diese nickte, schoben die beiden Frauen die hölzerne Kommode vor die Tür. Außer Atem ließ sich Adelgund van den Bergh auf die Kommode sinken.

»Dieser Wahnsinnige! Wie lange soll ich es noch mit ihm aushalten?«, stieß sie hervor. Margareta eilte zur Anrichte und schüttete frisches Wasser in einen Becher, den sie der Gräfin reichte.

»Im Oktober sind es vier Jahre her, dass ich mit ihm auf dieses Schloss gezogen bin. Das Volk hat uns zugejubelt, und ich glaubte, es läge ein wundervolles Leben vor mir an der Seite des jungen und allseits beliebten Johan Baptist, Graf van den Bergh, Fürst von Hohenzollern- Sigmaringen. Pah, jung! Kindisch ist er! Und anstatt dass er älter und reifer wird, scheint es mir, dass er immer noch infantiler wird. Seine Launen und Wutausbrüche kann ich schon schwer ertragen, aber heute, das war zu viel.«

Sie griff nach dem Becher und trank das Wasser so heftig, dass sie sich verschluckte. Dann zog sie eine Fratze und sagte mit nasalem Tonfall: »Dir zu Ehren gebe ich ein Bankett. Wir feiern ein rauschendes Fest, das du so schnell nicht vergessen wirst. Lass dich nur überraschen, hat er gesagt und ich dumme Pute hab ihm geglaubt. Ich stellte mir vor, die Herzogen von Cleve und Jülich würden geladen, die Herren von Heinsberg und Blankenberg, Dietrich von Leon, der Adel eben. Statt dessen holt er dieses Pack in unser Schloss.« Die Gräfin spie die Worte geradezu aus. »Zuerst hab ich mir nicht mal etwas gedacht, als er sagte, dies ist Heinrich von Nimwegen und das ist Jan Thomassen von Cranenburg. Doch dann war da ein ungepflegter, blonder Kerl und er sagt, das ist der ehrenwerte Marten Willem Balthissen. Zu Appeldorn hat er einen Mann erschossen und in Schenkenschanz den Wirt erstochen. Dies ist sein Bruder Ball Balthissen, der hat zu Bisterfeldt, zu Angern und zu Hinsbeck geplündert und gestohlen. Und dann ein schmaler langer Kerl mit bleichem Gesicht und einem fingerlangen Schnitt auf der Wange. Das ist der berüchtigte Gillam, sagt er, der sich rühmen kann, schon etliche Kaufleute zwischen Kempen und Aldekerk ausgeraubt und misshandelt zu haben. Es sind auch ein paar Weibsleute dabei, aber die Namen hab ich mir nicht merken können. Er hat sie mir alle persönlich vorgestellt. Wie in einem schlechten Traum hab ich an der Tafel gesessen. Und dann lässt er auftragen, als sei es ganz normal, mit einer Räuberbande zu tafeln. Er hat mich zum Gespött gemacht!«

Die Gräfin vergrub ihr Gesicht in den Händen und hoffte auf ein paar wirkungsvolle Tränen, als plötzlich etwas gegen die Tür pochte. Die beiden Frauen kreischten gleichzeitig auf und sahen sich erschrocken an.

»Seid Ihr da drin Gräfin?" fragte eine weibliche Stimme, und vor Erleichterung musste Adelgund van den Bergh sogar lächeln.

»Ich bin's, Katharina. Schnell, schnell, macht auf!«

Die Gräfin und die Zofe schoben die Kommode so weit zur Seite, dass sich die Tür einen Spalt breit öffnen ließ, gerade so weit, dass Katharina hineinhuschen konnte. Katharina war größer und älter als die andere Zofe, hatte kräftiges rotes Haar und eine üppige Figur. Unter ihren Röcken und Schürzen trug sie unzählige Beutelchen und Taschen, in denen sie allerlei Schätze mit sich schleppte. Sie transportierte darin Pülverchen und Salben, geheime Tinkturen und Briefe.

Als sie die Tür wieder fest verschlossen und die Kommode davor geschoben hatten, fiel die Gräfin Katharina um den Hals und jammerte: »Wie lange muss ich das noch mitmachen. Wenn du wüsstest, was er mir heute wieder angetan hat. Es muss etwas geschehen.«

Die ältere Zofe schob Adelgunde sanft von sich und kramte in ihrer Rocktasche. »Nun lasst den Kopf nicht hängen. So schnell muss man nicht aufgeben. Seht her, ich habe frohe Kunde.« Mit einem Augenzwinkern hielt sie einen Brief in die Luft.

Adelgunde vergaß sofort ihren Kummer und strahlte. »Von ihm? Du hast eine Nachricht von ihm?«

Katharina wedelte der Gräfin mit dem Papier vor dem Gesicht herum, dann hüpfte sie mit einem Singsang durch den Raum. Adelgund versuchte sie zu fangen und schließlich gelang es ihr den Brief zu greifen. Sie brach das Siegel und faltete das Papier auseinander. Ihre Augen huschten über die Zeilen, dann küsste sie das Blatt und flüsterte: »Er wird kommen! Karl Ludwig ist in Düffelward, doch bald muss er nach Emmerich reisen, und dann kommt er zum Schloss.« Die Gräfin tanze mit ihren Zofen durch das Zimmer und all der Ärger über ihren Gatten war vergessen.

Vor nicht mehr als einem Jahr hatte Adelgunde van den Bergh den wesentlich älteren Karl Ludwig Freiherr von Pöllnitz kennengelernt und war sofort seinem Charme erlegen. Er war so ganz anders als der junge Graf. Gebannt hatte die Gräfin an seinen Lippen gehangen, als er ihr von seinem Geburtsort Issum erzählte und der Erziehung im Kadettenkorps des Kronprinzen Friedrich Willhelm. Tief beeindruckt war sie, dass er am Berliner Hof verkehrte und, nachdem er zum Katholizismus konvertiert war, sogar dem Papst persönlich gegenüber gestanden hatte. Bereitwillig hatte sie ihm aus einem finanziellen Engpass geholfen, und ihre Liebe zu ihm wuchs mit jedem geheimen Treffen und jedem heimlichen Brief.

»Katharina», säuselte die Gräfin, »du musst mir helfen. Lass dir etwas einfallen, ich will nicht länger bei Johann Baptist bleiben. Ich werde mit Karl Ludwig weg gehen.«

Katharina wurde blass und sah ihre Herrin entsetzt an. Sie hatte selbst ein Techtelmechtel mit dem verwegenen Abenteurer gehabt und zweifelte, dass er bei ihrer Herrin ernstere Absichten haben könnte. Was sollte ein Lebemann, der zwischen dem Berliner Hof und den kriegerischen Heerlagern Europas pendelte, mit einer Gattin oder gar einer Familie?

Die Gräfin missverstand ihre Reaktion und warf sich vor der Zofe auf die Knie. »Bitte Katharina, du musst mir helfen! Ich tue alles, was du von mir verlangst, wenn du mir bloß diesen Kindskopf von Ehemann vom Leib hältst. Ich flehe dich an.«

Margareta sah ihre Herrin mitleidig an. »Aber liebe Gräfin, was soll dann aus uns werden?« sagte sie stockend und versuchte ihrer Stimme eine weinerlicher Nuance zu geben.

»Ihr kommt mit«, lächelte Adelgunde und es schien ihre

ehrliche Absicht zu sein, ihre beiden vertrauten Zofen von Schloss Bergh wegzubringen.

Katharina verdrehte die Augen. »Natürlich helfe ich Euch. Ich habe sogar schon einen Plan. Aber wir brauchen Geduld, von heut' auf morgen geht das nicht.«

Mehrere Tage lang hielt sich Adelgunde ausschließlich in ihrem Schlafgemach auf, sodass ihr Ehemann sie nicht zu Gesicht bekam. Die Gräfin gab sich romantischen Tagträumen hin und schrieb schwülstige Liebesgedichte für ihren heimlichen Liebhaber. Allerdings quälte sie ihr schlechtes Gewissen, so dass sie bei jedem ungewohnten Geräusch zusammenfuhr. Sie erwartete, dass ihr Ehemann an ihre Tür hämmern würde oder einen seiner gefürchteten Wutanfälle bekäme. Vor dem Spiegel übte sie überlegene Blicke und spöttische Bemerkungen. Aber der Graf machte keine Anstalten, in ihr Gemach vorzudringen, er ließ nicht mal nach ihr rufen. Daher beschloss sie nach drei Tagen, ihren selbst auferlegten Stubenarrest aufzugeben. Adelgunde war sich sicher, dass Katharina nicht untätig geblieben war und hatte schon einige Male beiläufig gefragt, ob sie in der »Angelegenheit« etwas unternommen hätte. Ihre Zofe hatte sie nur verschwörerisch angesehen und geschwiegen.

Diese Ungewissheit ließ der Gräfin keine Ruhe, so hatte sie Margaretha beauftragt, die ältere Zofe im Auge zu behalten. »Ich vermute, sie tut Eurem Gatten etwas ins Essen«, meinte die Jüngere auf das Drängen ihrer Herrin, obwohl sie keinerlei Beweise dafür hatte.

»Das ist raffiniert«, frohlockte Adelgunde. »Er wird schwach und krank werden oder träge oder er verblödet. Besser noch, er wird dahingerafft und ich werde weiter hier auf dem Schloss leben bis ans Ende meiner Tage.« Die Gräfin lächelte huldvoll ihrem Spiegelbild zu und ließ eine Locke durch ihre Finger gleiten. »Jeder muss dafür Verständnis haben, dass ich mich schon bald wieder vermählen werde. Ich bin noch jung und will Kinder haben. Und ich habe eine Menge Geld. Karl Ludwig wird mich heiraten und dann wird er mich bei Hofe vorstellen.«

Zufrieden mit diesen Zukunftsaussichten schritt sie die Treppe hinunter. Als sei nichts gewesen, schwebte sie durch die Räume des Schlosses und suchte auffällig unauffällig nach ihrem Noch-Ehemann. Dieser hatte einige Handwerker beauftragt, das undichte Dach über dem Rittersaal zu reparieren und beaufsichtigte höchstselbst die Arbeiten. Johann Baptist stand mit einem Fremden im Hof und zeigte zu dem Dachdecker hinauf, der oben auf dem Dach geschickt mit den Pfannen hantierte.

Adelgunde befand die Gelegenheit für günstig, sich ihrem Ehemann und dem unbekannten Gast zu präsentieren. Huldvoll näherte sie sich den Männern und wägte ab, welche Begrüßungsfloskel die beste Wirkung haben könnte.

Der Graf drehte sich zu ihr um, musterte sie geringschätzig und wandte sich wieder seinem Kumpan zu. »Sag Friedrich, hast du schon mal gesehen, wie ein Mensch rollt?«

»Wie soll das gehen? Rollt er in einem Fass?« wollte der andere wissen.

»Ich zeig's dir«, rief Johann Baptist fröhlich, nahm seine Pistole, legte an und zielte auf den Mann, der auf dem Dach arbeitete. Adelgunde stieß einen Schrei aus, als der Handwerker zusammenbrach, über die Dachpfannen rollte und auf dem Hof liegen blieb.

»Mein Gott«, jammerte die Gräfin, als ihr Margaretha die Nachricht vom Tod des Dachdeckers überbrachte. »Das war doch Mord. Kann denn niemand etwas gegen diesen Verrückten tun? Man müsste ihn einsperren.«

Sie blickte zu ihren Zofen, als erwartete sie, dass die Frauen etwas unternehmen würden. »Das kann man doch von mir nicht verlangen, dass ich mit so einem . . .«

Die Gräfin sah Katharinas gesenkten Blick und flüsterte: »Oder liegt das an dem Zeug, das du ihm ins Essen mischst?« Sie tippte sich mit der flachen Hand mehrfach an die Stirn. Die Zofe sah sie entrüstet an.

»Schon gut, ich habe nichts gesagt«, sagte die Gräfin. »Ich bin dir ja dankbar, aber geht das nicht etwas schneller? In ein paar Tagen wird Karl Ludwig hier eintreffen. Könnten wir meinen Gatten nicht vorher . . . erledigen?«

Margaretha schlug die Hände vor den Mund. Katharina holte in kleines Fläschchen aus ihrer Rocktasche und hielt es der Gräfin wortlos hin.

»Ach, wer weiß, wie lang das Zeug braucht, bis es wirkt«, Adelgunde ging im Raum auf und ab, dann blieb sie vor ihren Zofen stehen. »Bringt mir einen Dolch! Wenn er diese Nacht schläft, werde ich es tun. Und ihr werdet behaupten, einer von den Handwerkern hätte seinen Meister gerächt. Dann sind wir davon ab.«

Margaretha und Katharina bemühten sich halbherzig, die Gräfin von ihrem Plan abzuhalten, aber diese war zu allem entschlossen. »Seid nicht solche Memmen, schlimm genug, dass ich es selbst tun muss.«

Doch es sollte anders kommen. Adelgunde hatte sich einen Dolch bringen lassen und probiert, wie sie ihn am besten in der Hand hielt, um am meisten Kraft zu haben. Mit zusammengebissenen Zähnen stach sie immer und immer wieder auf ihre Kissen ein, bis sie schließlich kraftlos auf ihr Bett sank. »Ach, Karl Ludwig, Liebster, komm endlich! Rette mich!«, schluchzte sie und drückte ihr Antlitz auf das einzige unversehrte Kissen.

Ein schepperndes Krachen ließ sie hochfahren. Es war dunkel in ihrem Gemach, niemand hatte ein Licht angezündet und Adelgunde fand sich nicht sogleich zurecht. Erst als sie den Dolch in ihrer Hand fühlte, war sie hellwach. Das Scheppern war jetzt ganz nah. Sie glaubte schlurfende Schritte zu hören und ein gedämpftes Murmeln. Gerade als sie sich aufgerichtet hatte, wurde sie von etwas Schwerem aus kaltem Metall aufs Bett geworfen. Die Gräfin schrie. Katharina kam gerannt und schirmte ihre Kerze mit der Hand gegen den Luftzug ab. Die Zofe stellte die Kerze ab und half der Gräfin sich zu befreien. Erst jetzt erkannten die Frauen die alte Ritterrüstung aus dem Treppenaufgang. Johan Baptist lag in voller Rüstung im Bett. Er schnarchte leise. Eine Aura aus Alkohol umgab ihn.

Adelgunde starrte auf den Dolch in ihrer Hand. Dann sah sie ihre Zofe an. »Wie soll ich denn mit dem Messer … unter die Rüstung?« fragte sie vorwurfsvoll. Dann fluchte sie und gab Befehl ihre Sachen zu packen. Gute zwei Stunden suchten die beiden Zofen alles zusammen, was die Gräfin für einen Aufenthalt in einer Herberge benötigen würde. Dann versuchte Margaretha mit einem Knecht, der ihr sehr zugetan war, die Kutsche anzuspannen. Adelgunde selbst durchsuchte die Räume des Schlosses nach Wertgegenständen, die sie mitnehmen könnte. Sie war wütend, dass sie das Schloss verlassen würde und nicht der Graf. Aber nach den Geschehnissen der letzten Tage, wollte sie keine Stunde länger mit ihm unter einem Dach leben. Die Gräfin jubelte, als sie eine große Schatulle fand, die bis zum Rand mit Gulden gefüllt war.

Es war schon nach Mitternacht, als die Gräfin und Katharina in einer Herberge in Emmerich einkehrten. Die in Tränen aufgelöste Margaretha hatte die Gräfin nicht mitgenommen. Zu überstürzt war die Abreise gewesen, als dass ihre Pläne schon ausgereift wären. Ein Hintertürchen wollte Adelgunde sich offen halten, denn was, wenn Karl Ludwig von Pöllnitz sie nicht mit sich nehmen wollte. Solange der Graf lebte, war sie seine Frau, so sehr sie sich auch wünschte, seine Witwe zu sein. Vielleicht wäre es möglich, notfalls eine Entführung vorzutäuschen und zum Schloss zurückzukehren. Dann müsste sie eben so lange bei Johan Baptist bleiben, bis das Gift von Katharina endlich wirken würde.

»Gräfin, er ist da, er ist hier!« Katharina schlug die Zimmertür zu – und Adelgunde die Augen auf. Sie hüpfte aus dem Bett und liess sich von Katharina beim Anziehen helfen.

»Mein Gott, wie lange habe ich auf diesen Augenblick gewartet? Aber was soll ich tun? Ich kann doch jetzt nicht runter gehen und ihm vor den Augen des schmierigen Wirtes in die Arme sinken.« Adelgunde stiegen die Tränen in die Augen, aber ihre Zofe wusste Rat. Mit einer Botschaft ihrer Herrin betrat sie den Gastraum und verabredete mit dem Freiherrn ein geheimes Treffen in der Nähe des Klosters.

»Jetzt wird alles gut«, sagte Katharina. »Ich habe Herrn von Pöllnitz berichtet, was geschehen ist.«

»Und?« Die Gräfin hing an ihren Lippen.

»Er will nicht zulassen, dass wir noch länger in diesem Loch hausen müssen. Die Gräfin gehört auf ihr Schloss, hat er gesagt, und er wird eine Möglichkeit finden ... ähm, Euch zur Witwe zu machen. Allerdings braucht er einiges an Geld dazu, weil es so schnell gehen muss.«

»Aber das ist kein Problem«, strahlte Adelgunde. »In der Schatulle sind hunderttausend Gulden.«

»Das hab ich ihm schon gesagt. Und ich soll ihm das Geld heute Nacht übergeben. Wenn alles nach Plan verläuft, werden wir schon übermorgen mit ihm gemeinsam auf Schloss Bergh zurückkehren.«

*

Alle Romantiker sollten an dieser Stelle nicht weiterlesen, denn natürlich sah die Gräfin von Bergh weder ihr Geld noch den Freiherrn von Pöllnitz jemals wieder.

»Er ist gestorben, wie er gelebt hat, Gaunereien bis zum letzten Atemzug. Betrauert wird er nur von seinen Gläubigern«, schrieb Friedrich der Große 1775 nach Karl Ludwigs Tod an Voltaire.

Die Spur der Gräfin verliert sich. Der geistig verwirrte Graf von Bergh verbrachte die letzten 20 Jahre seines Lebens im Kerker, bevor er 1781 starb.

Ingrid Schmitz

Die Moritat der Gebrechlichen

Es war im Jahre 1820.

Schlag zwölf trafen sie sich auf dem Marktplatz in Kaldenhausen: der Einbeinige, der Blinde, der Stumme und der Bucklige. Die Gestalten waren schmutzig und ihre Kleidung verschlissen. Dennoch war an jedem von ihnen etwas Besonderes: Der Einbeinige blickte aus wunderschönen blauen Augen, der Blinde besaß gesunde kräftige Zähne, den Stummen schmückte langes lockiges Haar und der Bucklige war vor Hässlichkeit schön.

Sie lungerten am Rande des niederrheinischen Marktplatzes auf alten, ausgedienten Branntweinkisten und hielten sich abwechselnd eine große Flasche billigen Wein an den Hals. Die vier sahen nur scheinbar dem regen Markttreiben zu. In Wirklichkeit aber war ihnen die Nummer mit den dressierten Hunden und die Moritat des Bänkelsängers einerlei. Sie ließen die alten, gebückten Frauen mit ihren voll gepackten Kiepen an sich vorüberziehen. Niemand von ihnen störte sich an das Gepolter der Ochsenkarren, die - mit Getreide-, Flachs- und Keramikwaren schwer beladen - Mühe hatten, auf dem mit Schlaglöchern versehenen Kopfsteinpflaster weiter zu kommen. Einzig und allein die köstlichen Gerüche, die über den Marktplatz zogen, bescherten einigen von ihnen ein Magenknurren, das lauter als das Brüllen des Tanzbärs war, der abwechselnd Zuckerbrot und Peitsche bekam.

Ihr ausgeheckter Plan und dessen Verwirklichung war ihnen viel wichtiger als das bunte Marktleben. Er sollte ihnen auf Dauer ein besseres Leben bescheren, ein Leben in Saus und Braus. Jedoch ließ ihr Kundschafter auf sich warten. Ob er sie versetzt hatte, oder schlimmer noch, sich selbst an der Beute vergriffen hatte – oder womöglich mit anderen gemeinsame Sache machte?

Der bucklige Anführer heuchelte Zuversicht.

Nach einer Weile kam der Kleinwüchsige tatsächlich auf sie zu gelaufen. Er blieb direkt vor ihnen stehen und trippelte von einem krummen Bein auf das andere. Sein kurzer aber gewaltiger Brustkorb hob und senkte sich bedrohlich, als wolle er jeden Moment abheben.

»Grandios«, krächzte er bemüht leise und kletterte auf eine der Kisten. »Ich habe alles ausbaldowert. Es gibt da ein lohnendes Ziel. Unschätzbare Werte befinden sich in dem Haus. Ich habe reichlich Schmuck und ungefähr 3000 Gulden in der Geldkiste entdeckt. Ein Viertel von der Beute müsst ihr mir geben, dann gehört der Rest euch.«

»Halt. Nicht so eilig, Zwerg. Wir müssen deine Angaben erst prüfen«, sagte der Bucklige. »Wo ist das Haus?«

Dem Kleinwüchsigen wurde es mulmig. Konnte er den Vieren vertrauen? Ihm blieb nichts anderes übrig. Er alleine war nicht in der Lage alles zu tragen. Er reckte sich, warf sich wichtig in die Brust: »Es ist zwanzig Meilen von hier entfernt. Ihr geht bis zur Mühle, nach der Kurve an der Poststation links, dann . . .«

»Zwanzig Meilen? Das ist zu weit für mich!«, rief der Einbeinige heraus und legte dem Blinden seine Pranke auf die Schulter: »Johann, geh' du hin, und sieh nach, ob dort wirklich viel zu holen ist oder ob er uns zum Narren hält.«

»Ich?«, fragte der Blinde.

Der Bucklige packte sich an den Kopf: »Das ist nichts für Johann, du Döskopp.«

»Dann schicken wir Dünndreit hin«, bestimmte der Einbeinige, schnappte sich die Weinflasche und belohnte sich für die gute Idee mit einem kräftigen Schluck.

Der stumme Dünndreit streckte die Arme gen Himmel.

Der Bucklige sprach für ihn. Seine Stimme überschlug sich: »Wie, um alles in der Welt, soll er uns sagen können, ob die Angaben vom Zwerg stimmen, he?«

Der Einbeinige zuckte zusammen. »Bleibst nur noch du! Du musst losziehen! Ich kann mit meinen Holzkrücken nicht so weit gehen.« Er sah zum Buckligen.

»Nein, ich nicht. Ich bin euer Hauptmann und muss hier die Stellung halten. Zudem schmerzt mein Buckel höllisch, wenn ich lange Strecken laufe. Seid ruhig und lasst mich nachdenken.« Der Bucklige riss dem Einbeinigen die Flasche aus der Hand und trank.

Dem Kleinwüchsigen dauerte alles viel zu lange. Er zappelte und streckte seine kurzen Arme aus: »Und ich? Ich habe mir wohl einen Schluck verdient. Schließlich seid ihr bald reich und könnt euch Hunderte von den Flaschen leisten, ach was, ein ganzes Fass.«

Der Blinde nickte und lächelte. Widerwillig gab der Bucklige die Flasche ab.

Der Stumme sah der Flasche hinterher. Mit wilden Gesten zeigte er erst auf den Wein und klopfte sich dann mehrfach auf die Brust.

»Ich hab's! Nur gut, dass ihr mich habt«, triumphierte der Einbeinige. »Der Stumme und der Blinde sollen gehen. Der Stumme sagt dem Blinden was er gesehen hat – nein, anders herum: der Blinde sagt dem Stummen – verflucht!« Eine Zornesader kroch aus seinen Haaren. Sollte es keine Lösung geben?

Der Bucklige schüttelte den Kopf über seine Männer, aber auch ihm fiel nichts Gescheites ein.

Schließlich meldete sich der kleinwüchsige Kundschafter wieder: »Ich muss ja nicht mehr prüfen, ob meine Angaben stimmen. Ich könnte gleich in das Haus einbrechen und die Beute behalten. Allerdings . . . alleine kann ich nicht alles . . . tragen . . .« Er hüpfte geschwind von der Kiste und machte eine Verbeugung. »Ich empfehle mich!«

»Halt! Das Geld gehört uns!«, schrie der Einbeinige. Mit

voller Wucht schlug er dem Zwerg die Weinflasche über den Schädel.

»Bist du wahnsinnig?« fauchte der Blinde, der am Klirren des Glases erkannt hatte, dass die Flasche zerbrochen sein musste. »Die war noch gut halbvoll.«

Der Einbeinige beobachtete, wie der Wein im Sand versickerte und das Rinnsal Blut sich ausbreitete. Der Kleinwüchsige war auf der Stelle tot. Schnell schob der Bucklige ein paar leere Kisten vor den kleinen Körper, damit niemand von den Marktleuten und den Bürgern darauf aufmerksam werden sollte, was soeben geschehen war.

»Jetzt hab ich's!«, rief der Einbeinige, den der Ehrgeiz gepackt hatte, endlich eine Lösung zu finden. »Wir besorgen einen Handkarren, und der Stumme muss mich ziehen.«

Der Blinde nickte aufgeregt. Der Stumme klatschte begeistert in die Hände.

»Fein!«, giftete der Bucklige. »Wenn du uns jetzt noch sagst, wohin er dich bringen soll . . .«

Alle sahen sich ratlos um - auch der Blinde.

Und was ist die Moral von der Geschicht'?
Diebstahl schadet nur - aber denken nicht.

Norbert Potthoff

Das Miststück

Hatte er sich jemals damit beschäftigt, einen Menschen umzubringen? So ganz real die Möglichkeit eines Mordes durchdacht? Als der Gedanke das erste Mal in sein Bewusstsein drang, schien er ihm unheimlich, bereitete ihm sogar ein flaues Gefühl im Magen. Dennoch sagte er laut und trotzig: »Du Miststück. Ich bring dich um.«

Er beugte sich hinab, tastete nach dem Kopf seines Hundes und kraulte ihm gedankenverloren die Ohren. Er erwartete von ihm keine Zustimmung. Was wusste der Hund schon von Verrat, Betrug und Erniedrigung. Zwar bekam er nun sein Fressen einige Stunden später als gewohnt, aber damit schien er sich abgefunden zu haben. Ebenso mit der Tatsache, daß es nun keine langen Spaziergänge im Stadtwald mehr geben würde. Der Hund war geduldig und anpassungsfähig und schien nicht vor Sehnsucht nach dem treulosen Frauchen eingehen zu wollen. Nur die Spielregeln hatten sich für ihn geändert.

Es waren lausige Spielregeln. Nicht nur für den Hund. Und sie waren deshalb lausig, weil das Miststück die Regeln bestimmt hatte. Die Frau nutzt die sexuellen Bedürfnisse des Mannes schamlos aus, um ihn ein Leben lang als Finanzier des eigenen Wohlstandes an sich zu binden. Sie war eine Emanzipierte. Sie kam und ging, wann sie wollte, und als bei ihm nichts mehr zu holen war, da ging sie mit einem anderen Mann auf und davon.

Sie konnte die Ehe brechen ohne Schuldgefühle. Das Schuldprinzip bei der Scheidung gehörte längst der Vergangenheit an, weil die Richter, natürlich unter dem Druck der Frauen, zu der Überzeugung gekommen waren, dass immer der Mann Schuld sei. Immer. Und dafür muss er zahlen. Die Emanzen hatten den Staat längst umgekrempelt, nur die Männer hatten es noch nicht begriffen. Sie wichen immer weiter zurück, zogen den Kopf ein, wenn die Frauen lauthals auf das »faule Geschlecht« eindroschen und waren inzwischen, eingeschüchtert, sogar selbst der Meinung, dass die Beschuldigungen zutrafen. Männer sind faule Schweine. Frauen hatten dem Mann das natürliche Selbstbewusstsein gründlich ausgetrieben und ihn zum Schuldigen für alles gemacht.

Er machte sich eifrig Notizen wie ein Buchhalter. Nach sieben gemeinsamen Jahren würde ihm kaum etwas bleiben. Sie hatte ihn nicht nur moralisch ausgeplündert. Schließlich, erschöpft von zu vielen Gedanken, rief er den Hund.

Sie waren Nachtgespenster geworden. Er litt unter Atemnot, körperliche Arbeit erschöpfte ihn und das Nichtstun machte ihn müde. Er verließ mit dem Hund erst das Haus, wenn die letzte Straßenbahn vorbei war, die Kneipen geschlossen und alle rechtschaffenen Bürger mit ihren Dackeln, Yorkshire-Terriern und absonderlichen Mischlingen längst im Bett lagen. So waren sie ungestört, wanderten zehn mal um die schlafende Fontäne des Friedrichsplatzes, frei von Leinenpflicht und Kotbeutelzwang, und wenn bei Akin noch Licht war, dann gönnte er sich auf dem Heimweg an seinen Schreibtisch noch zwei oder drei Bier. Ihm war es langsam egal, woran er zu Grunde ging.

Es geschah in der zweiten Woche nach ihrem Verschwinden, als er auf dem Nachhauseweg zum ersten Mal murmelte:

»Du verdammtes Miststück. Ich sollte dich umbringen.«

Aber da hatte er bei Akin mehr als drei Bier getrunken, und es war noch im Konjunktiv irrealis formuliert. Und der niederrheinische »Daressiep« hatte Haare und Jackett ordentlich durchnässt. Er hatte vergessen, Zigaretten für den Rest der Nacht zu kaufen und er hatte kein Kleingeld mehr für den Automaten. Außerdem stank der Hund abscheulich nach Regen. Seine Stimmung war einfach mies gewesen. In dieser Stimmung würde man jeden umbringen. Theoretisch.

Aber zwei Nächte später tauchte der Gedanke wieder auf. Einfach so. Ein reines Bauchgefühl: Du Miststück! Du verdammtes Miststück! Von da an wurde er ihn nicht mehr los.

Ein Mord ist eine ernste Angelegenheit. So ohne weiteres und ohne triftigen Grund darf man die Ordnung der Gesellschaft nicht verlassen. Wie etwa beim Parken im absoluten Halteverbot. Wann darf man einen Menschen umbringen? Er war Niederrheiner und kein hektisch impulsiver Rheinländer. Mord im Affekt hielt er grundsätzlich für verwerflich. Aus Dummheit, Gereiztheit oder Gedankenlosigkeit sollte man keinen Menschen töten. Nicht einmal im Straßenverkehr. Das hielt er für unentschuldbar. Anliegen und Grund müssten klar und durchdacht sein.

Aber das stand für ihn schon außer Frage. Solche Menschen machen einem das Leben unerträglich, verspotten jede Form von Moral, Sitte und Anstand.

»Man muß es als einen chirurgischen Eingriff betrachten«, dozierte er dem Hund. »Das Entfernen eines Geschwürs, einer üblen Sache. Im Mittelalter stellte man die Ehebrecherin an den Pranger – oder man warf sie einfach in den Brunnen.«

Auch ich verurteile dich nicht. Gehe und sündige fortan nicht mehr. So konnte nur jemand reden, der Jesus hieß. Aber da lag das Problem. Sie würde es immer wieder tun, und er war nicht Jesus.

Seine Wanderung um den Friedrichsplatz glich der Wanderung auf einem Gefängnishof. Eine Runde, zwei Runden, drei Runden. Der Hund nahm Witterung auf.

Seine Nase tropfte und das Gebiß klapperte. Lachend warf er dem Hund einen Stock.

»Sie ist auch nur eine läufige Hündin.«

Bei Akin war noch Licht. Nach dem dritten Bier zögerte er aufzustehen. Akin sah ihn an und legte »Smoke on the water« auf. Er wusste, womit er seinen Gast beruhigen konnte. Der stampfende Rhythmus der Gitarren wirkte schnell, und er bestellte ein weiteres Bier.

»Ein Mord ist wie ein gutes Essen vorbereiten«, räsonierte er laut in den dunklen Wald seiner Gedanken hinein. »Jedes Detail muss stimmen, die Zutaten müssen frisch sein und der Genuss abgerundet.« Er schnalzte genießerisch mit der Zunge.

»Sprich ruhig weiter«, lachte Peter mit schwerer Zunge, »ich bin nicht im Dienst. War immer schon neugierig, wie man einen Mord eigentlich vorbereitet. Mach mal zwei Bier, Akin.«

Sie tranken eine Weile, stumm, jeder seinen Gedanken nachhängend.

»Ehrlich, ich habe auch schon daran gedacht“, murmelte Peter schließlich. „Ich hab Familie, zwei Kinder, bin qualifiziert und wurde wieder einmal nicht befördert. Frauenquote, sag ich nur. Ledig, ohne Verpflichtungen, aber sie hat jetzt den Job als Hauptkommissarin. Political Correctnes«, zischte er verächtlich.

»Du bist ja frauenfeindlich!« lachte er vergnügt.

»Stimmt. Bin ich. Manche Frauen sind meine Feinde. Schau es dir doch an. Geht es um Mammographie, reißen sich die Krankenkassen und die Ärzte den Arsch auf. Aber wenn wir Männer über Fünfzig sind, dann ist es egal ob die Pros ... ja Prost, mein Lieber.« Peter trank hastig. »Man könnte rasend werden.«

»Ja, das ist so einfach nicht. Sinnlos, brutal, im Affekt, aus Gier. Solche Morde gibt es schon genug. Aber der feine, wohldurchdachte Mord an einem richtigen Miststück der Menschheit, das ist schon eine Überlegung wert.«

»Aber wenn du schon von Essen sprichst, wir können nahezu alle Gifte nachweisen«, warf Peter mahnend ein.

»Ich weiß, ich weiß. Die Gerichtsmedizin macht es uns wirklich schwer. Ständig entdecken die irgend etwas Neues. Man muss auch noch die Polizei gründlich hinters Licht führen.«

Peter stand auf und klopfte ihm auf die Schulter. »Da sehe ich kein Problem. Ich kann dir gerne eine Liste schwer nachweisbarer Gifte besorgen. Wann und wie man sie verabreicht, damit keine Spuren bleiben. Bei deinem Talent und deiner Geisteskraft ist das für dich eine Kleinigkeit, daraus einen rätselhaften Mord zu stricken. Dann viel Erfolg - und lass dich nicht erwischen.«

Beim sechsten Bier begann sich der Gedanke einzunisten. Umbringen. Aber nicht erwischt werden. Unmöglich!?

»Rache muß kalt genossen werden«, sagte er laut, um sich selbst einen gedanklichen Aufschub zu gewähren.

Akin grinste verständnisvoll. »Bis morgen, mein Lieber. Und schlaf dich einmal gründlich aus.«

Bis zum Morgen hatte er zwanzig Mordpläne entworfen, doch der entscheidende war noch nicht dabei. Ein Plan, der ihn straffrei davonkommen ließ und ihn zudem in den Genuss brachte, sein Opfer leiden zu sehen.

Ja, das war eigentlich der springende Punkt. Der Genuss. Sich am Entsetzen des Opfers zu weiden. Sie betrunken machen und im hintersten Winkel des Kellergewölbes einmauern. Und sie würde mit ihrer ordinären Stimme fluchen und schreien, ihn beschimpfen und weiter schreien. Es würde nichts nützen.

Er lächelte vergnügt und öffnete noch eine Flasche Rotwein. Dann holte er den abgegriffenen Band aus dem Bücherregal und begann zu lesen. *Das Fass Amontillado* von Edgar Alan Poe. Darüber schlief er beruhigt ein.

Am Mittag klingelte sie ihn aus dem Bett. Er hastete fluchend die Treppe hinab, aber sie stand bereits im Flur und streichelte den Hund, der sie neugierig beschnüffelte. Zumindest war es keine freudige Begrüßung, und er lobte den Hund innerlich für seine Loyalität.

Sie sah ihn geringschätzig an. »Ich wollte mit dem Hund spazierengehen. Wie ich dich kenne, läufst du kaum zehn Schritte mit ihm.«

»Wann bekomme ich endlich die Schlüssel?« flötete er sanft zurück. Ihr schlechtes Benehmen war leicht zu provozieren. Sie würde ihm immer widersprechen. Egal was er sagen mochte.

»Die bekommst du, wenn ich meine Sachen geholt habe«, entgegnete sie grob. Ihre schmalen Lippen zogen sich dabei hässlich in die Breite. »Was ist nun?«

Was sollte er machen? Der Hund freute sich inzwischen wie toll. Er sah ihnen nach und seufzte. Sie war noch fetter geworden und ging breitbeinig wie ein Kerl. Eine zeitlang hatte man ihn noch höflich gefragt, ob sie schwanger sei. Da glich sie mit ihrem Kugelbauch noch einem weiblichen Buddha, bei sonst recht passabler Figur. Dieses Stadium schien endgültig überschritten und ein neuer Vergleich würde sich bald bei japanischen Ringkämpfern ergeben.

In Amerika, wo die Übergewichtigen inzwischen zur nationalen Plage geworden waren, war man dazu übergegangen, sogar schon Särge in Übergrößen zu produzieren. Er brauchte eigentlich nur zu warten. Geduld aufbringen. Sie würde sich schon selbst umbringen. Mit absonderlichen Schokoriegeln. Aber damit er das Gefühl der Überlegenheit nicht verlor, dass er die Fäden ihres Untergangs zog, sollte er sie vorsorglich mit einem Fluch belegen. Seit seiner Kindheit war er davon überzeugt, Menschen verfluchen zu können. Das wäre die kälteste Form der Rache.

Er setzte sich an den Schreibtisch, schob die Liste seiner möglichen Mordpläne erst einmal zur Seite und dachte nach. Ja, so müßte es gehen.

»Ich verfluche dich, du Miststück.«

Er lachte beschämt, als er seine eigene Stimme so hörte. Dann räusperte er sich und wiederholte, nun mutiger geworden, mit lauter Stimme: »Ich verfluche dich!«

Er sprang begeistert auf. Das hörte sich gut an! Er probierte verschiedene Posen, streckte drohend einen Arm aus, hob dann gebieterisch beide Arme in die Höhe, so wie er es in Filmen mit Magiern gesehen hatte, zischte den Fluch wie eine Schlange, donnerte ihn heraus wie Stentor an Griechenlands Gestaden und hüpfte kichernd wie Rumpelstilzchen von einem Bein aufs andere.

»Ich verfluche dich! Ich verfluche dich, ich verfluche dich.«

Er erging sich in kindlicher Freude bis zur Erschöpfung. Ein wenig reuig ob des Unsinns schlich er schließlich in die Küche. Er kam sich ein wenig albern vor. Er trank Kaffee und grübelte. Außerdem, es war ja noch kein richtiger Fluch. Er brachte von Herzen nicht einmal den Mut auf, dem Fluch eine Richtung, eine Bedeutung zu geben. Zu was sollte er sie verfluchen? Dass sie fett, hässlich und alt würde? Er grinste böse. Das bekäme sie schon selbst hin, ganz ohne sein Zutun. Dass sie an einen Mann geraten möge, der sie mit der Putzfrau betrog? Damit war in jedem Fall zu rechnen.

Er schreckte hoch. Der Hund bellte übermütig im Schreibzimmer. Sie hatte schon wieder unverschämt ihre Schlüssel benutzt, als sei es noch immer ihr Zuhause, und außerdem das Allerheiligste betreten.

Sein Schreibzimmer mit all seinen Aufzeichnungen der letzten Tage.

»Lebenslänglich sollst du dafür bekommen«, murmelte er düster in seine leere Kaffeetasse. »Lebenslänglich hinter Gittern, du Miststück!«

*

Die Handschellen klickten um ihre Gelenke.

»Er wollte mich umbringen. Das hat mich so wütend gemacht«, zeterte sie. »Sehen Sie selbst. Er hat die Pläne exakt aufgeschrieben. Jedes Detail.«

Der Polizist schüttelte fassungslos den Kopf. »Ich habe alle seine Kriminalromane gelesen. Ein Schriftsteller mordet in der Phantasie, aber niemals in der Wirklichkeit. Dafür schlägt man ihm doch nicht mit einer Wasserflasche den Schädel ein.«

Zora Schreiber

Eine Woche Niederrhein

Christl sitzt mit hängenden Schultern auf der Kante des schmalen Bettes und flüstert immer wieder: »Der Hund ist an allem schuld.«

Eine ganze Weile sitzt sie da zusammengesunken und stiert ins Leere. Dann schüttelt sie plötzlich wild entschlossen den Kopf, holt tief Luft und murmelt: »Maxl ist an allem schuld.«

Als hätte ihr diese Erkenntnis einen Energieschub gegeben, springt sie auf und wühlt in ihrer Handtasche, die neben dem Frühstückstablett auf dem Tisch des Pensionszimmers liegt, nach ihrem Handy. Konzentriert tippt sie eine ganze Reihe Zahlen ein, fährt sich mit der Hand durch die blonde Kurzhaarfrisur und lauscht angestrengt. Mit erstaunlich fester Stimme sagt sie: »Maxl, ich bin's. Es ist etwas Schreckliches passiert. Du musst kommen . . . ja, sofort . . . du schaffst das schon . . . nein . . . ja. – Ich dich auch.«

Christl atmet erleichtert auf. Maxl wird kommen. Er weiß sicher einen Ausweg. Alles wird wieder gut. Sie schaut auf ihre Armbanduhr; in einer Stunde könnte er hier sein, vielleicht auch etwas eher. Jetzt ist bestimmt noch nicht viel los auf der Autobahn.

Sie zwingt sich, nicht auf den leblos am Boden liegenden Körper zu sehen, durchquert das geräumige Zimmer und öffnet das Fenster. Gedankenverloren blickt sie über die Dächer der verschlafenen Häuser von Kempen. Gerne würde sie einen einsamen Morgenspaziergang durch den Ort machen, durch die Gassen an den alten Fachwerkhäusern vorbei zum Kuhtor schlendern oder zur Mühle oder einfach nur in dem Café am Marktplatz sitzen, aber sie ist nicht zum Vergnügen hier.

Vor einer Woche war sie in diese Pension eingezogen. Es kommt ihr vor, als wäre es schon Monate her. Max hatte die Adresse von einer Kollegin bekommen, die im letzten Sommer am Niederrhein bei Verwandten gewesen war. Er hatte seine Frau geradezu bedrängt, hier ein Zimmer zu mieten, ihr beim Kofferpacken geholfen, ihr einen neuen Laptop gekauft und sie mit dem Cabrio zum Bahnhof gebracht – so ein schlechtes Gewissen hatte er.

Sie brauchte Ruhe, sie musste arbeiten. In zwei Wochen war Abgabetermin. Die Verlegerin saß selbst auf heißen Kohlen und würde keine Verzögerung mehr dulden. Aber in der letzten Zeit war zu Hause in München in ihrer Vier-Zimmer-Altbauwohnung nicht mehr an Arbeiten zu denken gewesen.

Die Katastrophe hatte ihren Lauf genommen, als Max mit dieser Promenadenmischung, die ihm bis knapp an die Hüfte reichte, nach Hause gekommen war. Zuerst hatte Christl an einen Scherz geglaubt, als er ihr erklärte, dass Wolle, so hieß das Vieh, für die nächste Zeit bei ihnen wohnen würde. Nur so lange, bis sein Kollege Walter wieder aus Amerika zurück sei. Da musste er dringend hin, geschäftlich, sie wisse ja, wie das sei und es gäbe wirklich niemanden sonst, der sich um Wolle kümmern könne. Dabei hatte er den Hund liebevoll getätschelt, und das Tier hatte sie aus weit aufgerissenen Augen mitleiderregend angeglubscht und auf den Parkettboden gesabbert.

Wolle war eine Mischung aus Bernhardiner, Dogge und Hirtenhund mit zotteligem dunklem Fell – und fast so groß wie ein Kalb. Dem entsprechend viel fraß er auch. Christl musste mehrmals täglich einkaufen gehen, schleppte tapfer säckeweise Trockenfutter und kiloweise Dosenfutter die steile Altbautreppe hinauf. Am liebsten fraß Wolle Würstchen aus der Dose. Knackwürstchen, Bockwürstchen, Frankfurter und Wiener Würstchen. Weißwürste waren sein Leibgericht. Wenn sie nicht gerade Futter herbeischaffte, rannte Christl dem Hund mit einem Putzlappen hinterher, um seine Spuren von den Chromstühlen und den Glastischen zu entfernen. Die weißen Ledersofas versuchte sie mit Wolldecken zu schützen. Sie brachte es nicht fertig, den Hund einfach in ihrer Designerküche einzuschließen – sie fürchtete um ihre Küche. Schon nach wenigen Tagen war Christl ein einziges Nervenbündel.

Max nahm sich Urlaub, übernahm freiwillig die Futterbeschaffungsmaßnahmen und kleinlaut die groben Putzarbeiten. Aber sobald Christl sich heimlich an ihren Schreibtisch zurückziehen wollte, kam Wolle angetrottet, schleckte die Tastatur ab oder wollte wenigstens seinen Kalbskopf auf ihren Schoß betten. Christl war einem Nervenzusammenbruch nahe. Da hatte Maxi die rettende Idee, sie solle sich weit weg, am Niederrhein, ein Zimmer mieten, um in Ruhe die Arbeit an ihrem Buch zu beenden.

So war sie in dieser gemütlichen Pension in Kempen gelandet und vom Regen in die Traufe geraten. Die rundliche Wirtin, Frau Hülsdonk, hatte sich auf ihren einzigen Gast gestürzt wie eine Hyäne.

»Die junge Frau Hubermayr aus Bayern hätt ja nix auf de Rippen. Aber die werden wir schon aufpäppeln«, prophezeite die resolute Frau. Kaum hatte Christl ihren Koffer ausgepackt, brachte ihr Frau Hülsdonk eine Brotzeit aufs Zimmer.

»Ihr in Bayern esst doch immer Weißwürscht. Die hier sind von unserem Schlachter, janz frisch, die müssen Se probieren!«, ermunterte sie Christl und schob mit dem Tablett den Laptop zur Seite. An dieser blassblonden jungen Frau konnte sie ihre Mutterinstinkte ausleben.

In den frühen Abendstunden pochte es energisch an der Zimmertür – und Christl wurde runtergelockt und wortreich in die gute Stube gedrängt. Hier war der große Tisch gedeckt und mit Leckereien und sogenannten Spezialitäten vom Niederrhein überladen, so dass von dem weißblaukarierten Tischtuch kaum noch etwas zu sehen war. Auf der Eckbank hockte der wortkarge Hausherr, der anscheinend auch schwerhörig war und ihr mit »das ist mein Mann, der Tünnes« bekannt gemacht wurde. Als sie die Frage, ob ihr die Würscht geschmeckt hätten, höflich bejahte, lagen sofort wieder ein Paar auf ihrem Teller und Frau Hülsdonk klatschte wohlwollend noch einen Haufen Senf, extra scharf, dazu. Christl dachte zum ersten Mal wehmütig an Wolle. Da sie den ganzen Abend von der unentwegt plappernden Wirtin nicht aus den Augen gelassen wurde, blieb ihr nichts anderes übrig, als die Würstchen in sich hineinzustopfen.

Christl schlief unruhig in der ersten Nacht. Die Fleischwaren lagen ihr im Magen - genauso wie die ungeschriebenen Kapitel ihres Buches.

Am nächsten Morgen war sie wie gerädert, als Frau Hülsdonk sie resolut zum Frühstück nötigte. In der guten Stube hatten sich bereits vier weibliche Gestalten undefinierbaren Alters mit karierten Blusen und gestrickten Trachtenjacken breit gemacht. Strahlend stellte die Wirtin sie vor: »Dat sind Frau Hüskes, die Frau von unsere Metzger un der ihre Schwester, Frau Schlunks. Un dat is Bertha Versteegen, meine älteste Freundin - und dat is die Schriftstellerin wo ich euch von erzählt hab. Die schreibt unter Pseudonym un wahrscheinlich habt ihr schon mal wat von ihr jelesen und habt dat jar nich jemerkt.« Sie drückte Christl auf die Bank und versperrte ihr den Fluchtweg, indem sie sich neben sie quetschte.

Zuerst fühlte sich Christl durch die neugierigen Fragen der einheimischen Damen geschmeichelt, aber schon bald wurde sie unruhig. Als sie beteuerte, sie müsse dringend an die Arbeit, erntete sie entschiedenen Widerspruch. Das käme nun überhaupt nicht in Frage, man wolle ihr erst einmal die Sehenswürdigkeiten des Ortes zeigen, zum Mittagessen gäbe sich der Bürgermeister die Ehre und zum Abendbrot gäbe es Wurstspezialitäten vom Bauern von der Huverheide, das hätte Frau Hülskonk höchstselbst eingefädelt.

Nachdem man ihr mit einem weiteren Paar Weißwürscht sprichwörtlich den Mund gestopft hatte, ergab sich Christl in ihr Schicksal. So viele Raritäten würde es in dem Örtchen nicht geben und in absehbarer Zeit wäre sie sämtlicher Sehenswürdigkeiten ansichtig geworden; und dann könnte sie sich endlich auf den Schluss ihres Buches konzentrieren.

Sie ahnte nicht, dass am nächsten Tag, extra für den Gast aus Bayern, ein Tagesausflug nach Kamp-Lintfort organisiert worden war. Man wollte die Terrassenanlagen Kloster Kamp besichtigen, Vorbild für das berühmte Schloss Sanssouci in Postdam. Hier hatte angeblich Minna Cuypers die letzten Stunden ihres Lebens verbracht, ehe sie wegen Hexerei verurteilt worden war. Das müsse die Autorin des Buches »Alles über Mord« doch unbedingt interessieren, glaubten die engagierten Damen, die sich gegenseitig als Fremdenführerinnen übertreffen wollten.

Sie hatten sich ausführlich informiert über ihren prominenten Gast, der für sein Leben gern Würstchen aß, wie die Pensionswirtin ihren Freundinnen anvertraut hatte. Für nichts auf der Welt würden sie ihr ausgeklügeltes Programm, das sie für die nächsten Tage zusammengestellt hatten, platzen lassen. In Emmerich musste die längste Hängebrücke Deutschlands bestaunt werden und in Neuss die größte Indoor-Skipiste. Sie hatten eine Fahrt nach Duisburg organisiert, um dort mit dem größten Binnenhafen Europas anzugeben und zum Gasometer im Landschaftspark, wo sich das größte Tauchausbildungzentrum Europas befindet. Ein Besuch im Deutschen Textilmuseum in Krefeld-Linn sollte folgen. Man wollte richtig Eindruck machen, schließlich ist es das größte Textilmuseum der Welt mit weit über 25.000 Exponaten. Natürlich stand auch eine Führung durch Schloss Moyland in Bedburg-Hau auf dem Plan. Hier gibt es die weltweit größte Sammlung der Werke von Joseph Beuys zu besichtigen. Davon haben die Münchener ja keine Ahnung.

Nach sechs Tagen fühlte sich Christl wie eine gestopfte Gans, bis zum Rand gefüllt mit Sehenswürdigkeiten und Würsten. Sie war nur noch ein Schatten ihrer selbst, nervös und schreckhaft, hatte Ringe unter den Augen, weil sie nachts nicht schlief, sondern versuchte heimlich, an ihrem Manuskript zu arbeiteten. Der letzte Abschnitt fehlte noch, das Kapitel über den perfekten Mord.

Sie war gerade mit dem Laptop auf dem Schoß im Bett kauernd eingeschlafen, als sie von einem donnerschlagähnlichen Krach aufgeschreckt wurde. Frau Hülsdonk hatte das Frühstückstablett mit dem obligatorischen Paar Weißwürscht auf dem wackeligen Tischchen abgestellt, die Fensterläden aufgerissen und wollte soeben den Laptop an sich nehmen, als Christl panikartig aufgesprang.

»Heute geht‘s nach Krefeld zur größten Straßenmodenschau der Welt«, brachte die Wirtin gerade noch heraus, bevor Christl ihr mit aller Kraft den Laptop aus den Händen riss und aufs Haupt schlug. Frau Hülsdonk brach mit einem letzten »Jürg . . .« zusammen.

Christl schließt gedankenverloren das Fenster, als ein zaghaftes Klopfen sie aufhorchen lässt. Die Zimmertür wird sachte aufgeschoben und Maxi betritt zusammen mit dem schwanzwedelnden Wolle den Raum. Christl fällt ihrem Mann um den Hals und Wolle über die Weißwürscht her. Unter Schluchzen berichtete Christl minutiös über ihr sechstägiges Martyrium, beschrieb ausführlich jeden Stein, den sie hatte besichtigen müssen und stellte ihre Wirtin wenig schmeichelhaft als tyrannischen Fleischklops dar.

Christl muss bei der Schilderung, wieviele Würstchen

sie hatte verzehren müssen, würgen. Von der anderen Ecke des Zimmers ist ausgiebiges Schmatzen und geräuschvolles Kauen und Knacken von Knochen zu hören. Max hält ihr mehrmals frische Papiertaschentücher hin und bemitleidet sie gebührend. Er nimmt Christl beschützend in den Arm. Dann stellt sie die bange Frage: »Und wohin jetzt mit der Leiche?«

»Mach dir darüber keine Gedanken, Liebes, das kriegen wir schon hin«, meint Maxi und blickt zuversichtlich zu Wolle hinüber. Der leckt sich mit der Zunge die Pfoten ab, er hat soeben das corpus delicti verputzt.

Im Wald von Gripekoven

»Komm, Odette, beeile dich, bevor die Gunde uns fragt, ob sie mit uns gehen kann.« Martina nahm ihren Sack mit den selbstgeflochtenen Körben auf und warf ihn sich über den Rücken.

Wenn in der Stadt Markt war, gingen sie den Weg gewöhnlich gemeinsam mit den Leuten aus ihrer Siedlung. Sie wussten, dass es nicht ungefährlich war für zwei junge Mädchen, alleine durch den Wald zu streifen. Die Raubritter Godwin und Arnold von Cleve mit ihren vierundvierzig Räubern hausten ganz in der Nähe auf der riesigen Burganlage Gripekoven und machten die Gegend unsicher.

Aber an diesem sonnigen Aprilmorgen hatten die Mädchen getrödelt. Odette war wegen ihrer Blasenschwäche schon ein paar Mal im Gebüsch verschwunden, sodass ihre Schwester auf sie warten musste. Nur die alte Hildegunde, die von allen nur »die Gunde« genannt wurde, war noch langsamer als die Mädchen. Die Alte bot Kräuter und Salben zum Verkauf an, aber auch Alraunen, denen man Zauberkräfte zuschrieb.

Es wurde erzählt, dass die Wurzeln an den Richtplätzen wuchsen, wo die Gehängten starben, und dass die Gunde ihre Alraunen nur mit bestimmten Zeremonien und bei Vollmond aus der Erde zog, um ihnen besondere Kräfte zu verleihen. Neuerdings hatte die Hebamme behauptet, die Gunde sei eine Hexe und stünde mit geheimen Mächten im Bunde, man könne nur jedem raten, sich von der Alten fernzuhalten. Das und das wilde Aussehen der alte Frau war den Mädchen nicht geheuer, deshalb wollten sie möglichst vermeiden, mit ihr gemeinsam den Weg bis zur Stadt zu gehen.

Odette hüpfte hinter ihrem Busch hervor und strich sich die Röcke glatt. Gerade als sie ihren Sack mit den Weidenkörbchen schultern wollte, vernahmen sie eine heisere Stimme: »He ihr Mädchen, so wartet doch auf eine alte Frau!« Mit schleifenden Schritten näherte sich die Alte. Obwohl die Mädchen hastig weitergingen, gelang es ihr doch, Schritt zuhalten. »Ha, ihr seid doch Odette und Martina, die Töchter von Ermelind. Komm Odette, trag diesen Beutel hier für mich.« Und grinsend fügte sie hinzu: »Brauchst keine Angst zu haben, sind keine Alraunen drin.«

Odette warf ihrer älteren Schwester einen hilflosen Blick zu, zuckte die Schultern und nahm den speckigen Beutel der alten Frau in die freie Hand. Die Gunde kicherte und zeigte ihr lückenhaftes Gebiss. »Wenn ich eure Mutter sehe, werde ich ihr sagen, was für großherzige Töchter sie hat. Die einzigen aus der ganzen Siedlung, die ein Erbarmen mit mir haben.« Wieder kicherte sie.

Martina runzelte die Stirn. »Unsere Mutter ist vor zwei Wintern gestorben«, sagte sie streng.

Die Alte sah Martina mitleidig an, dann wandte sie sich an Odette. »Odettchen, ich glaub, deine große Schwester hält mich für eine Schwätzerin. Ich werde eure Mutter vielleicht heute noch sehen. Und du passt gut auf meine Kräutersäckchen auf. Es ist auch eine Mischung für deine Blase dabei.« Die Gunde zupfte an Odettes Ärmel, sah sich um und flüsterte: »Vorsicht mit dem Pulver in dem roten Beutelchen. Damit ist nicht zu spaßen, aber du wirst schon wissen, wann du es brauchst.«

Martina war ein paar Schritte vorausgeeilt und rief ungeduldig: »Ihr solltet euch beeilen. Erzählen könnt ihr auf dem Markt noch lange genug. Lasst uns lieber versuchen, die anderen einzuholen.«

Odette schüttelte den Kopf. »Aber das können wir doch gar nicht mehr schaffen, die haben mindestens eine Stunde Vorsprung, und du siehst doch, dass die Gunde nicht schneller laufen kann.«

Ein wütender Blick ihrer Schwester ließ sie verstummen. Odette fühlte sich auf geheimnisvolle Weise von der alten Frau angezogen, und sie wollte sich die Gelegenheit nicht entgehen lassen, mehr über sie zu erfahren. Sollte die Hebamme Recht haben, würden sie niemandem erzählen, dass sie mit der Gunde gesprochen hatten.

Als könne sie die Gedanken des Mädchens lesen, sagte die alte Frau unvermittelt: »Zank dich nicht mit deiner Schwester. Es ist die Vernunft, die sie handeln lässt. Keiner soll je erfahren, dass ihr mit mir gegangen seid. Es könnte zu eurem Nachteil sein, denn es wird jetzt viel über Hexen geredet.«

»Und, bist du eine?«, platze es aus Odette heraus.

Die Gunde lachte, aber dann verfinsterte sich ihr faltiges Gesicht. »Ist man eine Hexe, wenn man die Kräfte der Natur und der Pflanzen zu nutzen weiß? Die Kundigen sind der Kirche und den Herren ein Stachel im Fleisch. Wer zu viel weiß, ist den Oberen unheimlich. Ein dummes, ängstliches Volk ist leichter zu regieren.«

Die alte Frau atmete schwer, sie hatte sichtlich Schwierigkeiten, sich auf Dauer dem Tempo der Mädchen anzupassen. Odette sah hinter ihrer Schwester her, die hartnäckig immer ein paar Schritte vorausging, dann hängte sie den Beutel an den Arm, mit dem sie ihren Sack hielt und hakte die alte Frau unter. Das Mädchen gab sich Mühe, nicht durch die Nase zu atmen, denn die alte Frau roch streng nach einer Mischung aus säuerlichen Ausdünstungen und süßlichem Schweiß.

Dankbar tätschelte die Gunde ihren Arm und raunte ihr zu: »Sei auf der Hut. Godwin und Arnold mit ihrer Räuberbande treiben hier ungehindert ihr Unwesen. Niemand wird gegen die Raubritter etwas unternehmen, solange nur die Armen und die Bauern zu den Opfern zählen. Erst wenn es den Herzogen und Grafen an den Kragen geht, wird auch Kaiser Karl nicht mehr untätig zusehen. Du wirst es erleben.«

Odette hätte lieber etwas mehr über die Kräuter und Salben der Gunde erfahren, wusste aber nicht, wie sie das Gespräch geschickt in diese Richtung lenken könnte. Um Zeit zu gewinnen, behauptete sie, noch einmal ins Gebüsch zu müssen, weil ihre Blase drücke.

Martina schnaubte ärgerlich. »Wenn du so weitermachst, halten sie den Markt ohne uns ab und wir gehen ohne einen Heller nach Hause.«

»Sci nicht so streng zu deiner Schwester«, versuchte die Gunde sie gnädig zu stimmen und wühlte in ihren Röcken. Schließlich förderte sie eine goldene Kette mit einem Amulett zu Tage.

»Hier, nimm das! Ich will nicht Schuld sein, wenn Ermelinds Töchter auf dem Markt nicht auf ihre Kosten kommen.«

Martinas Gesicht färbte sich dunkelrot. »Ach Unsinn, behalt deine Kette«, sagte sie schnell. »Aber du weißt selbst, dass es nicht sicher ist hier im Wald und wir uns beeilen müssen. Geh nur schon weiter, wir holen dich gleich wieder ein.« Die Alte hängte sich ihre Kette um den Hals und schlurfte weiter den Weg entlang Richtung Stadt.

Odette sah ihre Schwester vorwurfsvoll an und stellte den Sack mit den Körbchen auf dem Waldboden ab. Dann verschwand sie im Gestrüpp.

»Musst du die Körbe hier mitten auf dem Weg abstellen?«, fragte Martina, nur um ihrer Schwester zu zeigen, wer das Sagen hatte. »Erzählst die ganze Zeit von Räubern und bietest hier im Wald unsere Waren feil.«

»Als wenn gerade jetzt die wilden Horden hier entlang reiten würden«, kam die Antwort aus dem Gebüsch.

Im selben Moment war ganz deutlich das Geräusch von Hufen zu hören. Martina erstarrte. Dann schnappte sie die beiden Säcke mit den Weidenkörben und sprang ins Gebüsch zu ihrer Schwester. Odette sah sie mit weit aufgerissenen Augen an, bevor Martina sie unsanft auf den Boden drückte. Die Mädchen versuchten den Atem anzuhalten und pressten ihre Körper an das feuchte Laub. Sie hörten das Pferd schnauben, der Reiter musste jetzt ganz nah sein.

»Oh Gott, die Gunde«, sagte Odette tonlos und drückte sich die Hand vor den Mund.

»He du da!«, tönte eine männliche Stimme.

Sie hörten, wie das Pferd zum Stehen gebracht wurde. Ob der Reiter sie gesehen hatte? Und was war mit der Gunde? Hatte sie sich rechtzeitig verstecken können?

»Geh mir aus dem Weg, Alte!«

Martina hob ängstlich den Kopf und spähte vorsichtig durch die Sträucher. Ihre Schwester kniff die Augen fest zu und betete, dass der Reiter sie nicht entdecken möge. Dann war Gundes Stimme zu hören, aber man konnte nicht verstehen, was sie sagte.

»Weißt du nicht, wer ich bin?«, rief der Reiter, und sprang mit einem Satz vom Pferd. »Ich bin Dreyle, und du tätest gut daran, mir freiwillig deine Habe zu geben!«

Martina sah, dass die Gunde etwas zwischen ihren Röcken hervorholte und es dem Mann entgegen hielt.

»Du willst mich verhöhnen!«, brüllte der, nahm sein Schwert und mit einem einzigen Schlag trennte er Gundes Kopf vom Rumpf.

Martina erstarrte. Sie war unfähig, sich zu bewegen. Während der Mann sich über die alte Frau beugte und sie durchsuchte, war erneut Pferdegetrappel zu hören. Martina fürchtete, ihr Herz könne stehen bleiben.

Zwei weitere Reiter tauchten auf.

»He! Dreyle! Schon was erlegt?«, fragte eine tiefe Stimme.

»Der frühe Vogel fängt den Wurm, Godwin«, rief der Mörder gut gelaunt und wandte sich den Reitern zu. »Seht, was die Alte so alles mit sich führte.«

»Pah! Eine Hand voll Gold und ein paar Münzen, und

der Knappe ist schon zufrieden«, höhnte einer der Reiter. »Ich weiss nicht, ob er der richtige Mann ist, um mit uns dem Grafen von Jülich einen Besuch abzustatten, was meinst du, Arnold?«

»Ich frage mich viel mehr, was die Alte hier alleine im Wald zu suchen hatte?«

»Sie wird auch auf dem Weg zur Stadt gewesen sein.«

»Wenn sie zum Markt wollte, wo sind ihre Waren?«

»Die bietet Alraunen feil«, mischte sich Dreyle ein, »eine hat sie noch in der Hand, damit wollte sie mich verhexen.«

Godwin und Dreyle brachen in Gelächter aus. Arnold blickte grimmig vor sich hin, als hätte er Schmerzen.

Sein Bruder schlug ihm auf die Schulter. »Schau nicht so griesgrämig. Auf dem Markt werden wir schon ein Mittel gegen dein Leiden bekommen. Dietrich hat von einer Kräuterfrau berichtet, die sich mit Arzneien auskennt. Kommt weiter!«

Dann sprang der Mörder auf sein Pferd und in wildem Galopp ritten die Männer davon.

Odette richtete sich auf. Martina war kreidebleich, fest nahm sie ihre Schwester in den Arm. »Es ist meine Schuld, Odette. Ich bin Schuld, dass er die alte Frau getötet hat.« Die Tränen stürzten dem Mädchen aus den Augen.

Die Jüngere wischte ihr über das Gesicht. »Es ist nicht deine Schuld. Die Gunde hat es so gewollt. Sie hat gewusst, dass sie heute sterben würde.«

Martina sah ihre Schwester dankbar an: »Und was sollen wir jetzt tun?«

»Wir gehen in die Stadt und verkaufen unsere Waren auf dem Markt, genauso wie immer. Und wir verkaufen die Kräuter und Pulver, die mir die Gunde gegeben hat.«

»Aber vielleicht hat Dreyle uns doch gesehen, was ist wenn er uns wiedererkennt? Hast du nicht gehört, dass sie auf dem Markt Arznei kaufen wollen?«

»Genau - und wir verkaufen ihnen das Pulver in dem roten Beutelchen.«

Man weiss nicht, was in dem roten Beutelchen war, aber am 23. Juni 1354 ergaben sich die Raubritter nach einer über fünfzigtägigen Belagerung. Sie mussten den Urfehde-Schwur leisten, damit ihnen freier Abzug gewährte wurde. Die Burg von Gripekoven wurde dem Erdboden gleichgemacht.

Der Tango-Mord von Duisburg

»Ganz schöner Brocken!«, sagte Oberkommissar John, als er den Toten musterte. Der Mann musste an die zwei Meter groß gewesen sein und lag so friedlich auf den hellen Fliesen, als hätte ihn ein natürlicher Tod überrascht. Aber die Schleifspuren, die von der Tür des Küchenraums bis zu den Absätzen seiner Schuhe führten, erzählten eine andere Geschichte. Seufzend richtete sich John wieder auf: »War bestimmt nicht leicht, den Mann hier reinzuschleppen.«

Die Frau von der Security-Firma zog die Schultern hoch: »Hängt davon ab, wer's versucht. Sie hätten bestimmt Probleme . . .«

Der dünne Polizist sah die Frau nachdenklich an. Sie war mindestens einsneunzig und hatte ein Kreuz wie ein Ringer. Ihr dezent geschminktes Gesicht verriet weder Erstaunen noch Entsetzen, sondern blieb so gleichgültig, als würde sie solche Lasten mit dem kleinen Finger schaffen.

»Das grenzt an Selbstbezichtigung«, meinte der Verwaltungschef des Hauses und versuchte ein Grinsen.

Doch die Security-Dame blieb gelassen: »Herr Przybilla, ich kenne den Mann gar nicht. Und an solch einem Greis würde ich mich schon gar nicht vergreifen.«

»Muss ein Krimiautor sein«, sagte der Theatermensch und strich sich seine grauen Strähnen aus der Stirn. »Davon hatten wir heute über 200 im Haus.«

»Wie bitte?«, fragte John.

»Tango Criminale. Diese Schriftsteller hatten ihren Jahreskongress und haben hier zum Abschluss kräftig gefeiert. Tolles Programm: Sogar Helge Schneider war auf der Bühne. Und ...«

Angewidert verzog der Kripo-Mann die Lippen: »Meinen Sie den Knaller mit dem Katzenklo?«

»Hören Sie, das ist ein begnadeter Jazzer und Entertainer ...«

Der Polizist winkte ab und ging in die Hocke. Er brauchte einen Augenblick, bis er die nötige Überwindung aufbrachte und seine Finger unter das weiße Jackett des Toten schob. Ein Fehlversuch, dann fischte er eine Brieftasche heraus. Sekunden später hatte er den Personalausweis gefunden: »Bernhard Dreist. Sagt Ihnen der Name was?«

Die Dame vom Schließdienst zog erneut ihre Schultern hoch, doch dem Theatermenschen dämmerte etwas: »Warten Sie, ja. Klar doch. Hat ein paar Knastromane geschrieben ...«

»Wieso das?«

»Muss mal gesessen haben. Raubüberfall oder Bankraub. Weiß ich nicht so genau.«

Bei dem Stichwort »Raubüberfall« verlor der Kripomann seine Contenance: »Und so einer läuft frei im Theater herum?«

»Muss 30 Jahre her sein. Wenn ich mich nicht irre, hat er alles ordentlich abgesessen. Lebt jetzt davon, dass er Filmdrehbücher und Theaterstücke schreibt. Und der stirbt ausgerechnet bei uns. Nicht schlecht.«

»Wie meinen Sie das?«

»Herr John, wir sind kein Hotel, das um seinen Ruf fürchten muss. Ein Theater wird durch solch einen Zwischenfall erst interessant ...«

Ein paar Sekunden lang schien der Mann mit dem schwierigen Namen tatsächlich darüber nachzudenken, wie er diesen Umstand für die Werbung nutzen konnte. John begriff. Das Theater am Marientor war, wie die Zeitungen andeuteten, fast pleite, und die Stadtverwaltung versuchte vergeblich, das teure Objekt günstig abzustoßen.

Doch wer kaufte schon freiwillig ein Theater - in Duisburg?

»Tragisch, tragisch!«, sagte der Besitzer der Haarsträhnen schließlich und wandte sich wieder der Gegenwart zu: »Was hat der bloß für eine Wunde hinten am Hals?«

»Bitte?«

Die Security-Frau verdrehte die Augen, und Przybilla hielt dem Polizisten seine Hand hin: »Hier!«

Ein paar rote Spuren in den Hautfalten verrieten, dass es auf den Theatertoiletten keine für diesen Zweck geeignete Bürste gab. »Als ich ihn fand, versuchte ich ihn anzusprechen. Habe seinen Kopf angehoben. Und da merkte ich erst . . .«

Mit einer unwillkürlichen Bewegung schien er versucht, sich die Hand an seiner Anzughose abzustreifen, zog sie aber im letzten Augenblick von seinem Hintern weg.

Der Oberkommissar sah den Theatermann wortlos an. Dann umkreiste er den Toten und ging am Kopfende erneut in Bodennähe. Unter dem kräftigen Nacken hatten sich tatsächlich ein paar Blutstropfen auf den Fliesen versammelt. Was das für eine Wunde war, konnte er angesichts der Rückenlage des Toten nicht entdecken. Musste verdammt klein sein, sonst hätte der Autor hier mehr Blut abgelassen.

John richtete sich auf: »Abwarten, ob die überhaupt etwas mit seinem Tod zu tun hat. Wenn der Gerichtsmediziner und die Spurensicherung da sind, werden wir klüger sein . . .« Ungeduldig blickte er auf seine Armbanduhr. Es war halb vier am Sonntagmorgen und ohne diesen Toten könnte er jetzt gemütlich seine Nachtschicht im Präsidium abreißen. »Gibt es hier noch irgendwo einen Kaffee?«

Przybilla nickte zögerlich: „Hier können wir ja wohl nicht, aber in meinem Büro habe ich noch eine Kaffeemaschine . . .«

»Wunderbar!«

John ging als letzter hinaus und beugte sich über das

Geländer. Eine Etage tiefer war seine Kollegin Anni Möhlen damit beschäftigt, sich die Namen der Musiker und des Catering-Personals aufzuschreiben. »Anni? Kannst du mal einen von den uniformierten Kollegen raufschicken? Damit er die Küchentür im Auge behält?«

Während die rothaarige Kriminalbeamtin nickte, wagte Przybilla einen Einwand: »Hören Sie, bis auf die paar Leute, die bei Ihrer Kollegin warten, sind alle hier weg . . .«

John sah ihn an, runzelte die Stirn und fuhr seinen knochigen Zeigefinger aus: »Woher wissen Sie das?«

»Ich habe alle Nebenräume oben abgesucht, bevor ich sie abgeschlossen habe. Dabei habe ich doch den Toten . . .«

»Sagen Sie«, fiel John plötzlich eine wichtige Frage ein. »Wenn hier im Haus solch ein Trubel war – wie konnte hier oben ungesehen ein Mord geschehen? Und der Tote unbemerkt in die Küche verbracht werden?«

»Weil hier nur das Büffet aufgebaut war. Als eine Etage tiefer die Band auftrat, haben sich nach und nach alle Leute nach unten verzogen. Der Catering-Service hat abgebaut, und dann war hier eigentlich niemand mehr.«

»Aber die Türen blieben noch unverschlossen?«, fragte der Polizist. Dabei sah er den Theatermann so vorwurfsvoll an, als hätte er damit die tödliche Tat begünstigt.

»Ja, natürlich. Wir haben unten ja noch bedient, und da kann es immer sein, dass noch jemand etwas aus der Küche braucht.«

»Nun gut«, sagte John. »Ich brauche einen Zeitplan und eine Liste von allen Leuten, die hier gearbeitet haben. Aber das schreiben wir besser bei einem Kaffee auf . . .«

Neugierig sah sich der Kriminalpolizist in Przybillas Büro um. Im Präsidium hätten sie mindestens drei Räume daraus gemacht, und mit den Einrichtungskosten wäre das ganze Kommissariat neu ausgestattet worden. Von den aufwändig gerahmten Schauspielerporträts an den Wänden ganz zu schweigen – bei John hing statt der tief dekolletierten Bühnenstars der trostlose Kalender des Beamtenbundes an der Wand. Als der Kaffee fertig war, betrat Anni Möhlen den Raum und überreichte John die Liste mit den Namen der Musiker und des Catering-Personals. Przybilla goss ihr eilfertig einen Kaffee ein.

»Danke. Sagen Sie, wie viele Leute waren heute eigentlich im Haus?«

»Schwer zu sagen . . .« Der Verwaltungschef setzte sich hinter seinen Schreibtisch. »Es wurden rund tausend Karten abgesetzt.«

John seufzte und hoffte inständig, dass es nicht seine Mordkommission war, der man diesen Fall auf den Schreibtisch knallte. Es würde eine Schweinearbeit sein, all diese Leute zu erfassen und zu vernehmen.

»Und wer hatte Zugang zum VIP-Bereich?«, fragte Möhlen.

»Wir haben für 250 Leute Essen bestellt«, meinte Przybilla. »Aber die genaue Liste hat eine Frau von der Stadtverwaltung.«

Anni Möhlen schob ihm einen Zettel hinüber: »Wenn Sie den Namen und die Telefonnummer aufschreiben würden . . .«

»Meinen Sie denn, dass einer der Autoren seinen Kollegen umgebracht hat?«

Die Rote lächelte: »Herr Przybilla, das sind Leute, die pausenlos über Mord und Totschlag und die Abgründe der menschlichen Seele schreiben. Meinen Sie nicht, dass irgendwann einer ausprobieren will, ob er das auch in der Praxis hinkriegt?«

»Aber das sind doch Schriftsteller, Künstler!«, protestierte der Theatermann.

»Ja. Aber glauben Sie, dass einer frei von Sünde ist, nur weil er lesen und schreiben kann?«

Przybilla schwieg beleidigt.

»Sehen Sie. Und darum ist unser Job mindestens so schwer wie Ihrer.«

*

»Herr Lohkamp?«

Der Hauptkommissar seufzte, als er die Stimme erkannte: Das war der Mann, der ihm neuerdings die Aufträge erteilte.

»Am Apparat!«

Seit er freiwillig die Sonderkommission Terrorismus beim BKA verlassen hatte, war es beständig bergab gegangen. Zuerst hatte er zehn Jahre lang in Recklinghausen Mörder gejagt, dann musste er in Bochum gegen Kollegen ermitteln. Zum Dank für diese Untat hatte ihn der dortige Präses in die tiefste Provinz nach Wattenscheid abgeschoben, bevor er ihn nach Düsseldorf durchreichen konnte. Dort war Lohkamp als »Kommissar z. b.V.« einem dieser gesichtslosen Schreibtischputzer aus dem Innenministerium unterstellt und wurde stets dorthin geschickt, wo es akuten Personalmangel oder besonders unangenehme Jobs gab.

»Herr Lohkamp, wir haben wieder einen Fall, der Ihr ganz besonderes Fingerspitzengefühl erfordert. In Duisburg . . .«

»Seit wann braucht man so etwas in Duisburg? Ich dachte immer, da kommt man mit einer Abrissbirne aus.«

»Herr Lohkamp, Ihre Aversionen gegen das Rheinland lassen Sie heute besser zu Hause.«

»Gehört Duisburg nicht mehr zum Ruhrpott?«

»Sagen Sie das dort nicht zu laut!«, empfahl der Mann mit der Ministerial-Zulage. »Also, in der Nacht zum Sonntag wurde dort ein Kriminalschriftsteller ermordet. Ausgerechnet im Kreise seiner Kollegen . . .«

Lohkamp nickte unwillkürlich. Die »Allgemeine« feierte dieses Ereignis auf Seite 3 mit der gleichen Schadenfreude – so, als wäre Franzi von Almsieck in der Badewanne ertrunken.

»Die Einzelheiten erfahren Sie von den Duisburger Kollegen«, versprach Lohkamps Sklaventreiber. »Dort liegen auch alle Berichte von den Ermittlungen des Wochenendes bereit. Leider haben wir in Duisburg einen solchen Personalmangel . . .«

»Schon gut. Bin bereits unterwegs.«

Der letzte Satz war eine glatte Lüge. Lohkamp saß in Wahrheit noch im Schlafanzug am Frühstückstisch und hatte nicht vor, sofort unter die Dusche zu stürzen. Wenn er sich um diese Zeit auf die A 40 nach Westen begab, würde er mehr als eine Stunde in den üblichen Montags-Staus vergeuden. Da konnte er auch erst in Ruhe den Sportteil zu Ende lesen . . .

»Willkommen!«, sagte die Kommissarin Anni Möhlen, als Lohkamp zwei Stunden später ihr Dienstzimmer betrat. »So schnell haben wir noch nie Ersatz bekommen!«

„Ersatz? Wofür?«

»Mein Chef hat sich heute morgen krank gemeldet. Macht er immer, wenn unsere Kommission einen beschissenen Fall bekommt.«

Lohkamp sah die Frau misstrauisch an. So viel Mitteilsamkeit gegenüber einem unbekannten Kollegen konnte mit etwas Pech den beruflichen Selbstmord bedeuten.

»Sie brauchen gar nicht so zu gucken!«, sagte die Kollegin und schob ihm die Ermittlungsakte hinüber. »Das ganze Präsidium zerreißt sich schon das Maul über diese Krankmeldungen. Sehen Sie selbst . . .«

Lohkamp schlug die dünne Mappe auf und prüfte, welche Berichte schon vorlagen - und wer sie geschrieben hatte.

»Ihr Chef heißt John?«

Die Kollegin nickte.

»So ein dünner, unterernährter Typ?«

Sie nickte: »Hier heißt er nur ‚Der Blutleere'. Musste erst von einem Zeugen darauf hingewiesen werden, dass dieser Krimiautor keines natürlichen Todes gestorben ist. Kennen Sie den?«

Der Hauptkommissar nickte: »War in Recklinghausen mal in meiner Kommission . . .«

Die nächsten 20 Minuten sprach niemand ein Wort. Während der Kriminalhauptkommissar las, machte sich die Kollegin an der Kaffeemaschine zu schaffen. Stumm schob sie eine gefüllte Tasse in Lohkamps Reichweite. Der Mann mit dem gewellten Grauhaar nickte dankbar.

»Hat sich schon jemand um die Liste der Leute gekümmert, die im VIP-Bereich waren?«

Möhlen nickte: »Faxen uns die Organisatoren zu . . .«

»Die Laborberichte?«

»Müssten bald kommen.«

»Tatwaffe?«

»Der Doc meinte nach dem ersten Augenschein, es müsste sich um einen Eispickel oder etwas Ähnliches handeln. Ein Pieks in die Nervenbahnen, und der Typ war weg. Aber Genaueres . . .«

»Erst nach der Obduktion!«, meinte Lohkamp, und sie grinsten beide. Dann warf die Kollegin einen Blick in seine fast leere Tasse und stand auf, um die Kanne zu holen.

»Meine Güte, so bin ich lange nicht mehr verwöhnt worden. Danke. Haben Sie sich schon ein Bild von dem Opfer gemacht?«

Sie nickte: »Ich habe zu Hause mal im Internet nachgeguckt. Der Mann war ja ne echte Berühmtheit. Hat der nach dieser berühmten Talkshow echt mit dieser Schauspielerin gepennt? Dieser Sissi?«

Lohkamp lächelte. »Keine Ahnung. Soweit ich weiß, hat er nie damit gestrunzt. Aber so, wie diese Talkshow ablief . . .«

»Haben Sie die etwa gesehen?«

»Ja. War faszinierend: Auf der einen Seite diese elegante, sensible Schauspielerin. Und dann dieser Haudrauf mit dem Narbengesicht. Als er erzählte, wie er drei Wochen vor seinem juristischen Staatsexamen eine Bank geknackt hat, ist sie fast weggeschmolzen. Live, im Fernsehen. Aber ich kann's immer noch nicht glauben, dass . . .«

»Ich schon«, nickte Möhlen versonnen. »Wir haben in der Schule mal was von diesem Brecht gelesen. Sonne Bettleroper. Da singt eine Frau davon, dass sie diese gelackten Typen nicht abkann. Aber wenn dann mal so ein zerlumpter, ungehobelter Kerl kommt, der schnurstracks auf sein Ziel zusteuert – ja, dann muss man sich doch einfach hinlegen.«

»Gutes Gedächtnis«, lobte Lohkamp. «Aber ob's stimmt? Bei mir hat es nie geklappt . . .«

Er blätterte noch einmal in der Akte: »Und was ist mit dem Mann, der den Toten gefunden hat? Dieser Przybilla? Wieso hatte der Blut an den Händen?«

Möhlen überlegte kurz und gab Lohkamp fast wörtlich wieder, was der Theatermann gesagt hatte.

»Und sonst? Haben Sie noch etwas über ihn herausbekommen?«

»In der Datenbank des BKA steht er jedenfalls nicht. Wir haben bis jetzt nur seine technischen Daten. 1950 geboren. Abi in Düren. Betriebswirtschaftsstudium in Köln. Keine Frau, keine Kinder. Aber sonst ein unbeschriebenes Blatt.«

»Und was ist mit diesen Autoren? Hat es irgendwelchen Streit gegeben?«

Möhlen kramte in ihrem Schreibtisch und zog eine Duisburger Tageszeitung heraus: »Hier, die haben zwei Berichte gemacht. Einen über den Mord – und einen über diesen Ball. An dem Kongress, der übrigens gar nicht hier stattgefunden hat, sondern in Wesel, hat der Reporter nicht teilgenommen. Aber auf dieser Abschluss-Gala – da muss alles sehr harmonisch gewesen sein.«

Sie reichte ihm den Lokalteil herüber, und Lohkamp betrachtete die Fotos. Besonderen Gefallen hatte der verantwortliche Redakteur an einer schlanken, dunkelhaarigen Frau gefunden, die einen Preis für einen Kinderkrimi bekommen hatte. Auf dem riesigen Bild kamen das tiefe Dekolleté und die bis zu den Hüften reichenden Seitenschlitze ihres Kleides gut zur Geltung. Meine Güte, dachte Lohkamp. Mit diesem Outfit könnte sie auch eine Beate-Uhse-Filiale eröffnen ...

Er überflog den Artikel und seufzte. Diese große Fete schien wirklich von keinem Streit getrübt worden zu sein. Wenn einer der Autoren einen tieferen Grund gehabt hatte, seinen Kollegen Dreist in die Ewigkeit zu schicken, dann würden sie lange nachforschen müssen.

»Notieren Sie bitte mal: Wir müssen uns von den verschiedenen Zeitungen alle Fotos besorgen, die während des Abends geknipst worden sind - vor allem die unveröffentlichten. Wer weiß, was und wen wir noch entdecken ...«

Während Möhlen einen Merkzettel an ihre Schreibtischlampe klebte, faltete er das Blatt zusammen, steckte es in die Ermittlungsakte und sah auf die Uhr: »Wie ist das? Kann man das Theater besichtigen? Ich will mir das gerne mal ansehen.«

»Ich rufe an. Eigentlich müssten die Verwaltungsleute jetzt an ihren Arbeitsplätzen im Theater sein.«

*

Ohne es zu wissen, musterte Lohkamp Przybillas Büro mit den gleichen Neidgefühlen, die auch sein blutleerer Kollege John empfunden hatte. Besonders aufmerksam betrachtete er die zahlreichen Porträts an den Wänden: Während in den Fluren des Hauses aktuelle Stars den Besuchern zulächelten, blickten Lohkamp hier etliche Helden und noch mehr Traumfrauen seiner eigenen Jugend entgegen. Die meisten von ihnen konnten gar nicht mehr in diesem jungen Theater gespielt haben - ob Przybilla all diese Stars persönlich kannte?

»Leider nein«, entgegnete der Theatermann und lächelte. »Die meisten habe ich auch nur auf der Leinwand gesehen. Aber ihre Gesichter werten solch ein Büro ungemein auf.«

Lohkamp deutete auf ein Porträt, das genau gegenüber dem Schreibtisch hing. Eine schöne Frau um die Vierzig schien alle Arbeiten genau zu verfolgen, die der Inhaber des Büros erledigte. Sie trug ein modisches schwarzes Kopftuch und in derselben Farbe ein wallendes Kleid, von dem ihre tief herabhängende metallene Kette deutlich abstach.

»Und die da? Haben Sie die gekannt?«

»Sissi?« Przybilla sah erst die Frau mit den weichen Zügen, dann den Polizisten an. »Von ferne gesehen, mehr nicht. Aber ich habe alle ihre Filme gesehen und all die schönen, alten Programmhefte gesammelt, die man damals an der Kinokasse kaufen konnte. Und besitze jedes Buch, das über sie geschrieben wurde, und fünf oder sechs Ordner mit Zeitungsausschnitten. Ich kenne das Leben dieser Frau wie mein eigenes. Jammerschade, dass sie so früh sterben musste . . .«

Lohkamp nickte: Das empfand er ganz genau so. Seufzend stand er aus seinem Sessel auf und deutete mit dem Kopf nach draußen: »Und jetzt würde ich gerne mal diese Küche sehen.«

Przybilla signalisierte sein Einverständnis, und der Polizist wandte sich zur Tür.

Da hörte er hinter sich die Stimme seiner Kollegin: »Eines verstehe ich nicht, Herr Przybilla . . .«

»Ja?«

»Wenn Sie Sissis Leben kennen wie Ihr eigenes – warum haben Sie dann gestern Morgen nicht gewusst, wer der Tote war?«

Lohkamp drehte sich um. Der Verwaltungschef stand hinter seinem Schreibtisch, als hätte ihn jemand dort angenagelt.

»Dieses Foto«, sagte Möhlen, »ist doch nur ein Ausschnitt. Wissen Sie nicht, wen sie da anguckt?«

Jetzt fiel es auch Lohkamp auf: Das war Sissis Outfit in der berühmte Folge von ‚Je schöner der Abend' aus dem Oktober 1974. Sissis Blick galt dem jugendlichen Bernhard Dreist, der soeben seine Lebensgeschichte erzählt hatte. Ihre Hand lag, was dieser Bildausschnitt nicht zeigte, auf dem Knie des ehemaligen Bankräubers. Und sie sagte gerade - live vor Millionen Zuschauern - mit ihrer weichen, leicht zitternden, absolut erotischen Stimme: »Sie gefallen mir. Sie gefallen mir sogar sehr . . .«

Aus Przybillas Gesicht wich jede Farbe: »Was - wollen Sie damit sagen?«

»Dass Sie gelogen haben. Sie wollten verheimlichen, dass Sie Dreist kannten. Warum nur?«

»Sie - Sie werden es mir bestimmt erklären«, versuchte der Theatermann es auf die ironische Tour. Aber er war kein Schauspieler, sondern nur Verwaltungsmensch.

Anni Möhlen trat jetzt an Przybillas Schreibtisch und beugte sich ein wenig vor: »Sagen Sie - haben Sie Sissi geliebt?«

»Ja«, versuchte der Bleiche die Flucht nach vorn. »Wie tausend andere. Aber was hat das mit dem letzten Samstag zu tun?«

»Alles. Sie kamen aus Ihrem Büro. Sissis Bild vor Augen. Und dann sahen Sie plötzlich den Mann vor sich, der womöglich das Glück hatte, das Ihnen nie vergönnt war. Und da kam ihre alte Eifersucht hoch. Und dann . . .«

»Eifersucht?«, schrie Przybilla. »Ich? Eifersüchtig? Auf diesen Kretin? Diesen Verbrecher? Wie können Sie . . .«

»Hören Sie auf!«, unterbrach Lohkamp ihn. »Natürlich waren Sie eifersüchtig. Und ich auch. Mein Gott, ich war in jener Minute bereit, drei Banken zu überfallen und dreimal drei Jahre abzusitzen, wenn Sissi mir dafür nur einmal ans Knie gefasst und diese schönen Sätze gesagt hätte.«

»Aha«, kreischte Przybilla. »Dann könnten Sie genauso gut der Täter sein. Haben Sie ein Alibi?«

»Habe ich. Aber was ich nicht habe, sind all die Filme, Bücher und Zeitungsausschnitte über Sissi. Denn diese blöde Eifersucht hat bei mir nur zehn Minuten gedauert. Denn Sissi war nur Glotze, aber im wahren Leben war ich längst glücklich verheiratet. Kein Grund zur Eifersucht. Und kein Grund, jemanden umzubringen.«

»Aber dieser Lump – der hat sie entweiht. Der hat . . .«

»Ach, hören Sie auf!« Lohkamp trat neben ihn, packte Przybillas rechten Arm, ein kurzer Klick, dann zog er ihm auch den linken Arm auf den Rücken und ließ es abermals klicken.

»Was – was machen Sie da?«

»Ich verhafte Sie wegen Mordes an Bernhard Dreist. Und jetzt sagen Sie mir nur noch, wo der Eispickel ist. Dann haben wir es hinter uns.«

Przybilla blickte stumm auf seinen Schreibtisch hinab, und Anni Möhlen zog die Schublade auf: »Na also. Das wär's dann.«

Drei Minuten später verfrachteten sie den heulenden Przybilla auf dem Rücksitz ihres Wagens und fuhren los in Richtung Präsidium. Als sie an der ersten roten Ampel standen, meinte Anni Möhlen: »Wissen Sie, was mich am meisten freut, Herr Lohkamp?«

»Keine Ahnung.«

»Dass wir uns jetzt die 200 Autoren schenken können. Wenn die genauso durchgeknallt sind wie diese Theaterleute . . .«

»Wir sind nicht durchgeknallt«, schrie Przybilla. »Wir sind . . .«

Weiter wusste er auch nicht, und das Heulen hörte plötzlich auf. Stattdessen beugte er sich zu Lohkamp vor: »Ja, am Samstag war ich wirklich durchgeknallt. Aber das Schlimmste ist – hat er nun oder hat er nicht?«

Entsetzt drehte sich Lohkamp um: »Wie? Sie haben ihn gar nicht mehr gefragt?«

Der Theatermann schüttelte den Kopf.

»Ach du Scheiße!«, meldete sich Anni Möhlen. »Sagen Sie das bloß nicht dem Richter. Das gibt drei Jahre extra. Wegen Blödheit.«

Welcome back to Wachtendonk

Brian Hoffer fluchte. Das konnte er, auch wenn man ihm das nicht zutraute. Er tat es für gewöhnlich heimlich, so dass niemand es mitbekam. Seine Frau hatte ihn schon so erlebt, und vielleicht ein paar seiner engsten Freunde, aber in der Öffentlichkeit verkniff er es sich. Sein Image könnte womöglich Schaden nehmen.

Ein wahrer Schwall amerikanischer Schimpfwörter erfüllte die nächtliche Frühlingsluft. Der vordere rechte Reifen des Ford war platt. So platt wie ein Zehncentstück. So platt wie ein Pfannkuchen. So platt wie seine Managerin Jennifer, die ihm diesen Scheißjob in Deutschland aufs Auge gedrückt hatte.

Er schlug wütend mit der flachen Hand auf das Wagendach und starrte in die Nacht. Jetzt hätte er ein Vermögen für eine Zigarette gegeben, aber er hatte das Rauchen vor Jahren aufgegeben. Ganz heimlich tat er es ab und zu. Er tat vieles heimlich. Zugeständnisse an die Rolle, die er jetzt schon seit sieben Jahren, und wenn nichts dazwischen kam, vermutlich auch für den Rest seines Lebens spielen würde: *»Doktor Darlington«* raucht nicht, also raucht auch Brian Hoffer nicht.

»Oh, no, no, Freunde«, hatte er vor etwa einer Viertelstunde mit seinem amerikanischen Akzent gesagt, den er kultivierte und gerne gezielt einsetzte, wenn er sich in Europa aufhielt. »Kein Hotel, sorry. Ich muss heute Nacht noch nach Köln zuruck.« Dafür hatten sie natürlich Verständnis. Man hätte ihn gerne in Wachtendonk beherbergt, das spürte er deutlich, aber um nichts in der Welt wollte er hier am Niederrhein bleiben. Köln war okay. Aber hier wurde er an allen Ecken und Enden daran erinnert, wo er her kam.

Es reichte, dass ihn die Veranstalter im Kulturhaus mehrfach als »einen der ihren« herausgestellt hatten. Der Abend hatte unter dem Motto »Ein Wachtendonker kehrt zurück« gestanden. Als er das in der Vorankündigung gelesen hatte, hätte er am Liebsten gleich abgesagt. Aber Jennifer hatte ihm geraten: »Du bist auf Deutschlandtour, also fahr da hin. Lies aus deinem Buch und erobere die Herzen. Die neue Staffel von ‚*Doctor Darlington*' startet in Deutschland im Herbst. Da kannst du diese Publicity gut gebrauchen.«

Brian tat meistens, was Jennifer ihm empfahl. Sie hatte ein Händchen für Termine und Kontakte. Also war er nach Wachtendonk gefahren, hatte sich unterwegs ein paarmal tüchtig verfranst, weil alle Ortsnamen irgendwie gleich klangen und weil alles so miserabel ausgeschildert war, und dann war er in dem Örtchen angekommen, in dem er die ersten zwanzig Jahre seines Lebens verbracht hatte.

Das war lange her.

Die Stadt hatte sich verändert. Alles war sauber und hübsch zurecht gemacht, und man hatte einen Teil des alten Klosters gleich neben der Pfarrkirche durchaus geschmackvoll zum Bürgerhaus ausgebaut.

Dann hatte er da gesessen, unter dem lackierten Dachgebälk auf einem Podest. Neben sich die obligatorische Flasche Wasser. Stilles, so hatte er vorab erbeten. Und dann hatte er für anderthalb Stunden abwechselnd auf die markierten Textstellen seines Buches, das er schon fast auswendig konnte und in die etwa achtzig Gesichter der Wachtendonker geblickt, die mit großen Augen und offenen Mündern an seinen Lippen zu kleben schienen.

Alles was er las, war selbstverständlich geschönt und aufpoliert, aber wen interessierte das schon? Die Leute wollten ein Märchen aus Hollywood, also bekamen sie es. In seiner Biographie beschrieb er den kometenhaften Aufstieg eines Kleindarstellers zum gefeierten Fernsehstar. Er erzählte von Tugenden wie Fleiß, Fairness und Ehrlichkeit. Welche Strippen er hatte ziehen müssen, und welche Tricks notwendig waren, um dahin zu kommen, wo er jetzt war, das würde für immer sein Geheimnis bleiben.

Er war *»Doktor Darlington«*, der unfehlbare, der untadelige Arzt mit der trauten kleinen Familie und dem glücklichen Händchen für all die Probleme seiner Mitmenschen. Wenn er, Brian Hoffer, irgendwo auftauchte, sagten die Menschen »Doktor« zu ihm. Von ihm wurde erwartet, dass sein Privatleben möglichst dem seiner Kunstfigur entsprach. Keine Affären, keine Laster, keine Turbulenzen. Irgendwann hatte er beschlossen, das gnadenlos durchzuziehen. Er war verheiratet mit Lucy, einer patenten Frau, die durchaus schön anzusehen war und ihm zwei Kinder geschenkt hatte, die er tatsächlich über alles liebte.

Er hatte sich eingerichtet. Die wilden Jahre waren vorbei. Wer prominent ist, kann sich vieles erlauben - aber längst nicht mehr alles.

Er hatte sie an diesem Abend alle zufrieden gestellt, hatte Autogramme gegeben, hatte sich ins Gästebuch eingetragen, und hatte zum Schluss, während des obligatorischen Smalltalks immer wieder auf die Uhr geschaut und hatte gesagt, er müsse dringend zurück nach Köln.

Und jetzt stand er an seinem Leihwagen, hatte zehn Minuten lang aufs Übelste geflucht, weil der Akku seines Handys leer war, weil sich der verdammte Reservereifen ebenfalls als völlig platt erwiesen hatte, und er ärgerte sich, für diesen Abend keinen Fahrer verlangt zu haben, der sich um alles hätte kümmern können.

Aber er hatte unbedingt allein nach Wachtendonk fahren wollen. Nicht, dass er mit irgendwas Konkretem gerechnet hatte, das ihn kompromittieren konnte, aber er war seit vielen Jahren vorsichtig geworden. *»Doktor Darlington«* ging kein Risiko ein.

Über ihm rauschte der Wind in den hohen Bäumen, und ihm wurde kalt. Er hatte den Wagen an den Rand der schmalen Straße gelenkt, die ganz sicher nicht die war, die ihn zurück nach Köln führen würde. Allem Anschein nach hatte er sich schon wieder verfahren. Allzu weit hatte er sich zwar noch nicht vom Ort entfernt, in der Ferne konnte er noch die Lichter des Ortes erkennen. Aber auf dem platten Land täuschte das. Zu Fuß würde es eine hübsche Strecke zurück werden.

Bei dem Gedanken daran, wieder in dieses Gemeindehaus hinein zu gehen, in dem sicherlich noch ein bisschen gefeiert wurde, verfinsterte sich seine Miene. Für den Rest des Abends hätte er dann mindestens einen der braven Bürger dieser Stadt an der Backe, der ihn, den »zurückgekehrten Wachtendonker« erbarmungslos zuquasseln würde.

Ganz offensichtlich war er hier in der völligen Einöde gelandet. Kein Auto kam vorbei. Keiner hörte sein Fluchen. Er trat mit Wucht gegen den platten Reifen.

In diesem Moment entdeckte er ein schwaches Licht. Weiter vorne gab es offensichtlich ein Haus oder etwas Ähnliches. Brian Hoffer schlug den Mantelkragen hoch und ging los.

Nach ein paar Minuten fand er ein altes Bauerngehöft, mit tief hinabreichendem Dachüberstand, mit winzigen Sprossenfenstern und einer angrenzenden, völlig zerfallenen Scheune. Das Licht drang nur aus einem einzigen Fenster gleich neben der Haustür, und als Hoffer klopfte, weil er nirgends eine Klingel fand, fühlte er sich nicht eben wohl in seiner Haut. Es dauerte schier endlos lange, bevor die Tür geöffnet wurde. Fast hatte er schon die Hoffnung wieder aufgegeben.

Im Türrahmen erschien die kleine, gebückte Gestalt einer alten Frau, die ein Messer in der Hand hielt.

»Ich habe kein Geld im Haus«, knurrte sie abweisend. »Lohnt sich nicht bei mir.«

Er lachte befreit auf und breitete die Arme aus. »Keine Sorge, keine Sorge«, sagte er so freundlich er konnte. Er legte das »Doktor-Timbre« in seine Stimme. »Ich bin kein Einbrecher, und das ist kein Überfall. Ich brauche ihre Hilfe.«

»Hilfe? Bei was?« Sie guckte immer noch skeptisch zu ihm auf. Er erkannte ihr Gesicht nur undeutlich im Halbdunkel. Schließlich trat sie zur Seite und brummte: »Kommen sie rein.«

Er nickte beflissen, trat sich sogar unnötigerweise an einer zerfransten Matte die Füße ab und ging an ihr vorbei in das Haus.

Es roch nach Blumenkohl und Heizöl.

Die Alte schlurfte hinter ihm her und dirigierte ihn in ein spartanisch eingerichtetes Wohnzimmer. Sein Blick fiel gleich auf einen uralten Schwarzweißfernseher, in dem gerade die Nachrichten verlesen wurden.

Als er auf dem braunen Sofa Platz genommen hatte, stellte sie sich breitbeinig vor ihn, legte den Kopf schief, und auf ihre schmalen Lippen stahl sich ein Grinsen. »Ich kenn Sie«, sagte sie leise triumphierend. »Sie sind der Doktor!«

Er nickte mit gespielter Verlegenheit.

»So was, so was. Der Doktor bei mir im Wohnzimmer.« Sie legte das Messer auf den Tisch und raffte ihre Kittelschürze. »Warten sie.«

Sie verschwand in dem angrenzenden Raum, in dem Hoffer die Küche vermutete.

»Was haben sie denn für ein Problem?«, hörte er ihre Stimme. Es klimperte und klapperte.

»Mein Leihwagen hat einen Platten. Gleich vorne, an der Straße«, rief er. »Und da habe ich ihr Licht gesehen.«

Sie kehrte mit zwei Flaschen Bier und zwei Gläsern zurück. »Da finden wir schon eine Lösung.«

Hoffer dachte verzweifelt daran, dass er diese Nacht eigentlich gern in Köln mit zwei ungarischen Prostituierten hatte verbringen wollen, die nicht nur ausgesprochen unternehmungslustig und unkonventionell waren, sondern auch die nötige Diskretion mitbrachten. Stattdessen würde er jetzt mit einer zahnlosen alten Granny vom Niederrhein ein Bierchen picheln. Oft lief alles anders als man dachte.

»Ich habe mal Vico Torriani gekannt«, sagte die Alte, während sie einschenkte. »Feiner Kerl war das. Wir haben uns in Düsseldorf kennen gelernt. Ich habe da früher mal in einer Gaststätte gearbeitet.«

»Vico Torriani, soso . . .«

»Wir sind ein paar mal ausgegangen. Essen, spazieren. Er war für vier Tage in Düsseldorf.«

Sie reichte ihm das Glas. Er zwang sich, nicht genau hinzusehen, damit ihn nicht der Ekel überkam. Sie prosteten sich zu, dann tranken sie, und schließlich wischte sich die Alte mit der Hand über den Mund und sagte: »Mehr war da nicht. Der Torriani, das war ein feiner Mann.«

Er nickte anerkennend und beschloss, auf den Punkt zu kommen: »Haben sie vielleicht ein Telefon?«

»Klar.«

»Ich müsste mal telefonieren. Mein Auto ist liegen geblieben, und ich komme nicht weg von hier.«

»Klar, klar.« Ihre faltige Hand fuchtelte durch die Luft. Sie machte allerdings keine Anstalten, ihm das Telefon zu zeigen, sondern betrachtete ihn mit kleinen, wässrigen Augen. Er begann, ein wenig unruhig auf dem alten Sofa hin und her zu rutschen.

»Da gab es schon den einen oder anderen vom Film und vom Fernsehen, den ich kennen gelernt habe«, sagte sie versonnen. »Glaubt man kaum, was? Ich erzähl Ihnen das nur, weil Sie ja auch vom Film sind. Köpcke. Kannten sie den?«

Er zuckte mit den Schultern.

»Karl-Heinz Köpcke war Nachrichtensprecher. Dessen Frau war eine Cousine von meinem verstorbenen Mann. Wir haben öfters zusammen gefeiert. Der Köpcke, der konnte schlecht tanzen. Hat mir die Füße blau getreten.«

Hoffer ließ den Blick wandern. Nirgends war ein Telefon zu sehen. Vielleicht war er im Hausflur daran vorbei gegangen, ohne es bemerkt zu haben.

»Und da gab es diese Sängerin, Peggy March, die hatte hier irgendwo Verwandtschaft. Die kam immer Gemüse bei uns kaufen. Frisches Gemüse vom Hof, das mochte die. War 'ne ganz schlanke, zierliche Person. Ist ja früh gestorben. Die hat immer da gesessen, wo sie jetzt sitzen, Doktor Darling.«

»Darlington«, es rutschte ihm heraus, und er ärgerte sich gleich im nächsten Augenblick dafür, dass er sie verbessert hatte. Er durfte jetzt nicht ungeduldig werden.

Sie schwieg eine Weile, und dann sagte sie langsam: »Ich kenne sie noch von früher.« Der Zeigefinger ihrer rechten Hand deutete jetzt auf sein Gesicht. »Jaja, noch von früher, aus Wachtendonk. Ist schon lange her.«

Er rang sich ein Lächeln ab und knetete seine Hände. »Ich werde ihnen gleich ein Buch aus dem Auto holen und es für sie signieren«, sagte er. »Da schreibe ich auch über Wachtendonk. Nur vorher würde ich gerne . . .«

»Du schreibst über Wachtendonk?«, unterbrach sie ihn.

»Meine Jugend.«

»Ich kannte deine Mutter. Das war eine gute Frau. Weißt du denn noch alles? Von früher?«

Er machte eine vage Handbewegung. »Es ist lange her. Ich habe versucht, alles möglichst genau zu schildern. Die Erinnerung spielt einem natürlich den einen oder anderen Streich.« Er lachte nervös.

Sie trank einen tiefen Schluck und rülpste. Ihre Wangen waren glatt und ledern. Am Hals zogen sich sehnige Hautfalten hinab. Als sie jetzt sprach, tat sie das sehr langsam und fast lauernd: »Kannst du dich noch an deine Freundinnen erinnern?«

»Naja, so ziemlich. Es gab zwei, drei, in die ich wirklich unsterblich verliebt gewesen bin«, log er. Er hatte es in der

Jugend nie genau genommen. Es hatte zahlreiche Liebschaften gegeben, aber davon musste niemand etwas wissen. Das gehörte nicht in das Buch. *»Doktor Darlington«* tat so was nicht.

»Da war eine blonde, mit der bist du damals rumgezogen.« Sie hielt die flache Hand an die linke Schulter. »Eine hübsche, blonde. Haare so bis hier. Erinnerst du dich?«

Natürlich war da eine Blondine gewesen. Er hatte alle Haarfarben durchgehabt. Die Blonde sah er nur undeutlich vor seinem geistigen Auge. Das war etwas Belangloses gewesen.

»Ja«, sagte er langsam. »Blond war die. Wie hieß sie noch? Irgendwas mit E.« Er kniff die Augen zusammen. Die Alte schmunzelte. Sie schien einiges zu wissen.

»Mit E . . . Ellen . . . Eva . . . Nein, Edith! Edith war es. Genau. Ich erinnere mich. Natürlich erinnere ich mich. Was ist aus ihr geworden? Wissen Sie etwas über sie?«

Um die Mundwinkel der Alten spielte plötzlich ein unverhohlenes Lächeln des Triumphs, das ihm nicht gefiel. »Ja, weißt du denn nichts von ihr?«

Er hob in einer Geste, die völlige Unwissenheit ausdrücken sollte, die Hände. »Nein, wieso? Was ist mit ihr?«

Sie schnaufte bedeutungsvoll und trank erneut. Dann schenkte sie neues Bier in ihr Glas, betrachtete den Schaum und erzählte: »Nachdem du abgereist bist, da konnte man bald was sehen bei ihr.«

»Was sehen?«

»Na, man konnte erkennen, dass Edith schwanger war.« Ihre Hand deutete eine Rundung des Bauches an.

Brian Hoffer zog die Luft ein. Er richtete sich kerzengerade auf dem Sofa auf und umklammerte Bierflasche und Glas. »Edith war schwanger?«

»Gleich nachdem du weg bist. Schwanger und ohne Freund. Warum hast du sie denn nicht mitgenommen?«

»Ich weiß nicht. Sie wollte nicht. Mit uns, das war zu Ende, ich wusste ja nicht, dass . . .«

»Sie hat Zwillinge gekriegt. Zwei kranke kleine Würmchen. Richtig krank.«

Hoffer verschluckte sich an seinem Bier. »Zwillinge?«

»Zwillinge. Dauernd im Krankenhaus. Schlimme Sache. Erinnerst du dich an Ediths Eltern?«

»Kaum. Die habe ich vielleicht zwei oder drei mal gesehen, ich . . .«

»Den Vater kennst du nicht mehr?«

Er schüttelte den Kopf.

»Der Vater war ein Unhold. Der hat die Edith rausgeworfen. Da stand das Mädchen plötzlich ohne alles da. Kein Dach überm Kopf und zwei kranke Kinder. Ich hab sie ab und zu in der Stadt getroffen, und ich hab ihr immer was gegeben. Nicht viel, nur so ein paar Mark. Sie hatte ja nichts, musste im Fischgeschäft arbeiten gehen und kam kaum rum mit dem Geld. Ich hab sie dann mal gefragt, was denn mit dem Vater von den Kindern war, und da hat sie gesagt, das würde sie eigentlich niemandem erzählen, nicht mal ihren Eltern, aber der wäre ja jetzt in Amerika. Und da habe ich ja dann gewusst, dass du das warst. Sie hat erzählt, dass sie dir geschrieben hat, mit einem Foto von den Kinderchen, wo man sie kaum drauf erkennen konnte, weil sie so voll Mullbinden und Schläuchen und Drähten waren.«

Hoffers Kinnlade war herunter geklappt. Er starrte die alte Frau an und wagte nicht zu atmen.

»Warum hast du ihr denn nicht geantwortet?«, fragte sie voller Enttäuschung. »Das tut man doch nicht. Kinder in die Welt setzen und dann abhauen.«

»Aber ich habe niemals irgendwelche Briefe . . .«

Sie ließ ihn nicht weiterreden. An seinen Entschuldigungen und Ausflüchten war sie augenscheinlich nicht interessiert. Hoffer war so, als tue sich der Boden unter ihm auf. Durch einen Zufall landete er in einem Haus, in dem ihm offenbart wurde, dass er all die Jahre bereits zwei Kinder in Deutschland hatte. Von einer Mutter, an die er sich kaum erinnert hatte, die in seiner Biographie keine Erwähnung gefunden hatte, weil da nicht mehr gewesen war als eine schnelle Nummer hinterm Schützenzelt. War das wirklich Zufall, oder warum war er hier?

»Soso, da ist die Post also verloren gegangen ... Naja, sie ist dann hier auf den Hof gezogen, nachdem das erste Kind gestorben ist.«

»Gestorben?«

Sie nickte. »Elend, elend. Eine Operation hätte es retten können, aber dafür war kein Geld da. Na, und dann hat sie hier ein Kämmerchen gekriegt und hat das Saufen angefangen.«

»Das Saufen?«

»Als wir's gemerkt haben, war's schon zu spät. Mein Mann hat ihr ins Gewissen geredet, hat gesagt, sie müsse eine Entziehungskur machen und so was. Aber da wollte sie nichts von wissen. Jungejunge, hat die gesoffen. Da war das ja kein Wunder, dass das mit dem anderen Kind passierte. Der Junge, der hieß übrigens auch Brian. Wenn das kein Beweis ist, mein Lieber.«

»Brian«, hauchte er. »Was ist mit ihm passiert?«

»Da war so 'ne steile Treppe. Immer wenn sie gesoffen hat, hat sie ihn geohrfeigt. Irgendwann ist er dann die Treppe runter gefallen. Im Schuppen nebenan, da hat sie gewohnt. War gleich tot, der arme kleine Kerl.«

»Oh, my god!«

»Hm. Das hast du alles nicht gewusst, was?« Sie grinste ihn triumphierend an. »Da hast du wohl nichts von erzählt in deinem Buch, was?«

»Aber ich ...«

»Was würden die Leute denn sagen, wenn sie sowas lesen würden? Würden die nicht gut finden, oder?«

Er schüttelte den Kopf. Oh, nein! Wie Recht sie hatte. Das würden die Leute ganz und gar nicht gut finden. *»Doktor Darlington«* und sein finsteres Geheimnis – so eine Schlagzeile würde ihn vom Sockel hauen. Jetzt, wo die Vertragsverhandlungen für die nächste Staffel und den Darlington-Movie anstanden, konnte das das Ende sein. Sie hatten all die Jahre nichts bei ihm gefunden, diese Geier von der Yellowpress. Eine Geschichte wie diese würde ein gefundenes Fressen für sie sein. Doktor Herzlos . . . Doktor Drückeberger . . . Doktor Death . . . Mit etwas Phantasie konnte er alles vor sich sehen. Er begann, seine Schläfen mit den Fingerspitzen zu massieren. »Was ist aus Edith geworden?«, fragte er tonlos.

Sie kniff den Mund zusammen, rollte theatralisch mit den Augen und schüttelte langsam den Kopf.

»Ist sie . . . tot?«

Sie nickte. »Oh ja, die Edith, die ist tot. Die hat sich in der Nähe von Issum an einen Baum gehängt und wurde erst zwei Wochen später gefunden. Das sah nicht schön aus, das kannst du mir glauben. Die hat das mit einem Kälberstrick aus unserer Scheune gemacht. Schlimm, nicht wahr?«

Sie trank wieder und betrachtete intensiv den Mann, der in der letzten Viertelstunde auf ihrem alten braunen Sofa regelrecht in sich zusammen gesackt war. »Tot«, flüsterte er und trank langsam an seinem Bier.

Was er nicht aussprach, war der ungeheuerliche Gedanke, der in diesem Moment durch seinen Kopf geisterte. Es war ein tröstlicher Gedanke, der ihm über die Katastrophe hinweg half, die sich gerade vor ihm ausgebreitet hatte. Er würde nie mehr Post von dieser Edith bekommen. Er brauchte nicht zu fürchten, dass dieser finstere Schatten irgendwann aus der Vergangenheit auftauchen würde, um sich über seine strahlende Karriere zu legen. Was auch immer geschehen war, was auch immer er soeben erst erfahren hatte, es war längst Geschichte. Die dunkle Wolke hatte sich längst wieder in Luft aufgelöst, nichts würde übrig bleiben. Er würde in die Staaten zurückkehren und Deutschland und Wachtendonk für immer hinter sich lassen.

»Was die Leute wohl sagen würden . . .«, murmelte die alte Frau. »Dass der Doktor sowas zugelassen hat, nee, nee.« Sie schüttelte in gespieltem Bedauern den Kopf.

Er setzte plötzlich das Bierglas und die Flasche auf das kleine Tischchen neben dem Sofa und begann wieder, seine Hände zu kneten. »Was für eine fürchterliche Sache«, sagte er leise. »Was für eine schlimme, schlimme Sache.« Und nachdenklich fügte er hinzu: »Ob wohl viele wissen, was sich da alles zugetragen hat?«

»Was sich zugetragen hat?«

»Sie wissen, was ich meine.«

Jetzt nickte sie und schloss genießerisch die Augen. »Die Edith hat es mir erzählt, und sonst keinem. Nicht mal ihren Eltern.«

»Das hatte ich gehofft«, sagte er und erhob sich langsam vom Sofa.

*

»Ist'n Leihwagen. Dürener Kennzeichen.« Der bärtige Polizist leuchtete mit der Taschenlampe in das Innere des Autos. Der Lichtkegel der Taschenlampe traf auf ein Buch auf dem Beifahrersitz. »Das ist doch dieser Doktor aus dem Fernsehen«, sagte er, als er das Portrait auf der Rückseite des Buches erkannt hatte. »Der hatte 'ne Lesung im Kulturhaus. War gut besucht, hab ich gehört.«

Auf dem Rücksitz lagen noch mehrere Exemplare desselben Buches. »Ob das dessen Auto ist?«

»Kann sein«, sagte seine Kollegin. »Hat versucht, den Reifen zu wechseln, aber der ist offenbar auch platt.« Ihre Taschenlampe huschte über das Werkzeug und das luftleere Reserverad im struppigen Gras des Seitenstreifens. »Wo der wohl ist?«

Der Polizist wies in Richtung Norden. »Ein Stückchen weiter ist noch ein Hof. Vielleicht ist er da hin.«

»Zur alten Oma Roevenkamp? Das wird ja wohl nicht wahr sein.«

»Ist das einzige Haus in der Nähe. Komm, wir gucken nach.«

Sie stiegen zurück in ihr Polizeifahrzeug und folgten der Straße etwa zweihundert Meter, bevor sie zur Rechten in die ungepflegte Schottereinfahrt einbogen.

Ein Mann tauchte im Licht ihrer Scheinwerfer auf. Er hob den Arm und kniff die Augen zusammen, weil es ihn blendete. Ein groß gewachsener Mann mit perfekt geschnittenem Maßanzug und graumeliertem Haar.

»Das ist er«, sagte die Polizistin. Ihr Kollege schmunzelte, als er sie mit einem Seitenblick betrachtete. Ihr brauner Pferdeschwanz zitterte vor Aufregung.

»Er sieht genauso gut aus wie im Fernsehen«, sagte sie, während sie ausstiegen.

»Können wir helfen?«, fragte der Polizist. »Ich nehme an, das ist Ihr Auto da hinten an der Straße . . . Herr Doktor.«

Seine Kollegin trat nervös von einem Fuß auf den anderen. »Wir fahren Sie wohin Sie wollen. Waren Sie schon da drin?« Sie deutete auf das Gehöft im Hintergrund, in dem nun kein Licht mehr brannte.

Er schüttelte den Kopf. »Keiner da.« Der amerikanische Akzent war unverkennbar.

»Nun, die Alte hätte Ihnen auch kaum helfen können«, sagte der Polizist mit amüsiertem Unterton. Er tippte sich an die Stirn. »Ist überall als Lügen-Luischen bekannt. Erfindet dauernd die haarsträubendsten Geschichten. Wohnt wahrscheinlich schon viel zu lange allein. Nie ein Mann in ihrem Leben, immer nur der Hof und das Vieh . . . Na ja.« Sie nahmen ihn in die Mitte. Er hatte die Augen geweitet und starrte stumm vor sich hin. Irgendwas stimmte nicht mit ihm.

Als sie zu dritt auf das Polizeifahrzeug zubummelten, sagte die Polizistin: »Meine Tante war bei Ihrer Lesung. Die kennt Sie noch von früher. Edith heißt die. Wahrscheinlich können Sie sich gar nicht an sie erinnern.« Sie kicherte leise. »Sie erzählt immer, Sie hätten sie sogar mal geküsst.«

Sie leuchteten ihm, als er in den Fond des Polizeifahrzeugs einstieg. Er hatte damit begonnen, eine leise Litanei unverständlicher Worte vor sich hin zu murmeln. Es hörte sich ein bisschen so an wie »Vico Torriani . . . Karl-Heinz Köpcke . . . Peggy March . . .«, und sie konnten sich gar keinen Reim darauf machen. Verunsichert warfen sie sich kurze Blicke zu.

»Geht es Ihnen nicht gut?«, fragte die Polizistin besorgt. »Haben Sie sich verletzt?« Im Schein der Taschenlampe leuchtete der rechte Ärmel seines Jacketts blutrot.

Oliver Buslau

Geboren 1962, ist seit 1994 freier Autor und Journalist. Er studierte Musikwissenschaft und Germanistik in Köln und Wien. Nach seinem Studium arbeitete er im Produktmanagement der Plattenfirma EMI Classics und als Verlagsredakteur. Im Jahr 2000 gründete er die Zeitschrift »TextArt - Magazin für kreatives Schreiben«, die er als Redakteur und Mitherausgeber leitet.

Oliver Buslau schrieb bisher fünf Kriminalromane. Vier davon handeln von dem Wuppertaler Privatdetektiv Remigius Rott, ein weiterer Krimi - »Schängels Schatten« (2003) - spielt am Mittelrhein. Darüber hinaus schreibt Oliver Buslau auch Kurzgeschichten für Anthologien. So erschien 2003 »Rendezvous an der Mühle« im Kurzkrimiband »Tödliche Touren« im Leporello Verlag. www.oliverbuslau.de

Ina Coelen

wurde 1958 in Vorst geboren und schreibt seit ihrem fünfzehnten Lebensjahr. Sie studierte Visuelle Kommunikation und arbeitet seit 1984 als selbstständige Grafikerin. Seit fast zwanzig Jahren zeichnet sie Cartoons für eine regionale Zeitung, macht Illustrationen, schreibt Kindertexte und Krimi-Kurzgeschichten. Sie lebt mit ihrer Familie in Krefeld. Zusammen mit Ingrid Schmitz gibt sie Krimi-Anthologien heraus, organisiert die »Krefelder Krimi-Tage« und die »Krefelder Schrecksekunden«.

Peter Gerdes

Geboren 1955 in der Seehafenstadt Emden, lebt in Leer (Ostfriesland). Studium der Germanistik und Anglistik, anschließend als Journalist und Lehrer tätig. Literarische Anfänge Ende der 70er Jahre; schreibt seit 1995 vor allem Kriminalliteratur und betätigt sich als Herausgeber. Mitglied im Landesvorstand Niedersachsen/Bremen des Verbandes deutscher Schriftsteller (VS), Mitglied im »Syndikat«, Leiter der Ostfriesischen Krimitage. Neuere Veröffentlichungen: »Der Etappenmörder«, Kriminalroman, Leda-Verlag 2001 (nominiert für den Literaturpreis »Das neue Buch«); »Abrechnung, bitte«, Anthologie, Rowohlt-Verlag 2002; »Flossen hoch«, Anthologie, Leda-Verlag 2002; »Stahnke und der Spökenkieker«, Stories, Leda-Verlag 2003; »Flossen höher!«, Anthologie, Leda-Verlag 2004; »Der Keller«, Kriminalroman, Leda-Verlag 2005.

Juliane Göttinger

Geboren 1962 im Ruhrpott. Lebt seit 1992 mit Ehemann, Kindern und diversen Haustieren am Niederrhein. Nach Realschule und Büroausbildung entschloss sie sich zu den drei K´s (Kinder, Küche und Kreativität). Im neuen Jahrtausend kam das vierte K (Krimi) hinzu. Seitdem mordet sie am Computer, schickt Leichen durch den Drucker und verunsichert unschuldige Familienmitglieder mit ihren Mordtheorien. Veröffentlicht hat sie bisher einen Roman („Zwei Tage überfällig") und zahlreiche Krimi-Kurzgeschichten.

Steffen Hunder

Geboren 1957 in Waldheim/Sachsen, aufgewachsen in Erkrath. Theologie- und Geschichtsstudium in Bonn und Göttingen. Er arbeitet als Pfarrer an der Kreuzeskirche in Essen.

1999 Debüt als Krimiautor mit: »Das Ritual des 11. Gebotes«. Es folgten mehrere Krimierzählungen in verschiedenen Anthologien. Der Autor lebt mit seiner Frau und den sechs gemeinsamen Kindern in Essen.

Reinhard Junge

1946 in Dortmund geboren, 1966 Studium in Bochum, seit 1979 Lehrer in Wattenscheid (Deutsch, Russisch, Latein) - solch ein »Go West« muss ein alter Linker erst einmal kompensieren: mit drei Kindern (1981, 1986, 1998) und bislang zehn Kriminalromanen, darunter »Klassenfahrt« (1985), »Das Ekel von Datteln« (1988, zus. mit Leo P. Ard) und »Glatzenschnitt« (2002, alle bei Grafit). Dazu kommen Kriminalgeschichten (u.a. in »Heyne Krimi-Jahresband 1991«, »Der Pott kocht« und »Mord am Hellweg« sowie Mitratekrimis für den WDR und das Bochumer Lokalradio. Seit 1986 Mitglied in der Autorenvereinigung »Das Syndikat« und vom Leid geprüfter Fan des VfL Bochum.

Alles Weitere steht unter www.reinhard-junge.de.

H. P. Karr

Geboren 1955 in Saalfeld, lebt in Essen. Er schrieb eine Reihe von Thrillern, zahlreiche Hörspiele und mehr als 1000 Kriminalstories.

Mehr unter http://homepages.compuserve.de/krimijahn

Que Du Luu

Geboren 1973 in Vietnam, lebt in Bielefeld. Sie veröffentlichte bisher Kurzkrimis in Anthologien. Mehrere Literaturpreise. Herbst 2005 erscheint ihr Debütroman bei Reclam Leipzig.

Mehr unter www.qluu.de.vu

Herr Karr und Frau Luu kannten sich nicht, als sie gemeinsam »Wer stiehlt schon einen Song« schrieben. Die Story entstand im Rahmen eines Wettbewerbes für die Düsseldorfer Jazz-Rallye, bei der H. P. Karr die erste Hälfte der Story lieferte und die Teilnehmer den Schluss schreiben mussten. Que Du Luu war die Preisträgerin - weil ihr Schluss perfekt war.

Gabriele Keiser

Geboren 1953 in Kaiserslautern. Sie schreibt seit ihrer Kindheit. Gelernte Apothekenhelferin. Zweiter Bildungsweg. Studium der Anglistik, Amerikanistik und Germanistik in Heidelberg und Marburg. Einige Jahre Auslandsaufenthalte in Seattle/Wash., Lille und Wien. Lebt seit 1998 mit ihrer Familie in Andernach am Rhein. In diesem Jahr erschien auch ihr erster Roman »Mördergrube«. Seither Veröffentlichung zahlreicher Kurzkrimis.

Unter ihrem richtigen Namen Gabriele Korn-Steinmetz ist sie auch als Rezensentin und Kulturjournalistin tätig. In Zusammenarbeit mit

Wolfgang Polifka hat sie die Serienfigur der Julia Labouche entwickelt. Unter dem Pseudonym Lea Wolf erschien 2003 »Kalt ist der Schlaf«. Der Nachfolger heißt »Im roten Schein der Nacht«.

Erwin Kohl

Geboren in Alpen am Niederrhein. Nach der Handelsschule Beamtenlaufbahn bei der Deutschen Bundespost. Als Kontrast zum Hauptberuf und Sehnsucht nach Abwechslung jobbte er unter anderem als Kinobetreiber, Discjockey, Partnervermittler, Gastwirt, Friedhofsgärtner, Taxifahrer und Eisverkäufer. Im Jahre 2002 wurde seine Leidenschaft zu Kriminalromanen der berufliche Schwerpunkt. Im August 2003 erschien im Betzel Verlag sein Erstling »Der doppelte Mord«, der zweite Titel »Im Nebel des Krebses« ein Jahr darauf. Zwischendurch schrieb er für die NRZ den Mehrteiler »Mord am See«.

Ralf Kramp

Geboren 1963 in Euskirchen, lebt heute in der Eifel als Autor und Karikaturist. Sein erster Kurzkrimi erschien 1994 im Kölner Stadt-Anzeiger und sein erster Kriminalroman zwei Jahre später. Für sein Debüt »Tief unterm Laub« erhielt er den Förderpreis des Eifel-Literaturfestivals. Seit 1998 veranstaltet er unter dem Titel BLUTSPUR sogenannte Krimiwochenenden in der Eifel, bei denen hartgesottene Krimifans ihr angelesenes »Fachwissen« endlich bei einer Mördersuche in die Tat umsetzen können. In den »Abendgrauen-Gruselnächten« hat er mit seinem Mitherausgeber Manfred Lang eine Reihe von publikumswirksamen Lesenächten mit Schauerinszenierungen an ungewöhnlichen Leseorten in der Eifel ins Leben gerufen, die mittlerweile Kultstatus haben. Im Jahr 2002 erhielt er den Kulturpreis des Kreises Euskirchen.

Seit »Tief unterm Laub« (1996) erschienen zahlreiche Kriminalromane, Kurzgeschichtensammelbände und Kinderkrimis. Außerdem ist er der Herausgeber einer Reihe von Krimi-Athologien.

Tatjana Kruse

Jahrgang 1960, lebt und arbeitet in Stuttgart, ist aber bekennender Niederrhein-Fan. Neben zahlreichen Kurzkrimis hat sie die Bücher »Die Wuchtbrumme« (Verlag der Criminale), »Achtung: Wuchtbrumme«, »Die Wuchtbrumme kehrt zurück« und - ganz neu - »Wuchtbrummenalarm« (alle Goldmann) veröffentlicht.

Für »Cool-Man schlägt zu« (erschienen in der Grafit-Anthologie »Der Mörder auf sanften Pfoten«) erhielt sie 1996 den Marlowe-Preis für den besten deutschen Kurzkrimi. Sie ist Mitglied im »Syndikat« sowie bei den »Sisters in Crime«.

Brigitte Parker

Geboren 1961 in Krefeld, wo sie auch zur Schule ging. Nach Studium und mehreren Auslandsaufenthalten kehrte sie an den Niederrhein zurück. Seit Ende des letzten Jahrhunderts arbeitet sie als freie Illustratorin und Autorin und veröffentlicht unter verschiedenen Pseudonymen zahlreiche Krimis für Kinder und Erwachsene. Mit ihrer Familie lebt sie in einem alten Haus in der Nähe des Rheins.

Norbert Potthoff

Geboren 1948 in Uerdingen am Rhein. Lebt und arbeitet in Krefeld. Fotograf, Grafik Designer, Kunstmaler (Surrealismus und Portrait). Seit 1999 mit dem Genre Krimi beschäftigt. Ermittelt als Prof. De Boer bevorzugt im Krefelder Altbiermilieu auf der Suche nach Pilstrinkern und anderen Verbrechern. Autor mehrerer Sachbücher über die Scientology-Sekte (u. a. »Im Labyrinth der Scientology«).

Niklaus Schmid

wurde 1942 in Duisburg geboren. Mit achtzehn hat er mal beim Zirkus reingerochen, mit dreißig reiste er vier Jahre durch Indien, Afrika und Südamerika. Seit 1978 lebt Niklaus Schmid den größten Teil des Jahres auf der Baleareninsel Formentera; er schreibt Reisebücher, Hörspiele und Krimis. Seine Romane mit dem Duisburger Privatdetektiv Elmar Mogge - »Der Hundeknochen« und »Bienenfresser« sowie zuletzt »Stelzvogel und Salzleiche« - sind im Dortmunder Grafit Verlag erschienen, sie spielen zum großen Teil auf Formentera und Ibiza, aber auch an Rhein und Ruhr.

Ingrid Schmitz

kam erst sehr spät unter die Räuber. Durch ihre rege Phantasie und ihr Durchhaltevermögen holte sie aber schnell alles nach, was ihr vorher verwehrt war. Heute baldowert sie unter anderem Verlage und Lesungsorte aus. Sie hat bereits an mehreren Veranstaltungen ihre zahlreichen Räubergeschichten gelesen und veröffentlicht regelmäßig Kurzgeschichten von Dieben und Mördern. www.krimischmitz.de

Reiner M. Sowa

Geboren 1955. Arbeitete als Drogenfahnder, Todesermittler und als Dozent für Kriminalistik und Strafrecht an polizeilichen Bildungsinstituten. Im Auftrag der UN gründete er in Sarajewo in Zusammenarbeit mit anerkannten »Detectives« eine Polizeiakademie. Seine Romane »Ein Bestatter fährt zur Hölle« (2000) und »Ein Bestatter in dunkler Vergangenheit« (2002) führten erstmals einen Bestatter als Hauptfigur eines deutschen Kriminalromans ein. Zuletzt erschien der Kurzkrimi »Wahnsinn in Goch« in »Mord am Niederrhein« (2004). www.sowa.de

Zora Schreiber

wurde am Niederrhein geboren und hat dort studiert. Unter anderem ist sie als Puppenspielerin, Clownin und Zauberin aufgetreten, hat eine Spielgruppe betreut, war im Kunstgewerbe tätig, hat Ferienhäuser in Frankreich vermietet und englische Antiquitäten verkauft. Sie veröffentlicht unter verschiedenen Pseudonymen Kurzgeschichten und Kurzkrimis. Sie lebt mit ihrer Familie am Niederrhein.

Dr. Klaus-Peter Walter

Geboren 1955 in Michelstadt/Odw. Studium der Slawistik, Philosphie und osteuropäischen Geschichte in Mainz. Literaturkritiker, Lexikonmacher, Autor, u. a. für »Die Welt« und Reclam-Verlag.

KURZ, KRIMINELL UND PREISGEKRÖNT

Mischa Bach · Ina Coelen (Hg.)

Brillante Morde

Die besten Krimi-Kurzgeschichten aus Deutschland, Österreich und der Schweiz - nominiert und ausgezeichnet mit dem Friedrich-Glauser-Preis
2002 · 2003 · 2004

ISBN 3-936783-08-X · 192 Seiten · € 9,-

»Dass die bislang mit dem Krimipreis der Autoren nominierten und ausgezeichneten Erzählungen nun vorliegen - in einem Band sozusagen als Krönung des krimi-literarischen Schaffens versammelt - ist dem Verlag und den Herausgeberinnen zu danken ... Alle drei Jahre ein solch furioser Best-of-Band - es bedarf keiner hellseherischen Fähigkeiten, um dieser allerersten Ausgabe bereits den Status eines begehrten Sammelobjekts vorherzusagen ... Die Autoren stellen - jede und jeder für sich - die besondere Qualität des Genres unter Beweis ...«

HORST ECKERT

LEPORELLO
KRIMI

Ina Coelen · Ingrid Schmitz (Hg.)

Tödliche Touren

Der kriminelle Reiseführer vom Niederrhein
21 Autoren liefern eine mörderische Entdeckungsreise
ISBN 3-936783-06-3 · 256 Seiten · € 9,-

Mords-Appetit

Krimi-Leckerbissen vom Niederrhein
(mit mörderisch guten Rezepten)
In 19 Kriminalerzählungen wird nach besten Rezepten geschlemmt und gemeuchelt – spannende kriminell-kulinarische Leckerbissen
ISBN 3-936783-05-5 · 256 Seiten · € 9,-

Tatort Niederrhein

Die besten Kurzgeschichten aus dem Krimi-Wettbewerb der Westdeutschen Zeitung
Jede Story trägt eine andere Handschrift – nur eines haben alle gemeinsam: den Tatort Niederrhein
ISBN 3-936783-04-7 · 256 Seiten · € 9,-

LEPORELLO
KRIMI